U0841193

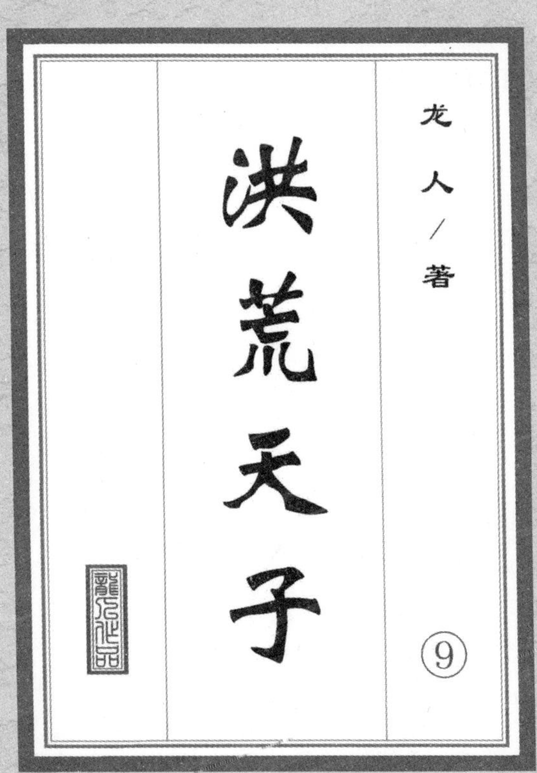

洪荒天子

⑨

龙人/著

二十一世纪出版社集团
21st Century Publishing Group
全国百佳出版社

图书在版编目（CIP）数据

洪荒天子：全 10 册 / 龙人著 . -- 南昌：二十一世纪出版社集团，2017.11

ISBN 978-7-5568-3103-6

Ⅰ . ①洪… Ⅱ . ①龙… Ⅲ . ①侠义小说－中国－当代 Ⅳ . ① I247.5

中国版本图书馆 CIP 数据核字 (2017) 第 243742 号

洪荒天子：全10册 龙 人 著

责任编辑 敖登格日乐
出版发行 二十一世纪出版社集团
（江西省南昌市子安路75号 330025）
www.21cccc.com cc21@163.net
出 版 人 张秋林
经　　销 新华书店
印　　刷 北京龙跃印务有限公司
版　　次 2018年2月第1版 2018年2月第1次印刷
开　　本 710mm × 1000mm 1/16
印　　张 160
字　　数 1731千
书　　号 ISBN 978-7-5568-3103-6
定　　价 498.00元（全10册）

目 录

第一百二十一章　智高一筹

凤妮忧心忡忡地守在轩辕的床边，如今轩辕已经小睡了近两个时辰，而凤妮竟未叫醒他。

“妮姐，还是叫醒他吧。”陶莹低声道。

“不，让他休息一会儿吧，他实在是太累了。”凤妮坚决地摇了摇头道。

陶莹过来搂住凤妮的肩头，笑了笑道：“看你，自己也累成这样了，还要守在这里，不如你也在这里躺一会儿，与夫郎同眠一床吧。”

凤妮俏脸一红，不敢看陶莹那怪怪的目光，微微责怨道：“他此刻有伤在身，不能太疯。”

陶莹不由得掩口笑了，穷追不舍地问道：“那等夫君伤好了之后，妮姐可不能再推辞哦。”

凤妮大羞，但却拿陶莹没有办法，不禁伸手重重地拧了她一下，没好气地道：“莹妹老是不放过我，我可不依。”

陶莹吃痛，忙避开，脸部表情有些异样，笑了笑道：“这么凶，我可要劝夫君好好注意点。”

“你……”凤妮又好气又好笑，不由站起身来，却又坐了下去，似想追陶莹，可又怕轩辕突然醒来。

陶莹大乐，大笑道：“夫君，你还不醒来吗？”

凤妮一惊之时，倏见轩辕已悠然睁开眼来，似笑非笑地望着她。

“好哇，你们居然合伙来取笑我！”凤妮大羞。

“我可不敢！”轩辕一笑，却伸手抓住了凤妮的手。

“让凤妮久等了，轩辕真是有罪！来，为了补偿凤妮的苦候，奖你一个热吻。”轩辕说着便要抬起头来，但却又一声呻吟地躺了下去，原来是牵动了伤口。

“看你，还油嘴滑舌，好好躺着！”凤妮伸手按住轩辕的额头，像是一个温柔贤慧的妻子责怪一个不听话的丈夫一般。

轩辕无可奈何地苦笑了笑，叹口气道：“天魔那老小子的爪子可真够狠的！”

“你现在才知道哇?”凤妮白了轩辕一眼。

“来，亲我一口再说正事。”轩辕一本正经、有些期待地道。

凤妮摇头苦笑了笑，此刻的轩辕竟有些像个没长大的孩子，但她却很依顺地温柔地吻了一下轩辕的额头。

陶莹也不由得笑了起来。

“可有伏朗和风须句的消息?”轩辕果然神情一肃，像变了一个人似的认真地问道。

“我正是为这件事来找你的。”凤妮点头道，顿了顿又道，“他们已经被大祭司和元贞长老所擒。事实果然如你所料，他们潜入我的侵宫将扮作我的婢女擒住，却被大祭司布下的高手察觉，于是将之拿下了。”

轩辕笑了笑，淡然而自信地道：“就凭他们，还不放在我的心上，跟我斗智？哼!”旋又笑道，“他们在发现那人并不是凤妮时，表情一定很有意思。”

凤妮仿佛也看到了伏朗当时的表情，不由得也笑了起来，却有些感慨地道：“你这人呀，一件很可怕很棘手的事情在你手里却变得这般轻松，真不知道你是什么脑子。”

“这正是我们夫君的魅力所在!”陶莹忙笑道。

“嗯。”凤妮也赞同地点了点头，突又惊道，“他可不是我夫君。”

陶莹和轩辕不由得都笑了，陶莹又道：“迟早总会是……”

“不说这个了。”轩辕打断陶莹的话道。

凤妮感激地望了轩辕一眼，却无羞涩之意，充满情意地道：“莹妹没说错，你迟早是我的夫君。我也要像莹妹一样伺候你，成为你的好娇妻。”

很快，凤妮转换话题正色问道：“轩辕，该如何处理伏朗他们？”

“不知凤妮想怎么处理他们呢？”轩辕反问道。

“凤妮也有些为难，虽然他是我师兄，可是我怎么能够因此而轻饶他呢？何况此刻他明显是要对付我，我只能将他当敌人看了！”凤妮实话实说道，同时也仿佛是在向轩辕表示：她与伏朗已划清界线。

轩辕笑了笑，点了点头道：“确实如此，如果不是我们早有防备，那结果恐怕就不一样了。”

“那轩辕认为怎样处置他们才好呢？我此刻已经将他们关入了大牢，只要轩辕同意，我不会反对任何形式的处置！”凤妮认真地道。

轩辕哪还会不明白凤妮此话的意思？只要他开口，凤妮甚至可以杀了风须句和伏朗。在凤妮的心中，此刻只忠于轩辕一人。

轩辕不由得抓紧凤妮的柔荑，不无感激地道：“凤妮的信任让轩辕觉得世间再没有任何事情可以难得了我！不过凤妮根本就不必为难，你可以放走伏朗和风须句，不仅放他们走，还要亲自将他们送到太昊的手中！”

“送到太昊的手中？”凤妮大惊，不解地反问道。

“不错，我要你将他们亲自送到太昊的手中，更要向太昊陈明厉害，告诉太昊，有熊永远都不会与他为敌。你甚至可以写一封信交给太昊，告诉他，你很感念恩师，而我们与伏羲部最大的敌人乃是蚩尤，希望能与伏羲氏如昔日一般成为兄弟部落，共抗大敌，甚至可以多说一些好话，只要能稳住太昊的心就行了。”轩辕神秘地笑了笑道。

凤妮一听，面上立显喜色，道：“我明白了轩辕的意思。”但旋又有些担心地问道，“这有效吗？”

轩辕自信地道：“当然有效，太昊是一个极明事理的人，虽然野心勃勃，但是却知道事有轻重缓急，而且此人很是骄傲，只要你信中说得好听一些，他定会相信我们是真的怕他。而且，他一时之间根本就不可能对我们有熊作出什么威胁，自然乐得找个台阶下，甚至是以为你念师恩，而改以怀柔手段来与我们和好呢。”

“你好像对我师父特别了解似的。”凤妮讶然问道。

轩辕笑了笑道：“知己知彼，方能百战百胜，我这些日子可不是白混的！”旋又认真地道，“我们不能表现得太过软弱，更要表现出一些手段，以使太昊不得不接受我们和好的条件。只要太昊欲与我们和好，即使是伏朗和风须句受了再多的气，也只能暂时忍受，即使将来翻脸，那也是将来的事。所以，我们今次一定要让人将伏朗和风须句押到太昊的面前，以表示你对他们的表现很是生气，却又为了顾全大局和师徒情面，才饶了他们，这样自然可以立威！”

“可是，我们怎能押送千里？”凤妮担心地问道。

“不，太昊其实早就已经北来，而且早有大批高手屯在太行山北，他们窥视有熊已不是一日两日的事了，只是伏朗太让他们失望，才使得那批高手一直无用武之地而已，这也是我为何急于回兵熊城而不敢长驱直入袭击鬼方的原因之一。因此，我们将他们俩直接送到太行山北，便等于告诉太昊，我们早明他意图，只是碍于师徒情面，没去对付他们而已。保证太昊在大吃一惊后，再也不兴念来对付有熊，何况他自问也不比天魔厉害多少。”轩辕悠然道。

凤妮一时呆了，轩辕竟然对所有的形势了解得如此清楚，可是轩辕所拥有的时间却是极少，这之前日日在不断操劳。凤妮确实没有想到轩辕竟然还会如此密切地关注着太昊的动静。

凤妮更敬服的却是轩辕心思的细密和广远，事无粗细，仿佛全都在轩辕的意料之中和掌握之下，包括远在千里、近在身边的诸事。她真有些不明白轩辕究竟是什么脑子。

“看着我干吗？”轩辕被凤妮那逼视的目光望得有些心虚，不由得问道。

凤妮嫣然一笑，道：“我在想，如果这个世上没有轩辕这个人，我的生命会不会感到索然无趣？”

“呵呵，妮姐居然能够说出如此动听的情话，这会让我们夫君骄傲的。”陶莹打趣道。

凤妮并不介意，反而主动献上一吻，再认真地道：“事实便是这样，此刻，我才真正的相信，一个人的智慧比武功更重要，才明白夫君战无不胜确非侥幸……”

“别人这么说是可以的，但凤妮可不能这么说，否则我只怕会真的得意忘形了，那时凤妮便会后悔莫及了！”轩辕打断凤妮的话，笑了笑道。

“我知道你绝对不会忘形！”凤妮无限深情地道，仿佛一个多情的妻子相信丈夫的忠贞不渝一般。

轩辕和陶莹也都禁不住笑了。

“元贞长老到！”院外的护卫高呼道。

“有请！”陶莹唤了一声。

稍瞬，元贞和阳爻两位长老双双而入，见凤妮也在，忙施礼。

“长老何用客气？请座！”凤妮摆了摆手道。

“轩辕有伤在身，未能相迎，还望二位长老海涵！”轩辕笑了笑道。

“哪里的话，大总管因我有熊千年基业而受伤，我等未能及时来看，实是惭愧！”阳爻长老有些不好意思地道。

“我刚才听了歧富兄说起大总管的伤势，不知这是不是真的？”元贞长老有些担心地问道。

轩辕坦然地笑了笑，道：“我想歧伯是不会骗你们的，不过我希望长老不要再让其他人知道我的情况，就说只是受了一些小伤。”

元贞一愣，旋即明白地点了点头，道：“元贞明白！”

轩辕又笑了笑，道：“这件事情可大可小，若是不封锁消息的话，一个不好，很可能会让我有熊再次陷入绝境，这绝对不是危言耸听！”

阳爻长老的脸色也变得有些难看，问道：“那现在有多少人知道大总管的伤势情况呢？”

“人数不多，除我几位夫人、歧伯、叶皇夫妇和剑奴外，便是两位长老了。”轩辕悠然道。

元贞长老稍稍松了一口气，顿了顿，问道：“不知道大总管会不会继续对鬼方追击呢？”

“是啊，如果此刻我们乘胜追击的话，定可以降伏许多鬼方的部族！”阳爻长老充满希望地道。

轩辕含笑而不答，却反问道：“元贞长老认为是出兵好呢？还是不出兵好？”

元贞也一怔："此刻大总管有伤在身，即使是出兵也无人领军。若没有大总管的指挥，只怕也难有多大的胜算。"

阳爻长老则稍有些不以为然地道："天魔新丧，鬼方诸族必然斗志全消，只要我们举军而出，他们岂会不望风而降？"

"凤妮觉得呢？"轩辕扭头向凤妮问道。

元贞和阳爻两位长老见怪不怪，轩辕乃是凤妮的情郎，这已经不是什么秘密，而且在有熊族中，能直呼太阳之名的人，也仅轩辕一人而已，谁也不会说轩辕，元贞和阳爻早就知道凤妮与轩辕之间的关系，只看凤妮此刻坐在轩辕的床边就可明白了。

凤妮稍作思索，想了想道："如果我们贸然出兵，只怕必须得动用有熊兵力的七成，才能够对鬼方起到威慑作用，但是我们若倾七成兵力出战，只剩三成兵力内防的话，以有熊这十城八寨之地，定会出现许多防守上的破绽，如果这时候东夷人乘虚而入，又该怎么办呢？"

阳爻和元贞长老一呆，他们因这次巨大的胜利，差点忽略了东夷这个巨大的潜在威胁。

"以鬼方的力量，我们何用倾七成兵力？我看四成就够了。其一，鬼方十部分散各地，我们只要各个击破，对方哪会是我们的对手？他们也没有如我有熊这般的坚城可凭，哪能有什么作为？"阳爻长老不服气地道。

轩辕笑了笑，他知道阳爻长老平时只是管理族中的一些杂事，根本就不明白征战之理，也就见怪不怪，只是淡然道："可事实上并不是这样。"

"哦，大总管有何高见？"阳爻反问道，他要灭鬼方的心情十分急切，是以，他对出兵一事极为赞同，不过却明白这还得轩辕或凤妮下令。但是轩辕若不赞同，凤妮也绝对不会赞同。他怎会不明白，轩辕和凤妮之间完全是一条心，轩辕完全可代凤妮发号施令。

当然，轩辕代凤妮发号施令并无人不满，因为事实证明，轩辕所赞同之事和所施行之事，在很短的时间内就可以取得成效，这使得有熊人不能不心服口服。而且这些人明白，轩辕绝对忠心于凤妮，也绝对不会做出对有熊族不利的事情，事事皆为有熊大局着想。因此，有熊人都不会怪轩辕成为太阳的代言人。

“行军作战，需讲天时、地利、人和，三者缺一不可，如果鬼方真如阳爻长老所说，或许我们的确能够各个击破，降伏鬼方诸族。但，那必须是在长老所设想的情况下，而事实上长老所想的是不可能存在的。

“其一，此时已是冬天，或许再过几日将大雪弥漫，这种天气征战，士卒很容易生病，野外扎营难，粮草补给难，行军作战难，潜踪匿迹难；

“其二，鬼方虽无坚城，但在漠外平川作战，靠的是来去如风的骑兵，以最大的冲击力给对方造成极大的破坏。事实上，我有熊的骑兵是最弱的一环，因为长期以来，我们都是凭坚城而守，不用与鬼方或东夷的骑兵对抗，因此我们在骑兵的训练之上远远不如鬼方和东夷。若是我们以步卒前往漠外攻打鬼方，只怕反被他们冲得七零八落。至少，他们仍有近千风魔骑，还有一些鹿骑战士；

“其三，我们欲灭鬼方，鬼方自然也知道这一点，他们定会有所防备。若我们步兵奔袭，行动缓慢，他们完全可在路途伏击，同时鬼方各部人众更不会傻得分散于各地，我们只要上前一攻，他们必会整兵一处，正因为他们没有我们这样的坚城，所以也没什么可以留恋，说走，整个部落可在一夜间全部转移，我们如何能各个击破他们？

“其四，天魔新丧，荤育部必同仇敌忾，天魔诸妃和刑天，还有魔奴都是极为难缠的人物，在实力上和兵力上，他们甚至还占优势，我们长途跋涉，他们以逸代劳，相形之下，我们已落入下风；

“其五，便是来自东夷的威胁，若是东夷不攻我诸城，反断我远征鬼方战士的后路，那熊城是救还是不救？若救，则正中东夷诡计，引我们在坚城之外与其作战；若不救，则远征队伍全军覆灭已成定局。试问，我们怎能如此贸然出兵？”

轩辕一席话，句句实在，条理分明，字字珠玑，只让一旁的人个个都呆然不语，阳爻长老更是惭愧，经由轩辕如此一分析，出兵之举确实是想都不能想。

元贞长老和凤妮及陶莹对轩辕更是佩服得五体投地，谁还能在这种巨大的胜利面前，如轩辕这般清醒地看清大局，看清形势呢？胜利最容易冲昏一个人的头脑，但轩辕却是例外，他不仅将所有的形势都看得清清楚楚，更能实实在在地把握住，这确实是非常人所能及。

元贞长老虽然不明白军事，但是却不是不明事理之人，听轩辕这么一分析，立刻也意识到了其中的利害。凤妮则深有感触，她一向都相信轩辕拥有常人所无法企及的想法及见地，而轩辕此刻的表现也确实没有让她失望。

元贞和阳䜣也不能不暗赞凤妮设立轩辕这个军事大总管确实是一个极为明智的任命。

“那大总管准备如何处理这群被俘的鬼方战士呢?”元贞长老问道。

“我正想跟诸位商量这件事。”轩辕笑了笑道。

“哦!”

“当然，在此之前我还要先粗略地将其他几件事情向大家分析一下，然后再说出我对这群俘虏的处理意见，供大家参考一下。”轩辕吸了口气，身子微微抬起了一些。凤妮忙扶住轩辕，陶莹则在轩辕的背后垫上一个高厚的软枕。

“大总管请讲!”元贞客气地道。

轩辕也不客气，悠然吸了口气，道：“据我所派出的密报回报，事实上东夷已经屯兵于阪泉之东的三阿，具体的数目并不清楚，但初步估计，实力绝对不弱。少昊一刻也没有忘记对付有熊之举，这次他们只是估计失误而已，本以为，我们会被天魔大败，而他们在我们被天魔大败之际乘虚而入，与鬼方分割我有熊之地。可是我们却在一日间，以速战之法大败天魔后再固守熊城的战略一下子打破了他们的全盘计划，这使少昊欲以奇兵偷袭我们远战鬼方军的战士也没有办到。因此，若我估计没错的话，少昊近日定有新动向!”

“哦，大总管原来早就在密切注意东夷了。”元贞和阳䜣恍然，同时对轩辕更多了几分佩服。

“在决定与天魔交战之时，我便想到了这个人，而少昊对于我们的动向也非常清楚，因此，他们早在许多天之前便已秘密调集兵力于三阿。所以，一开始我便只想与天魔速战速决，绝不能拖延超过一天的时间。无论胜败，便立刻退兵全力凭坚城而守，只是我们真的如所愿侥幸大胜一局而已。”

“难道轩辕一开始便认为，只需一天时间便可与鬼方分出胜负?”这回连凤妮也有些惊讶地问道。

“当然，有一天的时间足够分出胜负，我之所以敢与天魔交战，是因为我所布下的奇兵，而且我对天魔的布署很清楚，但天魔对我却知道得太少。所谓奇兵，便是要出奇制胜，胜负往往就在于那一来一回之间，如果这一来一回的冲杀无法胜敌，而所设下的奇兵无法起到作用的话，那我们便只有败没有胜!”轩辕并不介意地向凤妮解释道。

凤妮和陶莹听得频频点头，元贞和阳爻并不太清楚兵战之道，不禁暗暗吃惊兵战之道竟然有这么多的道理和这么多的部署，那可真是一步走错，便全盘皆输了。他们虽然身兼有熊族的要职，但一直所管的是宗庙事务，从不涉及战事。而他们的成长，也是在安逸的后线，顶多为前线作一下支援。在有熊族，负责战事之人很多，在职责之上轮不到他们，尽管他们武功极高，但只限于高手对决，对于领兵之道，元贞和阳爻还远远不如凤妮和陶莹。

“少昊因怕我们有所警觉，因此没敢把兵卒调得太近，当他们正准备来攻击我们之时，我们已经大胜而归，他们只好半路上改变主意，撤回了三阿。因此，我相信少昊绝不会甘心。”轩辕又补充道。

“如果真是这样，少昊定想前来挑战了?”阳爻长老有些微惑地问道。

轩辕笑而不答，半晌才道：“先不要猜测少昊究竟会干出什么事来，我们再来分析一下伏朗和风须句。如果我估计没错的话，伏朗和风须句一干人绝不会只有这几个被擒之人入了熊城，可能还有几位，但被阻在八寨之外的伏羲部高手会更多。由于我在八寨之间布下了重兵，一刻不停地巡逻，这使得那些伏羲高手根本就没有机会潜入熊城，这自七大营战士和八寨战士的汇报可以看得出来。他们在巡查时，发现了几个神秘人物，却被这些人给逃了。因此，我敢断定这些人是伏朗的人，更是来接应伏朗此次行动的，可伏朗没有料到自己会落入我们手中。虽然，我们暂时占了先机，却不能不防太昊的阴谋。”

元贞和阳爻不由得偷偷看了凤妮一眼，却见凤妮根本就没在意轩辕如何说，也都点了点头。但是元贞仍然有些惑然地问道："轩辕何以肯定这些人是伏羲部的高手，而非其他部族的人呢？"

"若要叫我找出证据，我又找不出来，那只是一种直觉，也可以说是一种猜测。但我相信，我的猜测不会出错。对了，我有一事忘了告诉两位长老，太昊其实已自半年多前便在太行山北首屯积了大量的高手，其目的何在我却不知道了，而且太昊很可能已经亲自北上。所以，有熊的危机仍不能算是过去了！"轩辕笑了笑，淡然地回应道。

元贞长老和阳爻长老的脸色也变了，如果太昊真的已经亲自北来的话，而他们却又抓住了伏朗和风须句，这岂不是梁子结大了？要知道，有熊族与三苗的伏羲部本来应算是兄弟部落，虽然太昊野心极大，欲侵占有熊，而且伏朗此次所做太过分了，但是若有熊真的与太昊撕破脸皮，那后果也不会好。所以元贞和阳爻两位长老也都为之色变，想到太昊的武功，便不能不让人担心。一个少昊已经够人头大的，再加一个可怕的太昊，几乎是难以想象。好不容易谢天谢地除掉了天魔罗修绝，如今却又换了一个太昊，能让人不担心吗？

"那我们该怎么办？"元贞眉头紧皱地问道。

轩辕笑了笑道："其实，正题应该先从这里说起！"

元贞和阳爻惑然不解，不明白轩辕此话何意，便是凤妮也有些不解。

"我们首先要杜绝太昊对付有熊的念头，让他不仅找不出理由来对付我们，更觉得有些愧对有熊。这样的话，我们至少暂时不会与伏羲氏为敌，更有可能整个局势从此扭转。当然，我们不奢望太昊会助我们对付少昊，却可能会为我们造成声势！"轩辕道。

"有这么好的办法吗？"元贞长老讶然问道，阳爻也精神大振，如果事情真能如轩辕所说的那么好的话，那确实是非常妙的一件事。

"有，但这却要委屈两位长老一次。"轩辕肯定地道。

"若真是有此妙法，别说是委屈我们一次，就是十次又如何？"元贞大义凛然地道。

"好，有长老此话就好。我要两位长老向伏朗和风须句道歉，并以上宾之礼对待伏朗和风须句！"

“什么?”阳乡失声问道。

元贞也有些惑然地望着轩辕，试探着问道：“这有用吗?”

轩辕高深莫测地道：“不过，两位长老先要装作恶人。”

“恶人?”元贞似乎有点明白了，但却不清楚轩辕究竟想让他们干什么。

“这叫苦肉计，必须由你们与凤妮一起合演，我保证有效。不过，可能要以牺牲一名兄弟的生命为代价!”轩辕吸了口气道。

凤妮一惊，道：“需要这样吗?”

“成大事者，必有小牺牲!”轩辕坚决地道。

元贞咬咬牙道：“如果真要这样，我们便在死士之中去挑选吧!”

“如此甚好。”轩辕道。

“大总管还没有说我们该怎么处理鬼方这批俘虏呢。”元贞又问道。

“是啊，我们想不出这与处理鬼方俘虏会有什么关系。”阳乡也疑惑地问道。

“当太昊和少昊同时对鬼方进行掠夺之时，就是放这群俘虏回鬼方的时候了。不过，这一段时间就让这群俘虏跟我们的子民一起劳动，一起吃住，更要好好地善待这群俘虏!”

“当太昊和少昊同时对鬼方进行掠夺之时?”凤妮和元贞长老及阳乡同时愕然，轩辕似乎时时都有惊人之语。

“当然，而且不用等多久，只要我们将伏朗送至太昊的跟前，一切都会照我的估计发展。太昊自不会空手而归，定会乘此刻鬼方势弱而夺之，甚至想征服鬼方诸族，便像当年蚩尤一样。而太昊也绝对不会因为我们这一举措，而完全放弃对有熊的野心，如果他能够征服鬼方的话，将来再征服我有熊也会轻松很多，至少不用奔袭千里来战。因此，太昊绝对不会放过这个征服鬼方的千载难逢的机会。”轩辕肯定地道。

顿了顿，轩辕又接着道：“事实上，太昊让伏朗乘我们大战鬼方时潜入熊城控制凤妮，这是一个极为高明的招术，也是太昊间接控制有熊的一种手段。因为太昊也料定我会被天魔所败，甚至是所杀，那时天魔兵临城下，东夷虎视眈眈，在那种情况下，如能控制凤妮，有熊自然不能不依赖太昊的力量，若是想让太昊去战天魔，凤妮自然不得不将有熊的兵权交给太昊。那时，有熊还不是在太昊的掌握之中？他可以兵不血刃地夺得有熊，只是他也太小看了我们。既然太昊不能夺下有熊，只好退而求其次，去控制鬼方，再慢慢来对付我们了。”

“果然阴险，太昊此计果然厉害！”阳文和元贞听轩辕如此一分析，不由得大呼好险，差一点便真的被太昊阴谋得逞。

“不过，他再厉害也厉害不过我们的大英雄轩辕呀！”凤妮感激地瞥了轩辕一眼，不无骄傲地道。

“确实如此，我们的大总管的智计更胜太昊数筹，看来太昊是注定了要败在我们大总管的手中了。”阳文一点不掩饰自己的想法，欣喜道。

“若论斗智，天下确没有人可以跟我们大总管相比，只听大总管如此一分析，便可知，天魔败亡并非偶然。看来，我有熊振兴有望了！”元贞长老也开怀赞道。

轩辕不置可否地笑了笑，道：“我并不是智高一筹，而是因为我绝对不敢轻视对手，更不会小看自己。事实上，若人能够无论何时都可以保持心绪的平静，灵台的空明，去认真地分析形势，那这样一个人便可以不犯大过，或者可以说是战无不胜，即使是比自己更强的对手也不例外！”

顿了一顿，轩辕又接着道：“人力是有限的，群力是无限的，若论高手决斗，的确没有人能胜太昊、天魔之辈，但战争非高手决斗，而是群力群策，放眼大局，乃是千军万马冲杀，任何手段无所不用其极。因此，一人之力再勇，也难敌千万人，终难免一败。而天魔对自己一人的力量太过自信，而忽略了整体的配合及部将力量的运用，因此他注定失败，这是很正常的！”

元贞和阳文虽然不懂战事，但是也听得频频点头，不觉有半点乏味，反觉得战争也有其外人无法知晓的乐趣，甚至可以说，战争也是一门艺术，只是在不同的人手中，艺术成就的高低各不相同而已。在轩辕的手中，战争便像呼吸吃饭一样轻松自如，这也是对他身边众人的一种强有力的感染。事实上，这便是轩辕魅力体现的一种形式。

“如果太昊出手对付鬼方，那么东夷的少昊定不会让伏羲氏独得便宜，定也会乘机战鬼方获得更多的奴隶，或是降伏更多的部落，可对？”凤妮立有所悟地道。

“凤妮果然一点即通，少昊既已整兵，见我有熊没有便宜可占，自然会挑那好占便宜的鬼方去攻击了，根本就不用等太昊先出手，或许再过两天便会有少昊攻击鬼方的消息了。”轩辕肯定地道。

元贞长老一愣，事实可能确实是这样，但他又疑问道：“可是，我们放回这千余名俘虏又有什么用意吗？难道大总管想让他们回去与少昊、太昊拼个两败俱伤？”

轩辕不由得笑了起来，反问道：“凭这一千人能与太昊、少昊拼个两败俱伤吗？”

“那轩辕又是何用意呢？”陶莹和凤妮也都被轩辕这神秘之态给勾起了好奇之心，禁不住问道。

轩辕悠然一笑，道：“我要让他们回去带着族人来依附我有熊族！”

“啊……”众人皆惊，轩辕的话总有让人意想不到之处，更会让人难以置信，抑或是轩辕的思绪跳跃太快，余者都跟不上节奏，因此才会造成极大的惊愕。

轩辕好整以暇地闭眸深深吸了口气道：“恩威并施方是强者统治之道！”

“恩威并施方是统治之道！多好的话！”凤妮情不自禁地自言自语道，眸子里闪过了一幕异彩。

元贞和阳爻也肃然动容，齐声称赞道：“大总管真乃神人也，更是我有熊的福星，我们服了！”

“所以，夫君才要善待这些俘虏？”陶莹眸子里闪出一种异彩，问道。

轩辕点了点头，道：“不错，我要让他们感受到我们的子民其实是非常友善，非常善良的，更要让他们知道，在我们这个部落里是如何的幸福。使他们知道，我们所向往的不是战争，而是和平，不是掠夺，而是相互给予，相敬相亲，让他们觉得到我们是宽容的，会以一种博大的情怀接纳他们。同时我更会亲自去告诉他们，与天魔之战是迫不得已，也是很无奈的。我们不去乘机侵掠他们，是因为我们部族伟大的精神所在，但我们不怕任何敌人的侵略，愿意庇护任何弱者！”

“这样真的可以让他们领着族人来依附我们吗？”阳爻长老仍有些疑惑

地问道。

轩辕自信地点了点头，道："在一般情况下，他们或许不会，但是如果有太昊和少昊两大强敌的紧逼，他们在无法抵挡的情况下，自然会想到我们。而且塞北苦寒，能够不战而平和地南迁，这本身就是一个诱惑，只要在这段时间里让他们深刻地感受到我们对他们的好，他们便自然会前来投奔。"

顿了顿，轩辕又接道："其实，我的这个举措并不是完全针对鬼方，还有其他的大小部落。那些本属于东夷和其他的小部落，若是知道我们如此宽容，定会相继前来依附，因为没有多少人真正的希望战争，更没有人不想过上安宁的生活。再加之我们此次大败鬼方的威势，你们等着瞧吧，前来投靠我们的部落和人马会有很多的！"

"这种妙策大概唯有轩辕才想得到，我们定要更宽容地对待前来依附我有熊之人，将来有熊定能继神族之后，再定天下！"凤妮也激情万分地道，旋又顿了顿，诚恳地道，"那时，凤妮愿意让轩辕来掌管我们新的神族，由轩辕来治理万世和平的天下，凤妮即使做轩辕身边的一个小卒也足以傲对世人了。"

元贞和阳亥两大长老愕然失色，哪想到凤妮竟会说出这样一番话来？

轩辕也不由得神情一肃，道："凤妮何出此言？你永远都是有熊之主，轩辕怎能让凤妮做我的小卒呢？"

元贞和阳亥一听，忙附和道："是啊，你是我们的太阳，永远都是有熊族的最高首领！"

凤妮哂然一笑，道："天下，有德者居之，有能者治之，有道者统之。凤妮虽不会妄自菲薄，但却知道，未来之天下，除轩辕之外，谁能治理好？德、才，以及治国之道，凤妮与轩辕相差甚远，是以凤妮此话实不为过。智者为天下谋福，俗者为己谋福，能为天下人之利而舍己身之小利，方为大智大善之人也！"

元贞和阳亥不由得一呆，凤妮的话实是无从反驳，若说到治军治族，轩辕几乎是无可挑剔的人选，其智其勇其胸襟其手段，实是无人可比。若能让轩辕统领有熊族，一定可以让有熊族中兴，甚至成为继神族之后最为强大的部族，但是轩辕毕竟不是有熊正统。当然，此刻的有熊族也几乎是等于握在轩辕的手中，以轩辕此刻的威望，若登上太阳之位，谁会反对？只怕有熊十万子民人人呼好。单从今日一早，便有上百成千的子民络绎不绝地来到轩辕所居西宫门前参拜就可看出，有熊子民是如何爱戴轩辕，而且都在不住地呼轩辕万岁，这是熊城百年来从未出现过的现象。当然，也有人去太阳宫外叩拜凤妮。

轩辕感激地望了凤妮一眼，淡然笑道："谢谢凤妮如此看得起我，不过，轩辕最希望看到的便是凤妮做有熊的太阳，以凤妮那颗仁爱之心让有熊拥有昔日神族所没有的温馨，而且将来天下的形式可能也不会与神族一样，而是各部落同时存在，互敬互爱，互相尊重，相互支持，也只有这样，才能够使天下受最少的战火焚烧，而得以和平统一、安定！"

"这就是你曾构想的部落联盟？"凤妮和陶莹两女的眸子同时放光地道。

轩辕点点头道："只有这样，部落与部落之间才不会因利益的争夺而战斗，不会因为差异而不和，大部落呵护小部落，小部落支持大部落，相互融合，相互学习，终究会消除彼此的界线，成为一家人。大家共抗外敌，共同处理联盟内部的问题，调解矛盾，这将会使天下变得更为美丽和温馨！"

元贞和阳爻两位长老也不由得老目放光，情不自禁地鼓起掌来，同声叫道："好！好！如果真能见到那样一个世界，我们也死而无憾了！"

"一定会的！"轩辕肯定地道。

"我相信那个世界一定是由轩辕所建立的！"凤妮也坚信地道。

"目前，我们便已与陶唐氏、君子国、龙族及一些小部落商量好了，他们已经派来了代表，商议这联盟之事。而且我已经想好了这个联盟的名字！"轩辕微有些兴奋地道。

"什么名字？"凤妮讶然问道。

轩辕深深地吸了口气，道："华！"

"华？"所有人都为之愕然，这是什么意思？这又有何特指？

"这是个什么字？"众人从未听说过，不由得讶然问道。

轩辕想了想，让陶莹拿来炭墨和羊皮，然后在上面画了一个古怪的符号，似是三个同心圆，但在同心圆中又有一似跃动的龙形线条横过三个同心圆。

“这就是‘华’?”众人大为错愕，惊讶地望着这古里古怪、往日从未见过的图案，竟有一种极为荒谬的感觉。不过他们却知道，轩辕画出这个图案一定有他的用意。

“这个图案又是代表着什么意思呢?”众人不由得问道。

“里面那个圆是月亮，而中间那个圆是太阳，最外面的一个圆才是华!那是一种只会出现在太阳和月亮周围美丽至极的彩色光环。我所画的只是我们联盟之后所绣于旗上的共同标志!”轩辕顿了顿，又淡淡地接着道，“太阳乃是代表我有熊氏，而日月同在，则代表天地，代表宇宙万物，这环于日月之外的‘华’则是代表我们要共同创造一个美丽的天地，紧紧地围绕在一起!”

“那这中间的龙纹又代表什么呢?”陶莹指了指那龙纹道。

“它是龙神，也是保护我们的大自然之神，只有它，才能够把我们各部各族拉在一起，紧密联系起来，它象征着日月与我们是一脉相承的!”轩辕无限向往地道。

众人眼里无不大放异光，齐赞道：“好美的寓意，好美的象征，好，华!就是华!”

第一百二十二章　洪荒联盟

轩辕不禁笑了。是的，好美的寓意，那是他在十四岁那年所见到的一个奇象。那时，他几乎被惊呆了，在太阳的周围竟会泛起如此美丽的一圈七彩光环，无比亮丽而灿烂。后来他问了许多人，那些人都不知道这是什么，有些人对着那七彩光环膜拜，有些人则说是妖象，请祭司做法驱赶，但轩辕没有动，只是静静地坐在姬水河畔独自观赏，直到那七彩光环褪去，可那种震撼却在他幼小的心灵中逗留了很久。当轩辕再见那美丽的光环时，是在一个静夜里，那年他已十六岁，月亮好圆，就在那月上正空之时，月亮的周围竟奇迹般泛起了这样一圈美丽无比的光华，他的心灵再次被震撼，此时他仍在姬水之畔静坐，却有一种欲顶礼膜拜的冲动，但他已经不再是那年那月的小孩，他所思索的问题更多。是夜，他看到了一阵阵星雨自天空坠落，竟有一些坠于他身前的姬水之中，仿佛冥冥之中向他昭示着一些什么，让他感觉到整个天地都属于他，都在环护着他，月亮之神在轻抚着他，连星星也陪他逗乐。那时他感到，自己应该是整个天地的主宰。于是他发誓要出人头地，也相信自己才是真正的天地之主。数年来，他终于给那七彩的光环取了一个很美的名字，叫作——华！

伏朗无论如何也没有料到自己会落得今日这般下场，地牢之中寒意彻骨，如今他与风须句的功力被封，便连抗寒也难，虽然也有人给他们送饭来，但总是吃不饱，这对于他这个伏羲氏少主来说确实是一种极大的耻辱。

这能怪谁？伏朗心中有些自怨自艾："没想到凤妮竟然要上这样一手，看来这次自己真要冤死狱中了，轩辕那小子肯定不会放过自己！"

当然，伏朗绝对没有想到这是轩辕和凤妮故意设下的一个圈套，他仅只是认为自己时运不佳而失手遭擒。

"主祭，我们现在该怎么办？"伏朗第一次感到束手无策，他不知道外面情况如何，如果轩辕打了败仗的话，回头来肯定会拿他出气。此刻有熊族全在轩辕手里，凤妮也与轩辕一个鼻孔出气，自然不会再帮他。更何况，伏朗也觉得自己有愧于凤妮。

"只要凤妮回来了，他们还不至于杀了咱们！"风须句神情也有些焦灼，此刻不知外面战况如何，他们没能完成太昊所交付的任务，若是错失了时机，那可就后悔莫及了。不过，到此刻为止，太昊的计划应该是已经泡汤了，根本就不可能再有机会向凤妮下手了，只要有熊不与他们翻脸已经是够幸运了。

"可是我们此刻已经与她僵化了关系……"

"不管怎么说，你仍是她的师兄，再有什么过错也不可能就因为这一次事情而杀掉我们。"风须句说到这里，倏然听到牢外争吵的声音。

"谁挡我，我就废了谁，今日我一定要杀了这两个小人！"

"副统领，他们可不是一般的人，而是……"

"少废话，给我开门！即使是狼子野心的太昊，我也照杀不误！这两人只不过是太昊身边的两条狗而已，居然敢趁火打劫，不杀他们难解我心头之恨！"

"可是……"

"你若再啰唆，我就宰了你！我要让太昊知道，我有熊是不惧任何人的，我要让他为所做的一切付出代价！"

风须句和伏朗脸色都变了，只听哐啷一声，狱门大开，一个大汉一身戎装、满面杀气地冲了进来。

"左副统领……"一名狱卒想拉住那大汉，却被他一拂袖间甩了出去。

"滚到一边去，没你的事，一切责任我一人承担！"那大汉说着一剑劈开伏朗和风须句所在的牢门，大步而入。

那狱卒呻吟一声，跌跌撞撞地跑了出去。

“你便是太昊的狼子伏朗？”那汉子目光阴冷地望着伏朗，木无表情。

“你是什么人？”风须句心头发毛地问道。

“哈哈哈……”那汉子冷然大笑，道，“老子熊城护卫副统领左彪，今日特来取你两个狗贼的脑袋！”

“可我们并无怨仇呀？”伏朗心胆俱寒，有些气弱地道，同时心中忖道：“难怪那狱卒不敢相阻，原来此人竟是熊城护卫副统领。”

“哼，太昊欺人太甚，竟派你们两个狗贼前来我有熊落井下石！对于你们这样的小人，人人得而诛之，我左彪身为熊城副统领，让你们两个狗贼混入熊城，已是失职至极，怎么也不能让你们好过！”左彪义愤填膺，随即又愤然指着伏朗大骂道，“尤其是你，跟太昊老贼一样，没心没肝，无情无义。本来老子敬你是太阳之师兄，谁知却换来你这种卑鄙小人落井下石之举。我有熊大难当前，太昊老贼不但不帮，反而为了自己的私利，对付自己的徒儿，对付自己的兄弟部落！伏朗小儿，难道你就不感到可耻吗？难道太昊老贼就没有一点羞耻之心？枉他身为天下第一人，我看其德行连一只野狗也不如，野狗还能认亲识友，而你们，却是没有一点人性……”

“住口，不准你骂……”

“我呸！”左彪一脚踢在风须句的胸膛之上，吐了一口口水，使得风须句那句话还没说完，便已跌倒在地。

风须句何曾受过如此之辱？但此刻功力受制，又怎是左彪的对手？

伏朗脸色唰的一下白了，他没想到左彪竟真的敢出手！

“不准老子骂，老子就偏要骂！”左彪冷笑道，“太昊老贼是副什么德行，这种人也配做我太阳之师？只懂得在背后施放冷箭，而且是对付自己的弟子！若有本事，怎不去对付鬼方？怎不去对付东夷？这种事情只有太昊老贼才做得出来！若说第一，太昊老贼倒真是厚颜无耻第一，卑鄙阴险第一，可谓是天下小人之首，我左彪今日就要让他看看，他将为此举付出多大的代价！”

“你！比之乃父更卑鄙无耻，更厚颜阴险！”左彪突地一声低喝，手中之剑直指着伏朗的面门。

伏朗只觉得寒意直窜入身体，思想差点麻木了，虽然他也想到过死，可是一旦面临着死亡时，又完全是另一回事，不由得颤声道：“不，不是！”

“哼，不是吗？当初为了控制我们的圣女，为了一己之私，你不惜将护送圣女回熊城的有邑战士置于死地，甚至出卖他们以孤立圣女，更连你自己的兄弟也一起出卖，这不叫卑鄙阴险叫什么？回到熊城后，你口中说全力助圣女登上太阳宝座，暗地里却尽给圣女制造压力和阻力，让圣女孤立无援，而你所做的这一切则是为了能够完全控制圣女而得我有熊，这不叫卑鄙、无耻、阴险又是叫什么？圣女对你多好，对你父子多么尊重，而你竟忍心一次又一次地做对不起她的事，还有脸邀功请赏，这不叫厚颜无耻、卑鄙阴险又叫什么？不仅如此，你心胸狭隘，狂妄自大，除了有一张好脸蛋外，你还有什么？金玉其外，败絮其中，贪得无厌，索求无度！比比我们的大总管吧，那才叫男人，那才叫英雄，无所求，却倾力相助，无所惧，而转战天下。他所做的一切都只是为千万人着想，才高而不骄，勇悍而不浮，心高而不露，一身傲骨却无傲气。你伏朗是什么东西？你不觉得汗颜吗？你不觉得脸红吗？你不为你父子的所作所为而心虚吗？”左彪越说越气。

伏朗禁不住将头低了下去，脸上火辣辣的，左彪的话一针见血，句句正中伏朗的心事，使他无法反驳。他平时还不觉得什么，但此刻通过别人一一奚落，倒真觉得自己的所作所为太过分了。再与轩辕一比，更是无地自容。是啊，凤妮对他多好，开始之时对他是言听计从，可是自己处处自私自利，还不断地暗中拖后腿，以凤妮之聪明，岂会不知？可是凤妮一如继往地对他好，而他竟仍然暗中使坏……伏朗觉得左彪这一通骂实在是很到位。

风须句也脸色一阵红一阵白，虽然不是他亲自对付凤妮，可确实感到很难理直气壮地反驳对方的质问。尤其是此刻他们是来暗中对付凤妮，而成了阶下之囚。

“现在你死而无怨了吧？像你这种败类、残渣，活在这个世上只会让世人耻笑！”左彪冷然不屑地道。

伏朗没有抬头，他已经没有抬头的勇气，左彪的话使他充满了悔意，仔细想想，如果当初自己全心全意地对待凤妮，不要任何阴谋诡计，今日只怕早就已经与凤妮确定了关系。而他却要一些小聪明，将凤妮送给了轩辕，这叫聪明反被聪明误，确实是悲哀至极。他落到今日这个下场，只是咎由自取，又能怪谁呢？

“你还有何话可说？”左彪冷然道。

伏朗黯然地抬起头来，叹了口气道：“我没什么好说的，不过请代我告诉你们太阳，我仍是爱她的！只不过，我对不起她！”

左彪眸子之中闪过一丝冷酷的神采，道：“伏朗，在你死之前，我给你一个忠告，或许你来世用得着！爱一个人，便要无私地奉献，公道自在人心，自以为聪明者，最后都会反被聪明所误！”

“住手——”一声高喝自狱外传来。

三人全都一怔。

伏朗不由得神情怪异，脱口低呼：“凤妮！”

凤妮竟在这要命的时候来了，让伏朗又喜又愧。

左彪一惊，这一剑便不敢再刺下去了，忙收剑肃立一旁，他正要说话，便听凤妮一声怒叱：“好大的胆子，竟敢对主祭和我师兄如此无礼！给我拖出去重责四十大板，再听候发落！”

“太阳……”左彪欲分辩，却被两名金穗剑士一左一右夹住。

“算了，这不关他的事。”伏朗听凤妮如此一说，更是惭愧，不由得叹了口气道。

两名金穗剑士一听，也就不再拖拉左彪。

“你没事吧？师兄，这几日来凤妮不在熊城，怎会弄出这些乱子来？也不知这群人是怎么办事的。”凤妮一脸关切地问道。

“我没事！”伏朗低声道，他仍在仔细品味着左彪最后给他的那句忠告。而左彪的那一席话仿佛倏然间将他自梦中惊醒了一般，凤妮越是如此对他好，就越是让他感到过意不去。

“还不拿解药来?”随即凤妮又愤然道，“传两位长老来见我，我倒要问问他们这究竟是怎么回事!”

风须句也站了起来，狠狠地瞪了左彪一眼。

凤妮大发雷霆，得知左彪居然敢大骂太昊之后，立意要斩左彪以问罪。但后来在伏朗开口和众熊城长老的请求之下，死罪可免，活罪难逃，重责四十大棍，更示众一日，连其副统领之职也取消了。

谁也没想到凤妮处理此事会如此坚决，对太昊竟会如此尊重和敬爱。她下令整个有熊族子民，若有谁敢辱骂其师太昊者，定斩不恕，无论是谁！一时之间，人人心寒。

风须句也对凤妮的举措大感意外，伏朗则更是惭愧，而凤妮的决定还不止如此，更要让擒下风须句和伏朗的元贞长老和阳爻长老向风须句、伏朗道歉。一时间，熊城哗然，便连风须句也感到极不好意思。

风须句自然知道有熊与鬼方一役大获全胜，而且还杀了天魔。如此一来，有熊族的威势何等浩大，根本就不必害怕伏羲氏，也就是说凤妮根本就没必要如此做，但事实上凤妮却如此做了。这样一来，风须句绝不怀疑凤妮心中对太昊仍是极为尊敬，对这个师兄也仍是极为敬爱。当然，那已经不再存在男女之情了，这一点伏朗也明白。

伏朗心中很是感动，更多的是愧疚，他甚至有些恨父亲，为何要对付凤妮？为何要夺得有熊？他从来没有此刻这般清晰地感受到太昊人格上的缺陷，同时也觉得父亲确实有些卑鄙和无耻。当然，他不会将之说出来，但心中却有恨。他之所以失去凤妮，其父太昊不能说没有任何责任。

凤妮欲留伏朗在熊城多住几日，但此刻伏朗哪有心思再居熊城？更无颜面对凤妮。人家凤妮从战场上刚刚返回熊城，便立刻将他们自狱中放了出来，还大责众人，而他自己做的又是一些什么事情？乘熊城紧张之际施展阴谋诡计，即使凤妮原谅了他，他也无法原谅自己。这或许是被左彪骂一通之后才有所感吧。

凤妮也不再强留，便立刻写了一封书信，更准备一份厚礼，派一队随从亲自送给太昊，也算是一路上做伏朗的护卫。

凤妮登上了太阳宝座，自然要谢恩师，更是表示对恩师的一种感激之情。

最让伏朗吃惊的是，他自凤妮口中探得，凤妮其实早就知道太昊北上，在太行之北！这确实让伏朗有些心惊，也使他更为心虚。他哪里知道，这是轩辕早就已经想好的计划，而凤妮只是依照这个计划去实行而已。

伏朗出城，凤妮送出十里，颇有相别依依之感，差点没让伏朗感动得哭出来。自始至终，他都没有见到轩辕出场，他不知道是轩辕故意不出场，以避免彼此尴尬，还是轩辕还未回返熊城。但，没有见到轩辕的出现，伏朗的心中稍稍舒服了一些。

凤妮的热情，使得风须句都感到非常不好意思，觉得若太昊还要对付凤妮的话，那确实是一种罪过。

送走了伏朗，凤妮感到一种前所未有的轻松，她可以预料到轩辕的苦肉计一定会成功，甚至会更好，不由得打心眼里佩服轩辕。放眼整个天下，大概也只有轩辕才有这样灵活的思路，如此多的智谋，对待任何事情都是那般轻松自如，谈笑之间就可把一件令人头大的事情完全摆平，这或许正是轩辕的魅力所在。

而轩辕此刻却在想着另外一件事情，那便是联盟之事。当务之急，没有什么比联盟更为重要，他始终没有忘记另一个威胁，那就是潜伏的蚩尤！

那日蚩尤和盘古智健兄弟俩受了重创之后，究竟去了哪里？他们是不是在一个秘密之地与叶帝的元神融合呢？要知道，叶帝的心性本就极坏，与叶皇可以说是两种完全相反的心性。若是他再与蚩尤的魔性融合，那将会出现一种怎样的状况呢？

这是没有人知道的结果，事实上，轩辕并不是太注意这一点，他只是知道，真正的浩劫可能正在酝酿。或者，只要他能够把握好一切，那么也可能浩劫不成浩劫。只是，他该如何去把握这个尺度呢？

其实，令轩辕困扰的并不是蚩尤一个人的问题，还有跂通。跂通现在哪里？要怎样才能够将其神志恢复呢？而那神出鬼没的狐姬又是在弄什么鬼？她会不会知道蚩尤的下落？她会不会是在弄什么阴谋？

轩辕还从未正面地去好好思虑狐姬的问题，这个女人不仅透着一股神秘，且其表现更让人有些捉摸不透，是敌是友，很难解释清楚。而她为何要说出有关桃红的事呢？为何话说得如此模棱两可？狐姬到底在弄什么鬼？桃红难道会有什么不妥吗？

轩辕自不相信狐姬的话，他相信桃红对他是真心的，他相信桃红是不可能背叛他的。不过，有时间他倒要好好地与桃红谈谈，与雅倩谈谈，这样或许会对狐姬这个神秘的女人多一些了解。

桃红呢？轩辕突然发现这两天桃红很少出现在他的面前，也不怎么来看他了，是不是有什么事情去忙了？

嗯，蛟幽又怎样了？蛟龙的伤势好了吗？怎的他也未来见自己？轩辕一时思绪如潮……

"莹莹！莹莹！"轩辕张口喊了两声。

陶莹急忙行了进来，刚才她正与云娘、燕琼诸女在逗小悠远呢。

"夫君醒了？"陶莹问道。

轩辕掀开被子，竟一下子走下了床，此时他的胸口居然已结了疤，看来伤势好得极快。不过，他此刻无法灵活地运用自己的功力，或许可以说，功力暂时性地尽失。

"你怎么起来了？"陶莹忙上前相扶，微微责怪地问道。

"已经睡了两天，再不起来都要烂在床上了！"轩辕轻微地伸了个懒腰道。

"你呀你！"陶莹拿轩辕没有办法，忙找一件衣服给他披上，关切地道，"小心着凉了。"

"我的乖莹莹什么时候变得婆婆妈妈了？"轩辕幸福地搂过陶莹，笑问道。

“若我再不变得婆婆妈妈些，你还不会将我当你女人看呢!”陶莹白了轩辕一眼，没好气地道。

“冤枉，实在冤枉，我怎会呢？莹莹可是我的心肝宝贝!”

“呵，瞧你说得这么肉麻兮兮的!”陶莹甜甜地一笑，旋又道，“琼妹她们在外面，外面阳光很好，出去坐坐也好。”

“对了，蛟龙的伤势可有好转?”轩辕问道。

“有歧伯为他疗伤，应该不会有问题吧。”陶莹想了想道。

“我想去见见蛟幽。”轩辕正色道。

陶莹闻听轩辕之言一怔，旋又道：“你是该见见她了，她一直都在蛟龙那里，不敢来见你。”

“为什么?”轩辕一皱眉，心中微痛地问道。

陶莹望了轩辕一眼，摇了摇头，道：“这个问题你应该亲自去问她，我是无法回答的。”

轩辕呆了一呆，道：“好吧，我这就去见她。”

“可是你的伤势?”陶莹担心地道。

“没事，支撑着走路是没问题的，只是不能够与敌人交手而已。”轩辕嘘了口气道。

“要不要再休息两天再去见她?”陶莹轻劝道。

轩辕伸手轻轻拂了拂陶莹额际的发丝，叹了口气道：“莹莹应该明白为夫的心情。”

陶莹幽怨地望了轩辕一眼，不再出声，顺从地点点头道：“好吧，我去给你安排。不过，宫外还有很多人等着想参拜你呢!”

轩辕不由得摇头笑了笑，他知道陶莹这是提醒他要小心，因为蛟幽曾对蛟龙偷袭过，而他此刻与普通人无异，是以陶莹才会有此担心。但，无论如何，轩辕总要去见蛟幽，不管发生了什么样的变化。

“红儿呢?”轩辕又问道。

“红姐与歧伯他们去采草药了。”陶莹道。

轩辕怔了一下，也便没再问什么。

这段日子以来，蛟龙每天都在阳光下练功，其伤势正处于恢复阶段，但是他却绝不肯闲着，而且比谁都更勤奋，每天苦练木神的武学，其武功进境急速，几可与木青相提并论。

此时的蛟龙已无昔日之浮躁，整个人都变得更为稳健和沉默，举手投足之间，都有一副高手的风范，便连蛟梦也老怀大慰。可以肯定，蛟龙的武功定比其父更强。

蛟龙似乎清瘦了一些，正半闭双目对着太阳静坐呢。

轩辕的脚步声惊醒了蛟龙，但蛟龙是在听到有人呼喊“大总管”之时才睁开眼睛。

蛟龙收息而立，若是别人他根本就不会起身，但来人是轩辕。

蛟龙感激轩辕，尊重轩辕，他已不再是昔日争勇斗狠的蛟龙，而轩辕也非昔日不近人情的轩辕，两人抛开一切成见，可算是最好的兄弟。蛟龙知道，自己有今日之成就，全拜轩辕所赐，事实上不仅仅是他需要感激轩辕，甚至整个有侨族也都要感激轩辕。

“听说你受了伤?”蛟龙急步来到轩辕的身边，打量了轩辕一眼，关切地问道。

轩辕并不掩饰地点了点头，嘘了口气，目光却在别的地方打量了一下。

蛟龙似乎立刻明白了其意，向里屋努了努嘴，道：“在里屋!”同时也叹了口气。

“她……”轩辕欲言又止。

蛟龙望了望轩辕身边的剑奴、木青、花战及凡三诸人，无可奈何地道：“或许只有你才可以解开她心头的结，一切就拜托你了!”

轩辕双手轻轻搭在蛟龙的肩头，沉重地点了点头，叹口气道：“其实，我也应该为此负一些责任!”

蛟龙涩然一笑，嘘了口气，道：“过去的事就让它过去吧!”

轩辕点了点头，这才扭头对剑奴诸人道：“你们在外面等着我。”

剑奴眉头微皱，但却并未太多言语，只是点了点头。

蛟龙也有些讶异，今日轩辕身边的高手似乎比往日多，可能是因为轩辕真的伤势颇重，这才增加了许多护卫。

轩辕走到门前，轻轻敲了敲，屋内却毫无动静。

当轩辕敲了第三遍门时，他再也忍不住，径直推开了木门。

门没有上闩，屋子之中的光线并不暗淡。

西宫之中的房子都极为宽敞，而且透光性很好。

轩辕的目光巡视了一遍内厅，里面并没有人，双目不由投向了厢房，而他心头也微感一阵痛楚，犹豫了一下，举步便向厢房之中行去。

他依然选择不敲门而直入。

轩辕微微怔了一下，他看见了蛟幽。此时蛟幽正对着一面青铜镜而坐，静静地，如泥塑一般，背对着轩辕，茫然不知轩辕的到来，抑或她已经知道了，只是不想作声，不想作任何反应。

“幽！”轩辕轻轻地唤了一声，蛟幽仍是没有任何反应。

轩辕叹了口气，轻轻地掩上门，缓步来到蛟幽的背后，却发现镜中蛟幽的目光空洞如死，直直的眼神仿佛已经完全失去了灵魂，只剩下一副美丽的躯壳。

“幽！”轩辕吃了一惊，双手禁不住紧拥住蛟幽的双肩，低呼道。

蛟幽似乎倏然吃了一惊，身子轻轻地颤抖了一下，目光稍稍地有神了一些，但却仍然没有扭身说话，只是眼里缓缓滑下两行清澈的泪水，却没有擦拭的意思。

轩辕也不语，心中一阵绞痛，他轻柔地将蛟幽搂在怀中，双手紧紧地握住她那冰凉的柔荑，就这样蹲在蛟幽的身边。

良久，蛟幽开始轻轻地抽泣……

“哭吧！”轩辕叹了口气，道，“哭过了之后，一切都重新开始，再没有任何人可以伤害你，我要用一生来疼你、爱你！”

蛟幽抽泣得更厉害，如一只受惊的小猫，在轩辕的怀中轻轻地抖动着。

当轩辕轻拥着蛟幽行出屋子之时，所有人都松了一口气。

蛟幽的眼圈有些微微发红，谁都知道她刚才痛痛快快地哭了一场。不过，自不会再有人提这些不开心的事了。

众人刚要簇拥上来之时，却听得有急促的脚步声传来。

众人扭头一望，只见两名金穗剑士疾步而来，一到轩辕身前，立刻躬身道："太阳请大总管去宗庙议事，范林已有人来我熊城！"

"哦。"轩辕一听，大喜，道，"好，就说我立刻来到！"

那两名金穗剑士很快退了出去。

轩辕望了望怀中的蛟幽，柔声道："我有事先去一下，待会儿再回来陪你。"

蛟幽依顺地点了点头。

"蛟龙，这里就交给你了！"轩辕说完放开蛟幽，在剑奴诸人的簇拥下，浩浩荡荡地直奔宗庙而去。

这段时间以来，虽然熊城内外喜气洋洋，但没有一个人忘了身边的危险。因此，戒备都极为严密，以防止有人乘乱而动。

轩辕才出现在山道之上，一路上的护卫皆恭敬地行大礼，人人露出崇敬之色，几乎无人不敬服。他们皆为有熊拥有这个用兵如神的大总管而骄傲。

一路上的熊城子民都大呼万岁，人人竞相行礼，追在后面欲一睹轩辕风采。不过，却被轩辕周围的一干高手相阻，近身不得，否则定会把道路堵个水泄不通。

"大总管到——"轩辕一上得熊山之顶，便有宗庙卫士高呼，于是声音一直传到大殿之中。

自大殿内立刻行出一群人，为首者正是头带高冠、姿色绝美的凤妮，她的身后则是六大长老和大祭司吴回，而旁还有久违了的歧燕、玄计、苦心。

“轩辕！”跂燕乍见轩辕，欢喜不已，如投林之乳燕般疾奔而至。

轩辕也大喜，伸出双臂，一把搂住跂燕，却忘了自己功力已受到禁制，差点被冲得一个踉跄，所幸剑奴及时地在后面撑了一下，这才没有使他出丑。

“你受伤了？”跂燕岂会感觉不到异样？急问道。

“是你变重了，用这么大力撞我。”轩辕笑道。

跂燕一听又羞又喜，哪还不知情郎是在与她开玩笑？但仍像个小女孩一般，依恋地挽着轩辕的手，道：“我才不管呢，这么长的日子以来，你都不想我，只撞了你一下，没揍你已是够客气了！”

众人一听不由得尽皆大笑，便连吴回和元贞也为之莞尔。

凤妮与跂燕早在癸城见过，自然知道他们的关系，是以并不为怪，而且两女也极为亲密。

剑奴对跂燕也是极为疼爱，皆因当日柳静提到过跂燕，而他也明白，跂燕才是真正的君子国圣女，又与轩辕的关系极好，因此见到跂燕自然高兴。

玄计诸人见了轩辕忙都施以大礼，虽然轩辕是有熊大总管，但却是名符其实的龙族大首领，龙族战士无不心服。

“陶唐氏的陶基大首领也已到了城外，莹妹已与众人去迎接了。”凤妮道。

“什么？”轩辕一听惊问道，旋即回过神来道，“怎不早说？我要亲自去迎接！”

凤妮一听，笑道：“我们准备一齐相迎，是以，马匹已经备好，只等你来了。”

“好，大家一齐去！”轩辕兴奋地道。要知道，陶基不仅是陶唐之主，更是轩辕的岳父，其身份、地位之高可与有熊上代太阳相提并论，自然比凤妮都要高一辈，是以众人齐出迎接并不为过。

六大长老和吴回早就听说了陶基这个人的名字，而陶唐氏乃是当年神族五虎族之首，族中高手如云，人丁兴旺，虽不及有熊十万子民，但也是洪荒中有数的大部落，整个部落紧靠太行，甚至已经控制了北太行，无人敢小视。

轩辕诸人迎出城外五里，才见远处一队人马施施然而来，两旁更有庄义的亲兵相护。

八大寨早就接到命令，作好迎接陶基的准备。

陶莹却是迎出了熊城近三十里，她的那一群高手正行在前头。

轩辕忙策马过去，见陶基果然被众人捧在最中间，陶莹正在叽叽喳喳地与父亲讲个不停呢，瞧她那兴奋的样子，不说也知道有多高兴了。

“小婿相迎来迟，还望岳父大人勿怪!”轩辕来到队前忙翻身下马，跪在陶基马前高声道。

“辕儿何用行如此大礼？你我翁婿应坦诚相对才是。”陶基忙下马相扶，搭住轩辕的双臂，笑意满面地欢悦道，同时仔细地将轩辕上下打量了一番。

“岳父大人为何不早些通知小婿?”

“辕儿受伤了?”陶基吃了一惊，有些惑然地问道。

“岳父明鉴，小婿确实有伤在身，一切容我稍后细禀。”

说着轩辕一让身，指着跃下马来的凤妮道：“这位便是有熊第十一代太阳!”

“凤妮见过陶伯父。”

“哈哈哈……”陶基欢声大笑，道，“见故人之女英姿飒爽，实是老怀大慰！果然虎父无弱女，看来有熊中兴定是指日可待了!”

“谢谢陶伯父之夸，请伯父上马，回熊城再说吧。”

陶基又与元贞和吴回诸人相继见礼之后才翻身上马，于是，陶基、凤妮、轩辕和陶莹四人并骑于前，余者皆尾后相随，同返熊城。

那声势之浩大，不亚于轩辕当日自釜山归返，万民相拥，夹道欢迎……

为欢迎陶基和龙族代表的友好到来，更是为了共商结盟大计，熊城举行了规模极大的盛宴。这确实是一个空前的盛举，而在此间，君子国的代表也快马前来。

这正是早已商议好的，四部落率先议定一种新型和平的形式，那便是部落联盟。

各部落商议了许多共同进退的方案，相互支援、补给，以共同缔造一个太平安宁的天下为核心目标；互助互利，共对大敌，同时有义务保护联盟范围内的各小部落。

后来大家一致推举让轩辕作为各部落之间的整体协调之人，也便是遇到危机之时的总指挥，而陶基则成为联盟的总监督。

轩辕担任总指挥自然不会有人反对，仅凭轩辕转战天下、大败天魔的声势就可以当之无愧。而且陶基也清楚他这个乘龙快婿的分量，且对轩辕的智慧极为看重，又有木神支持，他自然不会反对。君子国、龙族和有熊基本上都由轩辕统领，自然更不会有人反对。本来轩辕是要让陶基做这个联盟总指挥的，但是陶基以自己年龄渐高，不想太过操劳为由，而让位于轩辕。

轩辕自然知道，陶基受木神影响深重，而且对他又极喜爱，这才让位于他。

事实上，让陶基做这个联盟的总指挥也是当之无愧，不过他们都是一家人，也便没有太大的必要去争执什么。

陶唐氏的高手们也人人心服，他们的新姑爷可是杀死天魔、大败鬼方的大英雄，更是在各部落之中有着极为崇高的地位。

让风妮意想不到的是，结盟消息传出不到四天，便有十余个大大小小的部落闻风而至，小到一个部落数百人，大到一个部落两三千人，都派人来表示愿意加盟，有些人则是干脆依附有熊，可谓是喜事重重。

这些方圆近千里的各部，都听说了轩辕的威名，才慕名而来。有的甚至曾依附过东夷和鬼方，但在有熊声势大振之下，皆闻风而至，只让有熊人兴奋不已，也让陶基诸人心怀大畅。

这几天来天天议事，天天制定出一些规章和相关联盟的事宜，倒也是忙得他们不亦乐乎。

这几日来，轩辕的伤势也渐好，歧富天天采药。不过，歧富终于想出了完全治愈轩辕之伤的方法，那便是要去崆峒见广成子仙长，求得开经破脉之法。

轩辕本就极想见广成子仙长，自然不会反对。不过，那要稍待一些时日才行，此刻熊城事务使他脱不开身，而且联盟诸事又极为烦琐，还要制定出一些相关条文，让各部落共同遵守，共同合作，因此极为麻烦。

不过，能够使事情有个着落，麻烦一些又算得了什么？

轩辕近日来确实感到极为欣慰，熊城内外，一片繁荣，气象万新，仿佛是全民皆兵地为族中出力，有熊族从未有今日这般如此强大的凝聚力和号召力，对于轩辕和凤妮的命令，这些人是言听计从，不打半点折扣。

熊城内外各依附的部落也都齐心协力，不仅将熊城内治理得井井有条，便是十城八寨七大营也同样井井有条，每位战士训练起来更有精神。

不过，有熊的战斗力不再是限于有熊范围之内，因为此际有熊扩展骑兵那是非常必要的，重点也是训练骑兵。在步兵方面，熊城已足以逞一时之强，唯骑兵是其弱项。

于是，四处寻求战牛、战鹿和战马也便成了有熊急切所面临的问题。

第一百二十三章　治族之道

轩辕并不欲藏私，已自盖山氏调来二十余位已经非常熟知马性的龙族战士，包括两名盖山氏的战士，领着有熊战士去捕捉野马。另外则是强化训练鹿骑。

事实上，熊城附近的野马极多，只是以前并没有多少人去了解它而已。此时全民行动，又有数百战士相助，一起捕捉野马，这个行动可算是极为浩大了，当然收获也颇丰。

轩辕已让人赶制了一些令牌和旗帜，以代表华联盟的象征。轩辕为联盟所取的名字已经得到了大家的认同，虽然大家也是第一次听到“华”这个字眼，但是那种象征意义却是极得人心。

轩辕不仅要制定出条文和一些规矩，更要在各族之中选出一二个身份地位极高的人物代表联盟前来熊城议事。大族大部落则有两至三人，小部落也有一人，这些人代表联盟也代表各部落的利益，直接作联盟和各部落之间的枢纽，在各部落间施行联盟的制度和命令，也可以为各自部落向联盟提出困难，而在联盟中寻求共同的解决方法。

轩辕则是联盟的总指挥，也可以说是首领，而陶基则是整个部落联盟的监督人，也可以说是大总管。整个联盟的机构由轩辕和众部落的首领连续商量了两日，终于定下来了。以飞鸟作为各部落传书的重要工具，另外，若有大事发生则以快骑相聚。到第五日之时，联盟的一切细则终于敲定，以后若还有加盟者，必须依此细则行事。

事实上，轩辕对联盟的各部落也作了一番审查，他不希望这些部落之中夹有东夷、鬼方或是太昊的奸细，那样只会非常不利于联盟的发展，尤其在这种紧要的时刻。而前来联盟的诸部对外也是个秘密，只有少数人知道，甚至连熊城也不知道哪些部落加盟了。只有四大部落，有熊族、陶唐氏、龙族、君子国是众所共知的，其他的部落则是一个秘密。

轩辕不想泄露这些加盟部落的秘密，以免会在一个特殊的时间内遭到联盟敌人的突然袭击，这一点很得各部落的赞同。知道哪些部落在联盟范围里的人，除有熊、君子国、龙族和陶唐氏之外，其他的诸部诸族只有族中最高的两个首领才清楚，因为只要这些人能够左右全局就行。

让轩辕高兴的另外一个消息则是，东夷果然自东北出兵攻击鬼方，还大败鬼方两阵，而太昊也回复凤妮一封信，赞凤妮是个好弟子，是个好首领。其言下之意，颇有些惭愧，更欲与有熊族休好。

太昊的表现并没出乎轩辕和凤妮的意料之外，因为打一开始，轩辕便已料定会有这种情况出现，这只不过是轩辕的计划达到了预期的目的而已。而且，太昊也没让轩辕失望，率众自西南攻击鬼方。

太昊和少昊都欲征服实力已大弱的鬼方，乘天魔新丧而动，而且鬼方没有像有熊这般的坚城作依凭，易攻，所以太昊和少昊绝不会放过这个机会。

鬼方的大首领天魔已死，刑天也受了伤，而且鬼方的高手几乎在轩辕手上折损得差不多了，虽然有十大部的兵力，却无少昊和太昊这样的不世高手，自然难是其敌。

轩辕对这场战争可是关注得极为密切，因为他也欲施行自己的计划。

鬼方是一块很吸引人的肥肉，无论是对哪一方来说，都是一种诱惑，轩辕自然不会放过。这几日之中，轩辕曾亲自去视察过那群俘兵，更以怀柔手段极为客气地对待这些俘兵。

事实上，这些俘兵所受的待遇极好，与有熊子民同食，连菜也无二致。这千余人分作数十个地点，夹在一群有熊子民之中，而有熊子民活动的范围又是在七营八寨战士的保护之下。这些人对待俘兵便像是对待自己的家人那般，坦然友好。

有熊战士并没有太过限制鬼方俘兵的自由，甚至可以让他们自由走动，不过必须有人带路，这使得鬼方战士很怀疑自己是不是真的已是俘虏了，因为这种生活比他们在鬼方还轻松。刚开始，他们还担心会如鬼方的那些奴隶们一般，系上镣铐干活，但是数日之后，他们发现自己只是与有熊子民一样干活，一起收工，一点不像奴隶那般苦干，而且活儿很轻松，吃喝也很好，人人都对他们客客气气、亲亲热热的，这使他们心里踏实了许多。他们也不自觉地与有熊人熟络起来，干活也特别卖力。而这期间，有熊的重要人物还经常来看看他们，伤病者更是得到了特别的治疗，这哪里像战俘的生活？这种日子简直比在鬼方那苦寒之地的生活更舒适。

轩辕亲自来看望这些战俘们，还为他们送来了冬衣、皮袄和被褥，甚至与他们一同干活，那种亲切，便连有熊的子民们都有些受宠若惊。这些战俘更是人人心服，心甘情愿地为轩辕卖命，而轩辕更向这些战俘讲了许多关于希望各部落和平共处，有熊愿意接纳任何外来部落的事，更解释了与天魔之战实是不得已而为之……

轩辕的话更是向这些战俘发出和平的信号，使得这群战俘心神大动，本来心中的忧虑和恨意几乎全都消除。

要知道，轩辕是何等身份，其名声之响，可谓是一时无两，杀鬼魅、杀鬼虎、杀曲妙、擒鬼三和土计，更战刑天，现又在涿鹿大败鬼方，连天魔罗修绝也在此战之中身亡。试问谁还能够比轩辕更有声望？在鬼方人心目中，轩辕几乎是鬼方的煞星，与轩辕交手仿佛是没有可能取胜。但正是这个不可一世的煞星，此刻对他们这群战俘却如此客气，如此关怀，这确实是大出人意料之外了，更让这些俘虏心中感慨、感激无比。如此人物，能为其效力，实是一种荣耀。

鬼方的战士哪能没听过轩辕的大名和事迹？不仅仅是轩辕对鬼方的事迹颇多，对东夷也是让人心惊，东夷高手在轩辕手下也死伤极重，更曾在轩辕的手中损兵折将。无论是属于哪一方，都不会对轩辕的名字陌生。因此，能得轩辕亲自来嘘寒问暖，确实让这群鬼方俘虏人人感动。

近日，有熊各村落、各寨之人都将太昊和少昊如何进攻鬼方描绘得有声有色，这些自然也在鬼方俘兵中传开了，于是许多俘兵的心神不定，有时候发呆，有时候叹气……

轩辕自然知道了这个消息，战俘们的反应没有一点逃过他的掌握，而轩辕也知道时机已到，他实没有必要再去等待。

于是他立即下令，召集所有的鬼方战俘，将之领入熊山之顶的平台聚合。

轩辕的命令传达下去，很快就把近千鬼方战士集合在一起。

这些鬼方战士有些疑神疑鬼，不知道熊城之中的人究竟想干什么。不过这是他们第一次进入熊城，而熊城的子民和战士也没有对他们有任何的歧视。

轩辕并未对鬼方战俘如何，他只是依照自己最初的计划，释放这群鬼方战士返回自己的部落。当然，这些人中愿意留在有熊的，自可留下，若想回部落接家人和族人同来的，有熊族也表示欢迎，更愿对这些人予以保护。不仅如此，每个回部落的战俘还可以得到有熊族赠送的干粮和武器。

所有的战俘都未曾想到轩辕竟如此好说话，而且如此体谅和理解他们的心情，禁不住尽皆三跪九叩地感谢大恩，更发誓要与有熊和平共处。这些人算是真正地服了轩辕，服了有熊。

有许多人对轩辕的做法有些不解，但却无人反对。对于轩辕的决定，有熊族的子民和各城战士都绝对不会怀疑其重要的意义。至少，到目前为止，轩辕的任何决策都没有让人失望，取到的成效是众所共睹的。因此，就算有人不解轩辕的做法，也会予以强烈的支持。

事实上，轩辕的思路比许多人至少快上几条街，他所意识到的东西若不经反复提示，别人很难理解。因此，表面看上去，轩辕似乎是东晃一招，西晃一招，毫无章法可循，但是等众人明白过来之时，他所办的事情已经有了很好的效果。因此，在熊城中的人，总是频频看到轩辕所取得的成绩，而忽视了轩辕在很早之前便埋下的伏笔。也因此，轩辕也便在所有人眼中显得更为高深莫测。

所谓的圣人，便是一个思想远远超前的先导，拥有着别人所没有的智慧和先见，而轩辕便是有熊的圣人。

或许，轩辕的武功不足以盖世，更无法与许多人相比，但是生存在这个世界，正如轩辕所说，并不仅仅需要武力，更要智慧和运筹帷幄的能力。在许多时候，集体的力量才能够发挥出外人所难以想象的作用。

洪荒之中，诸族散落如星缀天幕，无论是与大自然相搏还是部落之争，所需要的都是集体的力量，只有当集体的力量强大到无人可比的情况之下，那才是真正的强大。正如雄狮虽勇，虽然强大，但是却无法逃过猎人之捕杀，这便是集体力量与个人力量的区别。

轩辕对洪荒的法则掌握之透彻，远远超过了他的年龄，他深刻地了解如何才能够让自己生存得更好。

这群鬼方的俘兵竟有两百余人愿意留在有熊不再返回鬼方，另外愿意回到鬼方的，轩辕便送给他们一些干粮和刀箭之类的兵刃，基本上是这群人最初作战时的装备。于是这近八百人的鬼方战士在许多有熊人的相送之下离开了熊城，更有百余名战士为其开道，准备将之送出十大联城。

战俘们临出熊城之时，再向轩辕和凤妮跪下行了大礼，这才与那些和他们相处了近十日的有熊子民挥手道别，倒是颇有一种背井离乡的味道。

轩辕将之看在眼里，却喜在心头，因为他知道这件事的影响一定会加速各部落的依附，甚至争取鬼方诸部最有力的支持。到时候就算少昊和太昊征服了鬼方，他们也会惊讶地发现，其实鬼方已有大部分实力全都投向了有熊，他们只是做了一件费力不讨好的事。只要想到那种结果，轩辕便想大笑一场。

轩辕致书高阳氏和有虞氏，希望能得这两大部落的加盟，如果能够争取到这两个大部落加盟的话，那么这个部落联盟将会更稳固和强大。

轩辕并不会与夏后氏、高辛氏勾通，因为这两个部落都已分属太昊和少昊，如果他再横插一脚的话，与太昊之间肯定会很快翻脸，而且夏后氏和高辛氏也绝难同意联盟之事。

轩辕派出有熊和陶唐氏两名极有身份的长者尚九长老和陶庸长老亲自前往，更带了二十余名亲随高手。

高阳氏与有熊乃是早就相好的兄弟部落，施妙法师便是高阳氏的人。只不过，施妙法师却身死有熊，又有偷河图洛书之嫌，使两部落之间多了一层阴影。不过，如今有熊主动前去稍加沟通，应该不难和好。而有虞氏与高阳氏早已联合，能说服高阳氏自可说服有虞氏。

至于事实上有熊是否真能说服高阳氏和有虞氏的加盟，轩辕不敢抱太大希望，但是拉拢高阳氏和有虞氏却是势在必行的。无论是采取何种手段，如果无法让高阳氏和有虞氏加盟的话，有熊和部落联盟则很难再向南方推移，否则势必与高阳氏、有虞氏的利益发生冲突。在那样的情况之下，又难免要发生战争了，而这是轩辕所不希望看到的。

当然，战争总是难以避免，但是能够尽量少发生战争那自是很好。因此，轩辕仍会极力与高阳氏、有虞氏交好，这也是对抗东夷的一种战略布置。若能争取高阳氏和有虞氏，则能够对东夷的整个西北面进行环绕封锁。若再自阪泉出击三阿，完全可以把东夷隅封一角，切断其与北面的联系，再逐步吞食东夷。

如果有熊能得到高阳氏和有虞氏的加盟，则南抵河水，侧控济水，与夏后氏隔济水相对，再加上有共工氏相辅，有熊联盟完全可以隐固西部防线。而有虞氏则与共工氏隔太行相辅，可对轩辕的部落联盟控制西方诸部落大有好处。因此，高阳氏和有虞氏实是有着极为重要的战略价值。

“我觉得此刻我们应该乘少昊倾力争夺鬼方之际，向他的后防出手，让他首尾难以兼顾!”凤妮认真地道。

“太阳此话有理，此刻我们有熊已经与外界结盟，已无后顾之忧，应该是倾力对付东夷的时候了。”元贞长老点头赞同道。

“以我们的兵力，快速征服东夷的一些小部落应该是手到擒来，我们便与他们速战速决，即使是少昊回返，但一些事情已成定局，他也无可奈何。不知轩辕的意下如何?”凤妮向轩辕询问道。

轩辕含笑点头道："我也正有此想法，昨天我还与伯夷父商量了这个问题，我打算分出两路战士出击，再以一路接应，外合龙族战士，以迅雷不及掩耳之势去对付东夷诸部!"

"哦，大总管真是有熊之福，竟早就想好了策略。"元贞由衷地敬服道。

八寨之主也不禁大为敬服，不过七大营显然早已知道轩辕的决定，因为对外之战，主要作战的兵力乃是来自七大营和山海战士，轩辕欲对外动武，首先就得与七大营商量。不过，七大营的几位统领对这位有熊军事大总管那可是心悦诚服，没有一点异议。

此刻的有熊名震天下，比之百余年前的声威更是有过之而无不及，至少当时仍有神族抢了有熊的风光，而且有熊只能算是神族的一个附属。但是，今日的有熊却绝不相同，神族四分五裂，瓦解成大大小小成千上万的部落、氏族，已无再可与有熊声势相比的部落了。但是在几个月前，有熊族却只是处处受制，低调得让人有些泄气，一切的斗争仿佛都只是在内部发生，一旦对外，立刻大败，这几乎让这个大族的子民失望颓丧至极。但是当轩辕一出现在熊城之时，每天都似乎有激动人心的事情发生。

轩辕一入熊城，便力擒杜圣、齐威两大高手，让熊城内外子民耳目一新，更为死寂的熊城平添了许多的激情。而后大战齐充，成为有熊英雄、太阳圣士，再便新成立山海战士，这也吸引了有熊所有人的注意力。后来，杀偃金、杀奄仲、伤风骚、杀曲妙、擒鬼三、杀鬼魅、擒刑天的胖瘦两神将、战刑天……这一切的一切都是如此激动人心，而最让所有人激动和振奋的却是轩辕以少量的兵力大破风魔骑，诛杀天魔罗修绝，让鬼方步卒全军覆灭，这便定下了轩辕在有熊不可动摇的地位。有熊人从未有此刻这般激情四溢、斗志昂扬过，无论老少妇孺，仿佛只要一声高呼，便可以拿起刀剑冲锋杀敌一般。不过，此刻有熊的武风极盛，人人习练骑射搏杀之技，仿佛他们将要走上战场与敌人大战一般。

这种欣欣向荣的景象让每一个人都大为欢喜。

有熊子民们白天劳作，晚上和早晨操练，两不相误，这好像成了一种流行的风气，这是因为有熊子民听从了轩辕的话："强族先强民!"只有每一位子民都自强起来，这个部落和民族便会自然强大。

如果一个部落的每个子民都能上阵作战，而且英勇无匹，试问哪个外族能不畏之三分？哪个外族能轻挡其锋？如果每一个人兼且善于劳作，那这个部落又岂有不富有之理？

七大营的战士和八大寨的战士每日都有半天劳作之时，这是轩辕的规定。使战士与群众相结合，半天操练半天劳作，这样甚至不用宗庙分派粮食，他们自己也能够自给自足。

熊城护卫却是分成两组，两组轮流守城。不守城的一组则出城开荒、种地，而且也与七营八寨的战士一样，劳作半天训练半天。只有十大联城的战士的劳作时间短一些，因为他们要防御外敌。

轩辕的这番安排，确是一种极为大胆的改革，但这也使得战士子民之间联系得更紧，相处得更融洽，也同时使宗庙的负担减轻了至少一倍。

当然，这些战士随时都可以调集起来对付任何突发之变，皆因这些人劳作和操练都是同时进行的，只要将每一营之人分成两组就行。若在非常时期，甚至可以分为三组，时时刻刻都会有至少是有熊总兵力五分之三的人在紧张防备着，余者皆在劳作，亦或是休息。

轩辕有时候以身作则，过去与战士们共同劳作，这更激励了战士们的劳作热情。在轩辕的带动之下，熊城中的一些重要人物，比如像长老、大祭司之类的也偶尔会与战士们同作同息，唯一是凤妮的身份不同，不会去劳作外，余者皆会偶尔出巡一次。而在熊城之中，由齐充为首所训练的死士是根本不用劳作的，他们甚至都不必与外人相见，只有有熊几个重要人物才有权对死士进行检阅。但能够支配死士的却只有四个人，他们是凤妮、轩辕、伯夷父和齐充。而元贞长老和吴回都无权直接支配死士，必须经过凤妮的同意方可让齐充调人。

这批死士是直接由凤妮和轩辕支配的，而在熊城中不用劳作的还有宗庙卫队和太阳战士，这些人时时刻刻都得保护城池安全，因此便有了他们的特权。

此刻，轩辕却是要分出三路作战人手，有熊又立刻处于特殊状态。

“那轩辕准备调用多少人手呢?”凤妮问道。

“三千！每组一千精兵，各配四百骑兵!”轩辕淡淡地道。

“我们的骑兵属于弱项，这样能行吗?”凤妮有些担心地问道，她是有自知之明的，说到鹿骑，有熊战士比之东夷和鬼方就要逊色许多。

“凤妮不必担心，虽然我们的鹿骑相对比较薄弱，但是我们有新得来的战马。这些战士昔日有骑鹿驾牛的经验，对新得的战马掌握速度极快，尽管尚不熟练，比龙族战士有着极大的差距，但是若对抗东夷的快鹿骑，绝对有过之。因此，在前攻的两路人手的骑兵之中，我准备各布下一百骑战马，五十骑战牛，余者皆以鹿骑相应。而后方接应的则配以一百骑战牛，五十骑战马，余者皆以鹿骑辅之。外有龙族战士的骑兵接应，应该不会有什么问题。何况，东夷的快鹿骑大部分已调至塞外追杀鬼方了，应不会有多少快鹿骑留下。就算有，又如何是我们这一千余骑的对手?怕就怕他们不出动，只要一出动，我们就可让其全军覆灭!”轩辕自信地道。

每个人都绝不会怀疑轩辕所说，他们最厉害之处便是有龙族战士这一支神出鬼没的战士相助，这可是一支比东夷快鹿骑更可怕的精锐之师。

龙族战士的诸部落逐渐相互集中，这正是轩辕数月之前在范林召集诸部首领所定下的计划。

龙族战士只有相对集中一些，才能够相互之间迅速地援助。而这几个月之中，龙族强调的并不是对东夷的进攻，而是对外的渗透和扩展。

对外的渗透包括打入各部落的内部以探其内部情报，对外的扩展包括游说各小部落成为盟友，永远支持龙族。若是好说不行的话，则以武力去征服对方，或是以暗杀的手段除掉对方的反对人物，再扶持一个支持龙族的人成为其部落首领。

当然，这一切龙族都做得干净利落，不留半点痕迹，否则效果可能会适得其反。而在斗争之中，有时候不择手段那是很正常的。同时，也有一些部落通过与龙族联姻的关系被拉拢过来，不过这都是些不太大的部落。对于大部落，龙族则实行以其部落重要人物交换奴隶的方式来争取其部落中的奴隶，而后在自己强大之时再去一举征服其部落。当然，能和平达成联盟则更好。

事实上，此刻的龙族早已组成了一个联盟的形式，但那是叫龙族联盟。整个联盟中有大小部落三十余个，光是范林便有了三千余名龙族战士和一万六千多名妇孺老者。另外在范林之外大小二十余个部落中可以组织出五千余名精锐战士。可以说，龙族此刻的实力比之陶唐氏有过之而无不及，虽不及有熊，但其实力之强却是洪荒诸国中少有的。

龙族的发展确实是个奇迹，但这个奇迹却是轩辕所创造的，轩辕所用的策略和方式却是无话可说，更是无可挑剔。虽然这一切全都是由贰负和玄计、苦心诸人代为施行，但整体的抉择者却是轩辕，而贰负也确是一个非常好的臂助。

其实，贰负本身也是个极为聪明和勇武的人。对于轩辕，他心中唯有感激和尊重。他知道，如果没有轩辕，他就绝不会有今天；如果没有轩辕，就不可能有龙族战士，甚至他们此刻已经死在神堡之中，或仍然是神堡中卖苦力的奴隶，但现在他却不是，不仅不是，还是名动天下的龙族战士的二首领，拥有了他昔日连做梦都想不到的力量。因此，他格外珍惜这一切，格外明白今日的一切实得来不易。尽管这一切是在一个很短的时间之中成长起来，但绝非侥幸，而是靠人一步一步地走出来的。

此刻，龙族的实力基本上已经扩展得差不多了，若再往南方和西部发展，便要接触高阳氏和共工氏了。

共工氏也是华部落联盟中的一员，这是由柔水所决定的，共工自然乐意如此。能与这些强大的部落保持和平协议，对于共工氏今后的发展是极为有利的。而青云剑宗也成了华部落联盟的一部分，包括祝融氏。

在这种各方势力相触之时，龙族战士的扩张也只能趋缓，同时也要致力于内部的治理，致力于力量的强化，这是绝对有必要的。而与周边的各部落达成和平的协议，正是给自己提供了足够的休整空间和时间。否则的话，龙族定很难安下心来对内部作整顿，对诸依附和加盟的部落进行调整。

龙族战士之中有许多人才，在轩辕的要求下，成立了一个由轩辕和贰负亲自控制的直系智囊团，为龙族的前途出谋划策。

如今龙族已有近两千兵力北调，屯于有熊附近和常山附近，还有近千人在屯马谷附近。这些人都全力支持有熊的稳定和扩张，支持君子国的重建及组织一支强大的骑兵战旅。

君子国在常山重建，声势也大盛，昔日走失分散的旧部纷纷归返，君子国仿佛又恢复了昔日的风貌和繁荣，只是重建的规模没有昔日君子城那般雄伟壮阔而已，但每个人的斗志却是更为高昂。此刻君子国也有两千余人，由于君子国人人善战，包括妇女都习惯练剑，因此如今的君子国虽然只有两千余人，但精善作战的人却占了一半多。这些人比之龙族战士更厉害，人人都是剑道好手。

当然，君子国、龙族战士，这全都是真正意义上归属于轩辕的实力，因为轩辕便是它们的最高统领。

可以说，此刻天下已经没有人比轩辕拥有更强的兵力，君子国的千余战士、龙族的七八千战士，再加上有熊的一万余名战士，轩辕几乎已经拥有了两万多可战的精锐战士，这些人都可由轩辕直接指挥，而且还没包括华联盟诸部落的战士。这是继神族之后，从未有人所拥有的力量。

轩辕却知道，仅这些力量仍然不够，他的目标是统治整个洪荒，要像昔日神族一样，建立一个和平而且强大得无与伦比的部族。所以，他必须清除他强大的对手。

这个世间，只有三个人可以威胁到轩辕所拥有的这一切，那便是太昊、少昊和蚩尤。

少昊和太昊各自拥有自己强大的力量，各自统领着数千里的土地，虽然在人力之上比之轩辕要差一些，但他们有自己的优势，那便是其根深蒂固的基业和各自部落中的高手。对轩辕来说，这两人自身也是一个极强的威胁。在武技之上，轩辕根本就不能够与其相比。

而蚩尤的可怕便在于其不死之魂、无敌之身，试问当今天下谁能胜过蚩尤？谁能让蚩尤真正的死去？即使以昔日伏羲大神的那般智慧，也难以彻底毁灭蚩尤的魔魂，而只能将之封存在神门之内。但是蚩尤却在百余年后再重生于世，其魔威有谁能拒？有谁还能布出一个先天八卦大阵接天地之威，再次封存蚩尤？而谁又知道，先天八卦大阵是否还能封得住蚩尤魔魂？这是一个无人可以得知的问题。

事实上，不仅仅蚩尤令人闻风丧胆、挡者披靡，还有他身边的盘古智健和盘古智高两兄弟，听吴回说，盘古智健和盘古智高乃是刑天级的高手，若真是如此，单盘古智高和盘古智健便是有熊族中无人能敌的人物，除非众人联手，可对方还有一个渠瘦老祖破风！

渠瘦老祖乃是与天魔罗修绝同一等级的绝世人物，更是让人头大，只凭这几个无敌的高手，蚩尤便足以纵横天下，无人可抗了。因此，蚩尤才是轩辕真正的心病。

思及此处，轩辕突地一震，他想到了蚩尤在哪里。

“在死亡沼泽，他定是在死亡沼泽！”轩辕脱口大呼道。

“谁？谁在死亡沼泽？”一旁的陶莹和桃红吓了一跳，不由得惊问道，蛟幽也讶异地望着轩辕。

“魔帝蚩尤！”轩辕肯定地道。

陶莹不由得微微失色，她本见轩辕在那里闭目养神，谁知轩辕竟是在想问题，而且是在想蚩尤的问题。

“夫君怎知蚩尤会在死亡沼泽之中？”桃红讶异地问道。

轩辕摇了摇头，他自没有将狐姬告诉他关于渠瘦老祖的事告诉桃红诸女。

“只是凭直觉，我估计他定是在死亡沼泽中！”轩辕淡淡地道。

桃红见轩辕的样子，岂会不知轩辕有事不欲说出？她对轩辕的一举一动极为了解，是以并没多问。如果轩辕愿意说，自会说出来；如果轩辕不想讲的话，她从不多问。而轩辕也最喜欢她的善解人意。

“那夫君有何打算？”桃红善解人意地问道。

轩辕赞许地望了桃红一眼，吸了口气道：“我想，我是该去一趟崆峒山了。”

“夫君要去见广成子仙长?”陶莹讶然问道。

“不错，眼下我虽是兵多将广，但我自己却根本不是太昊、少昊的对手，此刻功力也仅只有五成，若不快点恢复功力，只怕很难应付日后的局面了。因此，我必须去尝试广成子仙长的开经破脉之法，以恢复自己的功力!”轩辕认真地道。

“我们与夫君一起去!”陶莹和跂燕同时呼道。

“我也要去!”蛟幽也插口道。

轩辕见此情形，不由得头也大了，苦笑道：“如此一来，我身边岂不是多了一支女儿军团了？只你们几个，便已经是兴师动众了!”

“我们可以做夫君的亲卫，保护夫君的安全!”桃红露齿一笑道。

“你们?”轩辕不由得瞪大眼反问道。

“怎么？难道夫君觉得我们不行吗？别忘了，我们这儿个个都是高手，便是刑天来了也要好好思量思量!”跂燕娇憨地道，说完却发现轩辕的脸色有些难看，不由得愕然，此时桃红却轻扯了一下她的衣角。

跂燕立刻意识到自己说错了话，提出刑天来，使轩辕触景生情想到了被害的雁菲菲，不禁小心翼翼地道：“对不起，燕儿是无心的。”

轩辕心中一痛，涩然笑了笑道：“这不能怪你，逝者已逝，何须再为已故之人而心伤呢？是轩辕放不开而已。”

“轩辕!”蛟幽轻轻地自后面拥住轩辕的脖子，低低地唤了一声，她心中确实又勾起了对雁菲菲的思念，这可是她一生之中最亲密的姐妹，雁菲菲之死也是她心中一道无法弥补的创伤。

屋中的气氛一时之间竟变得尴尬起来，人人都显得肃然，不知道该说什么才好。跂燕更是后悔不该说出刚才一番话。

此时，一阵脚步声传了进来，轩辕诸人扭头一望，却是叶皇与柔水夫妇双双而来。

轩辕不由得起身相迎。

“在熊城之南四十里处发现了跂通的踪迹，但是他似乎不再有那种疯态，而在那里静坐，他似乎觉察到我的存在，竟很快消失不见!”叶皇也有些无可奈何地摇了摇头道。

“连你也无法跟踪他?”轩辕大惊，问道。

“我本欲绕过山石，可是当我绕近之时，他已经不见了，我四下里找了一阵子，却没有发现其踪迹。”叶皇解释道。

“那可能是他有意躲避人。”轩辕皱了皱眉，自言自语道。

跂通的问题确实棘手，如果他依然是那种疯狂状态的话，对有熊战士的确是一个极大的威胁，而轩辕又怎能对付他？何况以跂通此刻的武功，只怕比少昊和太昊也不会有丝毫的逊色，试问轩辕又如何能敌？轩辕当然不能群起而攻，抑或要阴使诈诛杀跂通，因为无论如何说，跂通也是君子国的昔日圣王，更有可能是跂燕的生父，这可就有些让人头大了。

跂燕的神色有些不自然，她也听说过跂通的事，这个人与她确实有着极大的关系，她自不能不关心。

“如果他知道走避，且不出来攻击我们的话，这证明他很可能已经恢复了神志。如果跂通恢复了神志，那一切就好说了。”叶皇猜测道。

轩辕点了点头，叶皇所说，确实是有可能，若是跂通真的恢复了神志，对他绝对是有利无害。虽然他将柳洪调去了范林，但君子国却仍在，而且打理得井井有条，跂通自然不会与君子国为敌。若能得跂通这个超级高手相助，那样太昊和少昊又有何惧？这使得轩辕心中禁不住充满了希望。

叶皇突地自怀中掏出一卷布帛道：“这是火神临终前交给我的，说这是君子国女王柳静交给他的。”

“这是什么?”轩辕接过，不由一边打开一边问道。

“是一幅画!”叶皇悠然道。

“是跂通!”轩辕吃惊地叫了一声，因为这幅画像竟如真人一般大小，无论是神态还是表情都跃跃欲飞，栩栩如生，怎叫轩辕不吃惊?

画卷上的跂通做沉思状，目视远方，但一双眸子之中却饱含忧郁和伤感；衣袍飘摇，仿佛就在那里不停地动着，这种丹青手法确实达到了神乎其神的地步。轩辕从未想过，世间竟有如此妙手，画出如此神似的画卷来。其层次分明，明暗有度，便连跂通背后的远山也仿佛显得那般实在。

“哇……”屋中的人无不惊叹，唯跂燕双目含泪，忽地失声哭了起来。

轩辕立刻明白跂燕的心思，不过他的心神仍然处在深深的震撼中，自此画可看出，柳静实对跂通爱至极深。只是她一生好强，不喜将情感表现于脸上而已。他也实在没有想到，在这粗鄙的洪荒之中，竟有如此精细的丹青。不过，细看这丹色，可知这并不是一气呵成之作，而是绘绘停停，这才使画中的颜色新旧不一。轩辕甚至可猜测到，这幅画至少是花了数年时间才绘成。

叶皇有些讶异地望了望跂燕，他不知道跂燕为何会突然哭泣起来。

柔水也有些不解地问道：“燕妹妹这是为何？”

柔水不问还好，这一问，跂燕哭得更为厉害。

轩辕收起画卷，交于一旁的陶莹，轻搂着跂燕的肩头安慰道：“燕儿节哀顺变，若女王在天有灵，她一定会保佑我们找回跂通圣王！”

跂燕伏在轩辕的怀中哭得更伤心，只让一旁的人全都不知如何是好。

叶皇和柔水似乎明白了一些什么，叶皇不由得补充道：“听火神的口气，似乎柳静女王并没有死，只是他并没有告诉我柳静女王究竟在什么地方。”

“什么？”轩辕和跂燕同时大喜。

“真的？是真的吗？”跂燕惊喜地拉着叶皇的衣袖，激动地问道。

“是的，火神确实这么说过！”柔水也肯定地道。

“听到了吗？你可不能瞎哭闹哦。”轩辕也欣慰异常地拍着跂燕的肩头，欢喜地道。

跂燕拼命地点了点头，但仍是禁不住泪水流下，但这却是欢喜的眼泪，众人哪还会不明白是怎么回事？不由都替跂燕高兴。

“轩辕派人去攻打东夷了吗？”叶皇问道。

轩辕点了点头，道：“不错！”

“我想向轩辕讨一支令箭！”叶皇坚决地道。

“哦？”轩辕望了叶皇一眼，有些不解，不知道这位好兄弟所言是什么意思。

“我要去废掉风骚！”叶皇充满杀机地冷然道。

轩辕的心头一痛，他立刻明白叶皇为何要讨令箭，那便是因为花猛和猎豹。

是的，花猛、猎豹、叶皇、轩辕之间的感情便像是亲兄弟一般，而风骚竟然下此毒手废了花猛和猎豹，怎叫叶皇不怒？是以，叶皇定要亲刃这个大敌，为花猛和猎豹报仇！而轩辕的心中何尝不是有着同样的想法呢？只不过他根本就无暇分身。

“好，我给你一千五百龙族战士，五百有熊战士，其中可带三百战马，三百鹿骑，一百战牛，由你与柔水亲征九黎！”轩辕深深地吸了口气，坚决地道。

叶皇一听，终露出了一丝笑意，伸手沉重地搭在轩辕的肩头，道：“谢谢！”

轩辕反手搭在叶皇的双手之上，有些涩然地道：“我们都是兄弟，只要你能够将风骚的人头提来见我，就算是不负我所望了！”

“我会的！”叶皇自信地道。他知道，轩辕能拨给他两千人马，已经是非常不容易了。轩辕在大战天魔之时，身边也只带了千余人，而此刻竟给了他两千精兵，其中还有七百骑兵，这是何等的兵力，对付九黎一族实是足够。因为此刻九黎的大部分兵力已被少昊调走，而当初轩辕在黄河河畔时也让九黎战士折损近千，使得九黎的声势大跌，其总兵力也只有两千左右，但这次被少昊调去了近半兵力，因此如今九黎一部大概只有千余可战之卒。而叶皇所拥有的不仅是轩辕所给的两千战士，他还有共工氏和祝融氏的后援，对付九黎自然应该不是问题。

第一百二十四章　出征九黎

今日的叶皇可不是昔日的叶皇，几乎已是脱胎换骨变成了另外一个人。

“这五百有熊战士，我会安排他们与杜圣的那一千人马一齐出发，等到了九黎附近，你便可立即调归已用。而一千五百龙族战士，我直接自范林抽调一千，再在九黎附近组织五百人，然后迅速与你在九黎附近会合。你必须以奇兵出袭，杀九黎一个措手不及，方有胜望，否则的话形势对我们可能会很不利！”轩辕认真地道。

叶皇眼里闪过一缕奇光，赞道：“好，如此甚好，一切都听轩辕的安排！”

柔水也不由得暗赞轩辕调遣得无可挑剔，如此一来，杜圣领着一千五百人逼至东夷，吸引住了敌人的目光，但叶皇却是暗中的统领，只要时机一到，立刻就可将属于他的五百人神不知鬼不觉地撤走。东夷人根本就难以觉察到杜圣兵力的这些细微变化，只要到时候杜圣作一下修饰便可以骗住东夷人。而来自范林的战士与九黎极近，另外五百人便自九黎周围的诸部落之中征调，一切都是在不动声色地进行。若以飞鸟传书范林，等叶皇赶到南方，那些人已暗中征调好了，只要叶皇一声令下，便可以大举进攻九黎，说不定到时连九黎的情报也准备好了等叶皇去审查呢。而当东夷发现杜圣的兵力有诈时，叶皇已经到了九黎附近，以奇兵突击，根本就不会给九黎准备的时间。

轩辕这样一来，甚至连有熊族的许多人都不知其中的安排，便是东夷有奸细在有熊之中，也不会想到轩辕会安排叶皇这一支奇兵去进袭九黎。

叶皇正欲说话，突然闻得门外传来两声沉郁而哄亮的声音："要算我们一份！"

叶皇和轩辕不由得扭头外望，同时惊呼："花猛！猎豹！"

开门进来的正是花猛和猎豹两人！但是花猛却是坐在猎豹的肩头，两人形同一体。猎豹无臂，花猛的腿软软地坠落猎豹的胸前。

陶莹诸女不由得全都愣住了，猎豹和花猛竟然也在这个时候来了。

"你们怎么来了？"叶皇不由得问道。

"我们也是来向轩辕讨取令箭的！"花猛双手一拱道。

"你们也来讨令？"轩辕心中也微惊。

"是的，叶皇去杀九黎人，我们岂能闲着？我们要亲自去摘下风骚的狗头！"猎豹沉声道。

叶皇不由以求助的目光望了望轩辕，若说花猛和猎豹要去九黎，他怎能放心？只看他两人的样子，哪能与人交手？

轩辕哦了一声，他心中也有些犯难了，以花猛和猎豹此时的状态，如何能出战？虽然他知道花猛和猎豹这段时间正在苦练合击之术，而且两人互补互学。猎豹在腿法之上寻求大的突破，而花猛却在手上寻求突破，但两人的合击之术练习时日尚短，怎能去与敌对阵呢？而且，花猛和猎豹之间互补互学究竟到了什么样的程度，实是很难说。如果是一年两年之后，轩辕绝不会怀疑花猛和猎豹的能力，可花猛和猎豹两人练习合击之术却只有二十余日，这能行吗？但是轩辕明白，猎豹和花猛报仇心切，只怕很难劝阻，若说得不好，反会伤了两人的自尊心。因此，轩辕也禁不住微微有些头大。

花猛和猎豹似乎看出了轩辕和叶皇的心思，他们哪里会不知道这两位兄弟只是为他们好？为他们担心？但他们又怎能放过这个机会？

"我们会保护好自己的，对付九黎小儿，根本就不必费力！"花猛淡然道。

"对付东夷的一群残卒，何用劳动你们？只要我去就行了，到时候，我可以将风骚擒回来，两位兄弟也可亲报此仇，岂不是更好？"叶皇不知道该怎么说好，他觉得怎么说怎么不对，还真怕伤了花猛和猎豹的心。

猎豹自若地一笑，道："我知道你和轩辕是为我们担心，但我请你们放心，此刻我们比任何时候都有信心应付任何困难，包括再次面对风骚！"

"如果轩辕不信的话，可让一个人来试试我俩这套新创的合击之术。若两位觉得可以的话，我们就去；若认为我俩自保不足的话，那我们便只好再苦练了！"花猛附和道。

叶皇和轩辕不由得面面相觑。

猎豹和花猛的对手是木青。

木青受了轩辕的命令，如果猎豹和花猛能够战平木青则可以出征，否则的话，便只能留在熊城继续苦练了。

猎豹和花猛怎会不知道木青的武功？木青的武功几是伏朗一级的人物，比之杜圣也不会逊色多少。在熊城之内，能胜木青的人可以数得出来，而且又是熊城护卫军的副统领，其武功之高确可算是一个强劲至极的对手。花猛两人若要战胜木青那简直是有些不可能，即使在他们没有受伤之前，两人联手大概也只可与此刻的木青战成平手，但是此刻他们能够战平木青吗？

但不管如何，猎豹和花猛一定要战，一是为了此次能够出征，同时，此刻也是向他人证实自己实力的时候！若战不胜木青，又怎能战胜风骚？因此，这种挑战是不可能避免的。

木青自然知道轩辕的意思，如果他故意相让的话，那只是害了花猛和猎豹。他尊重花猛和猎豹，就像他尊重轩辕一样，因为花猛、猎豹与轩辕曾是患难与共的兄弟。若没有花猛和猎豹，轩辕或许就不会有今日。因此，他今日必须全力以赴。

此时，叶皇心中也稍定，他不觉得猎豹和花猛能战平木青。他对木青的武功并不陌生，此人已深得"青云剑籍"青云的真传，更是剑神青山的后辈，其剑道之精绝非同一般，比之青天也不遑多让。此刻轩辕派出木青，那花猛和猎豹前往九黎的机会不大，叶皇自可放心许多了。

叶皇实不想花猛和猎豹去冒险，虽然此刻九黎的大部分兵力已调到北方，但是九黎族中也是好手众多，即使神谷之中也有不少高手，此战的结果实难料到会发生何种变故。因此，他很反对花猛和猎豹前去，但他知道猎豹和花猛的脾气，如果他们认定了的事，就一定会去做，而且会做好！在这些人中，他们平时只听轩辕的话，但是此刻轩辕所说的话他两人也听不进去，那便只好让木青来考验一下他们了。

木青卓立，如古柏青松，傲然之态颇有一番肃杀萧瑟之感，未出剑，却如古剑破土而立，锋芒内敛却很实在。

这确实是一个剑道高手的气势，不可否认，这些日子以来，木青的剑道进境之快已经远远超出了往昔的任何时候。此刻他身边的高手众多，又新得青云剑笈，在众多高手的共同启发下，进境怎能不快？而且轩辕为他解开了神山鬼剑的死结，其功力也跟着大增，剑道修为已经超越了蛟梦。

事实上，木青也确实是个资质极佳的剑手，在有侨族中，也算是数一数二的。

花猛依然骑坐在猎豹的肩头，两人浑为一体，气势相融，只是脸色皆有些苍白，距木青两丈而立。猎豹这些日子虽然每天都在大补，但那日确是失血太多，能够活下来本就是一种侥幸。若非吞服了歧富以地火圣莲炼成的灵丹，他只怕是难逃此劫。因此，猎豹能不能剧烈地交手仍是另外一回事，毕竟任何武功必须要好的身体为基础。以天魔的强横，也经受不起失血过多的威胁，没有血液的支撑，任何武功都不可能发挥作用，这是不可置疑的真理。

叶皇和轩辕也感觉到了来自花猛两人周身的战意，那强烈的斗志仿佛是燃烧的烈火。

花猛和猎豹的功力竟然发生了质的飞跃，仿佛今非昔比，只凭那气势就可以感受到这两人功力确实增长了许多，只怕已是成倍地增长。

轩辕知道，这是地火圣莲的功效，只有地火圣莲才能使他们身体的潜能全面激发，更催发了其生命力和斗志。如今的花猛和猎豹已非昔日的花猛、猎豹，作为身体来说，这是一种悲哀，但作为武功来说，这或许是一种幸运。当然，悲哀要多一些，谁愿意用自己身体的残缺换取武功的提升呢？或许有，但那种人要么是疯子，要么已被什么东西冲晕了头脑，丧失了正常的理智，抑或是迫于绝对的无奈。

木青不敢大意，他也感到了来自花猛和猎豹的压力，那是一种无形的压力。而花猛和猎豹如此融为一体，其本身就是一种压力。因为打一开始，花猛便骑在猎豹身上，比之木青至少要高出两个脑袋，这自然也便成了一种压力。当然，木青不怕压力。

对于剑手来说，压力只是一种虚幻的东西，真正要紧的却是内心的宁静与平和。只有内心保持着绝对的平静与宁和，一切外在的东西才不可能影响自己的发挥，才能使剑道发挥至极致。

猎豹踏上两步，每步皆如巨锤击地，虽无声，但是那沉重的震荡却已经深深地撞击着场中每一个人的心坎。

木青依然没有动，犹如一座孤岩屹立于平原之上，但是每个人都深深地感受到了散发自他身上的剑气。

浓烈的剑气与来自花猛、猎豹身上的气势相激荡，使院中的气氛更是肃杀——一种让人心悸的肃杀。

猎豹再跨一步，小心翼翼地一步，木青却倏然出手了！

木青手中是一柄木剑，与花猛、猎豹交手，他自然不能够以含沙神剑对敌，若万一伤了花猛和猎豹，他可就要后悔一辈子了。

木青剑出，花猛的身子却突地自猎豹肩头弹起，在空中翻过两道极为优美的弧迹，自上击向木青，手中是两把极短的木质小刀。他习惯于近身搏击，所以便选用这短兵刃攻击。

猎豹也在同时动了，一缩身，身子几乎是打横贴着地面冲入木青的剑影之中。

猎豹腿上所着之靴，底面乃是镶有奇兽罗罗的鳞片，刀剑难伤，正是轩辕当初走过死亡沼泽之时所得到的罗罗鳞。

木青不惊，尽管花猛和猎豹一上一下，气势霸烈，但他却如同视若无睹，依然我行我素地旋动了一下剑把，木剑呈螺旋之状搅出。一时之间，虚空中像是多了一个巨大的涵洞，气势吞吐，将花猛和猎豹所发出的气劲悉数吸纳了。

花猛和猎豹的身形一滞，竟然似是无法抗拒木青剑上所散发出来的强大引力，而向木青的剑锋上撞去。

噗……花猛撞上了木青的剑锋，他的两柄小刀竟锁住了木青木剑的上挑之势，强力压下。

呼……猎豹的腿此时已破至木青的面门，其速之快，仿佛尽得神风诀之精髓，让众人叹为观止。

花猛那看似无奈、实是有心的一击，竟然封住了木青的剑势。

木青处变不惊，事实上，这点小小的变化根本就不算什么。

他撤步疾退，同时木剑斜掩而下，划过一道美丽的弧迹，轰然之间正好挡住了猎豹的腿。

猎豹不得不退，虽然他的功力激增了许多，但也只与木青在伯仲之间，但此时木青的剑上不仅仅存在着木青本身的功力，更将花猛的力道也借了过来，这一击之下几乎是等于木青与花猛两人合力而出，猎豹如何能够抗拒？

猎豹一退，花猛也因失去支撑落地。

木青轻啸一声，木剑再次划出，隐有风雷之声，这是他不欲全力而为，毕竟这不是生死相搏，更不希望有流血的现象出现。

花猛落地，刚好是猎豹所退之路，似偶然却又必然地形成一种配合。

花猛双掌轻出，托住了猎豹后退的身子，一抖之间，猎豹如一颗炮弹般腾空而起，双腿在虚空中幻出一幕虚影，如暴风骤雨般铺头盖脸地迎向木青。

与此同时，花猛在送出猎豹后，双手在地上一按，如一陀螺般旋转着自下方攻向木青，与猎豹相呼相应，配合极为默契。

轩辕和叶皇不由得微微颔首，花猛和猎豹两人这段时间确实下了很大的苦功，否则武功不会有如此进展。事实上，若是常人，这段时间能不能够养好伤还是一个问题。他们的伤势本就极重，自死神的口中捡回了一条命，已经很不错了。因此，轩辕和叶皇对花猛两人的这份狠劲不得不佩服。

当然，花猛和猎豹之所以能够在如此短的时间内配合得如此默契，也是因为昔日他们患难与共，早已心意相近，彼此知之甚深的缘故。是以，花猛和猎豹学习彼此的绝招也比别人容易多了，这才能在短时间内取得让人惊讶的成绩。

不过，轩辕很清楚，即使是如此，花猛和猎豹要想战胜木青仍不是一时之事，至少这次他们是没有胜望了。毕竟两人之间的配合时日尚短，对于这新创的联击之术仍然不很熟练，但木青却已是剑法圆通，而且对花猛和猎豹的神风诀有所了解，自然占尽优势。

木青瞬间已与花猛、猎豹交手十数招，花猛和猎豹根本就无法破开木青的剑网，反被木青连连逼退。而木青似乎未尽全力，这使得花猛和猎豹禁不住有些气馁，但是，他们必须继续战，绝不能退！

“住手！”轩辕大喝道。

花猛和猎豹错愕而退，木青也连退两丈，拄剑而立。

“我们还没分出胜负，轩辕何以叫停？”花猛愤然道。

“以你们现在的状态，根本就不宜剧烈战斗。猎豹，难道你不这么认为吗？”轩辕认真地道。

猎豹偏过头，不与轩辕的目光相对，但也没有出言反驳。

“你怎么了？”花猛望着猎豹问道，显然他有些急了。

“猎豹肩头的伤口已经迸裂了，来人！快扶他去上药！”轩辕向花猛说了声，又转向院中的几名金穗剑士道。

“啊……”花猛一惊，顿时也似乎嗅到了一点血腥味，仔细一看，果见猎豹那空荡的长袖肩头部位有些湿印。

“你怎不早说？”花猛也有些责怪地望着猎豹，极为心疼地问道，看来他对猎豹的关心不下于对他自己。

“你们俩先在此好好养伤，待完全康复之后，还有更多的事情等着你们去做呢！”轩辕认真地道。

花猛和猎豹无可奈何地在几名金穗剑士的环护之下退去，他们也知道，此时伤势初愈，若遇到高手的话，伤势复发、伤口迸裂的可能性极大，同时也明白轩辕这也是为他们好，因此只好退下了。

“你要去崆峒？”凤妮吃了一惊，问道。

轩辕点了点头，道：“我必须去一趟，这可能会是决定我们日后命运的一次旅程！”

“那我怎么办？我也要跟你一起去！”凤妮急道。

轩辕不由好笑地把凤妮搂入怀中，道：“熊城怎么能少了凤妮呢？别孩子气了，我只是去疗伤，待伤好之后就会立刻赶回。平时我的乖乖凤妮不是精明能干吗？怎么这次又犯傻了呢？”

凤妮反把轩辕搂紧，神色有些凄然地道，“没有你在我身边，凤妮无法感到安全，如此多的大事，凤妮一人怎能主持？”

“傻凤妮。”轩辕轻吻了一下凤妮，怜爱地道：“你一定可以将有熊的事情处理好的，别忘了，你可是有熊之主哦。”

“若是在以前，凤妮或许还会，但是轩辕可知道，若凤妮一日未见到你，便无法安心处理族中的事情，凤妮只想跟在轩辕身边，其他的一切都不重要……”

轩辕苦笑着摇了摇头，道：“我又何尝愿意离开凤妮？但是有些事情必须去做，这也是为了我们将来能够更快乐地相守呀。如果无今日之别，他日少昊、太昊、蚩尤回过头来对付我们，那时我们的后半辈子只怕唯有痛苦了。凤妮聪慧过人，岂会不明白这些道理？”

“道理我懂，可是……”凤妮一句话未说完，樱唇已被封住。

轩辕轻柔地吻了凤妮一下，才柔声道：“其实，分别何尝不是一种享受？这样才能够更深刻地体会到彼此的重要，难道不是吗？”

凤妮喘息有些急促，无力地偎在轩辕怀中，她不能否认轩辕所说的话，的确，只有分别才能使人更深刻地体会到彼此的重要。

“难道不能请仙长亲来我有熊做客吗？”凤妮微怨地道。

“人家可是世外高人，不问世事已有多年，我们怎可劳动仙长亲来？这岂非太不尊重仙长？即使仙长愿来，我们也不能太过失礼。凤妮应该明白，这次我此去长则半载，短则三月，应该不会逗留太长的时间。”

凤妮不语，却轻轻地抽泣起来。

轩辕心中也酸酸的，他也不想离开此地，离开这美人，但有些时候，他必须作出一些两难的决定，这就是命运，没有谁可以改变。至于轩辕此去是祸是福，也同样没有人知道。

“今晚，由凤妮陪你，好吗？”凤妮突然收住抽泣，认真地道。

“凤妮！”轩辕禁不住失声低呼，心中涌出无限的感激，同时将凤妮拥得更紧。

有熊族的军事调动并不是很大，主要是自七大营和山海战士之中征调，另外在八寨和十城之中各调了五十人，凑足三千五百战士，主帅却是杜修、杜圣和有悔长老。

杜修的身边以蛟梦为辅将，配以叶七；有悔长老的身边则以虎叶为辅将，再加少典神农。两人各领兵一千、骑兵四百为主攻，同时每人身边都辅有数十位高手。

有熊族的高手极多，当初凤妮说有熊只有三千勇士，万余妇孺，实是她自己也弄错了，光是熊城之内便有这么多人。当然，有熊近几年人丁兴旺起来，也有许多小部落相依附，使其兵力扩充到一万余人。而当时凤妮在有邑族之时，根本就不知道有熊内部情况，因此她所说的数据有错那并不为过。

此时有熊的子民至少有数万之众，当然，这包括了各依附的部落，若仅只有熊本族的子民，大概也只有两三万余众。不过，此刻各部落之间通婚，没有谁能够说出自己没有有熊的血统，而这些也都不再重要。

杜圣领着一千五百人作后卫接应，准备以最快的速度支援杜修和有悔长老，他的助手却是庄义与蒙赤武。

杜修和杜圣兄弟二人对轩辕的忠心可算死心塌地，而轩辕给他们的待遇，比创世给他们的好多了，且轩辕对他们的行事根本不加半点怀疑，数次让他们兄弟二人领兵出征。这在往昔只有有熊本族才有领兵的资格，但轩辕却丝毫不加怀疑地让他们手握重兵，而且还封他们城主之位，可想而知，这是何等荣耀。

杜修和杜圣兄弟不仅感激轩辕，更敬重轩辕，对轩辕的手段和智慧极为信服，而轩辕的每一个决定都显得那般理智。

轩辕不会盛气凌人，有些事总会说出让人信服的道理，包括这次出兵，轩辕便找来了他们，与伯夷父一起共同商量、推敲而得出一套可行的战略之后，这才正式出兵。

对于轩辕，现在杜修兄弟是心服口服了，为其卖命，绝不会有半点怨言。何况，他们能够自轩辕手中得到最好的回报。

冬天出征，并不影响行动，有熊族此时的呼声极高，能够出兵对付百年来的夙敌，确实使人欢快，每位战士比任何时候都有信心。

而在此时，轩辕召开宗庙大会，召集各路主要人物，安排一些事务，将有熊内外重新布置了一番，然后才宣告自己要去崆峒山走一遭，军事大权交由凤妮和伯夷父打理，而后便领着一干亲卫悄然出城。

轩辕并不想太过张扬，此刻他也不能太张扬，因为一路上麻烦越少越好。

凤妮亲自送他出城，昨夜与轩辕抵死缠绵，终于使她成了一个真正的女人，把一切的一切都给了轩辕，留下的，却只是牵肠挂肚。

与轩辕同行的有歧富、剑奴、木青、黑豆、花战、燕绝、燕五、陶莹诸女，而青天和火烈则留在凤妮的身边，成为凤妮的亲随高手。与轩辕同去的还有五名金穗剑士，十名龙族高手，以及十名君子国的高手，同时暗中还有满苍夷。

云娘则带着小悠远留在熊城。

轩辕觉得身边拥有这些高手，足够应付任何困难，而这一行近四十人，全都是快马加鞭。

只有快马飞驰，才能以最快的速度抵达崆峒，再快速返回。

若说速度，战马的速度确实够快，此地虽距崆峒数千里，但战马一日奔行五百里应该没有问题，而且马儿耐力极强，连续赶路根本就不成问题。如此一来，只要半个月时间就足可赶到崆峒山了。

有歧富这样的人带路，不会走岔路，因此这一路上应该不会耽误行程。

轩辕不想在这一路上太过张扬，此际局势非同往昔，而轩辕的身份也非同往昔。如果太昊、少昊、刑天诸人知道他此时只剩下五成功力，那这一路上，只怕会祸事不断，生出意外并不是没有可能。

轩辕并不希望发生任何意外，这并不是说他没有应付意外的能力，而是多一事不如少一事，只有等他自崆峒回来后，那时，他便可以放下所有的心思，全身心地投入到对付强敌之中。但此刻他身上所牵系的，不仅仅是个人利益，更有整个有熊，整个华联盟。因此，他绝对不可以有半点闪失。

是的，此刻的轩辕已非昔日的轩辕，昔日的轩辕是个无关轻重的小卒，但是此刻他却是关系着天下大局的关键人物，破鬼方、杀天魔，轩辕已经是可以威胁到太昊和少昊的人物，试问太昊和少昊怎肯放过他？

即使是太昊会放过轩辕，那少昊呢？还有一个神秘莫测的蚩尤！

轩辕废了花蟆王，废了乐极七代，废了风绝，试想九黎、花蟆和渠瘦杀手会放过他吗？

对于九黎人和花蟆人，轩辕根本就不会担心，只要有陶莹、剑奴诸人就可让其铩羽而归，但是轩辕所担心的却是渠瘦杀手以及渠瘦老祖破风。

破风，一个沉睡了一百余年的老魔头，这一百多年来，此魔究竟变得如何可怕，有谁能知晓？

破风百年前乃是与天魔罗修绝同一级数的人物，那百年之后呢？

轩辕不敢想，他知道，自己能够杀死罗修绝实是很侥幸，若非偷袭成功，让天魔流血太多的话，只怕无人可敌天魔了。而当时他全力一掌竟连天魔的项骨也无法斩碎。

天魔罗修绝已练就了刀枪不入、金刚不坏之身，若非轩辕手中乃是神器昆吾，根本就不可能杀得了天魔。

天魔其实死得很冤，他的特长根本就没有发挥的机会，这对他来说，确实很残忍，他那绝世的武功根本就没能出手，就重创于轩辕的手下。

轩辕却明白天魔的武功已经达到了何种程度，因为他领教过刑天的武学。当初面对刑天的全力一击，轩辕在太虚神甲相护之下根本就没有受伤，只是被震飞，但是天魔这一掌却几乎将他废了，而且还是天魔受伤的情况下。如果天魔不是有伤在身，只怕这一掌真要将他给废了。与天魔的武学修为相比，轩辕知道，即使自己在身体最佳的状态下，也相去很远，只怕是三个轩辕也不可能威胁到天魔。因此，轩辕并没有信心真正地直面挑战太昊和少昊，而对那个神秘的渠瘦老祖，他同样没有任何把握，即使此时他身边有歧富和满苍夷这等绝世高手也不例外。因为明枪易躲，暗箭难防，若是破风那老魔暗中下手，只怕有歧富在也没有用。而且轩辕的身边还有陶莹诸女，他可不希望这些人有任何闪失。如今他已经失去了一个雁菲菲，再也不想失去桃红，抑或是陶莹几人中的任何一个，那将是他致命的遗憾。

因此，轩辕选择不张扬地离城而出，在整个熊城之中，也没有多少人知道轩辕去了崆峒。

这一路上，轩辕在担忧的同时，让他挂心的事也并不是没有，那便是跂通，君子国的上代圣王，这个人乃是服食了地火圣莲之人，功力增长不知道到了何种程度。

当然，如果是在一般的情况下，这乃是一件好事，但问题是此刻跂通失去了理智，思维不清晰，成了见人就杀的魔头。轩辕不希望跂通死，那至少对跂燕是一种安慰，只是他不明白，柳静何以在最后仍不认跂燕是她的女儿？这令轩辕有些费解，难道跂燕并不是她的女儿？抑或这之中还有别的隐情？

叶皇说，柳静没有死，这究竟是真是假呢？若是火神所说，那这还真有可能，轩辕从不怀疑叶皇。他知道，自有了柔水之后，叶皇的性格也变了很多，变得更沉稳、更细心。对轩辕来说，这确实是一个极好的助手，因为叶皇的聪明、精明而又心地纯正，绝不像叶帝一样，这是个极重情义的汉子。当初，轩辕便没有看错人，这也归功于他当时并不知晓叶皇的过去，也不知道叶皇所犯下的罪行，所以他接纳了叶皇，而叶皇正是那种身受滴水之恩，定当涌泉相报的人。事实上，叶皇也是无辜的，他本不该背负这些罪名，但是他为了救叶帝，成全兄弟之义手足之情，便默默地忍受了。也正因为如此，叶帝处处对叶皇手下留情，无论叶帝如何毒辣，他却对这个弟弟极为关爱，这或许便是叶帝一生中最大也是最为致命的弱点。

轩辕第一站是落足于君子国中，于是他在君子国之中调出了思雨、莫雷、丁香去熊城助尤扬寻找跂通，一定要唤回跂通的神志，当然也再三叮嘱这几人要极度小心，因为跂通此刻是个十分危险的人物，一个不好，这些人只怕全都要死在其手中。莫雷、思雨、丁香和尤扬虽然都是高手，但比之此刻的跂通来说，根本就没有一战之力。要知道，当初轩辕是集合了剑奴、雁菲菲、狐姬四人之力，才得以逼退跂通，而黑豆诸人根本就近不了跂通的身。因此，轩辕再三叮嘱丁香，只能智取而不能武斗。

很快，轩辕诸人便离开了君子国，继续赶路，而这一路上的行程也十分顺利。可以说，自有熊本部一直到太行山脚下，都是“华”联盟的势力，因此轩辕根本就不担心。而此刻少昊、太昊正与鬼方战得如火如荼，根本就无暇理会其他，这也是轩辕何以选择这个时机西去的原因。

只有在这个时候，有熊才能够正常按照他的计划去运作，而不会有多大的外在压力和危机。

轩辕确实有些担心凤妮无法承受来自太昊和少昊的压力，但是这一刻，他并不担心，只要不是太昊、少昊或是蚩尤亲自出手的话，以凤妮的能力应该可以轻松地应付任何危机。至少，还有元贞和伯夷父这两个人主持着大局，无论是政事还是军事之上，都不会让凤妮操太多的心。因此，轩辕对凤妮的担心只是多余的。何况，在外还有君子国、陶唐氏和龙族支援有熊，这便使得有熊的局势可以得到全面的稳固。这样，轩辕才能够安心地离开熊城而去。否则的话，轩辕怎肯让好不容易建起的局面处于险境而不管呢？

岐富亲自为轩辕引路，这确实难得。他本不欲让轩辕领着这样一群高手前往崆峒，但考虑到一路上可能会遇到的风险和困难，为了确保轩辕的安全，他不能不小心为上。现在轩辕的身份可大不相同，乃是他广成仙派所寻找出的唯一光大者。这个天下，或许只有轩辕才会为广成仙派去争取、去统一，只有天下统一了，才能够保千万子民的安宁与和平，而这个人正是轩辕。

能让天下太平安宁，乃是广成子的夙愿。因此，便是广成子这种世外高人也对轩辕极为重视，只不过广成子不入尘世，只是静守崆峒一心悟道，求破极限之法，故而一切的事情只能由岐富代理。若说有世人要见，大概广成子也只会见轩辕，或是像太昊、少昊、蚩尤这样百年难寻的绝世高手，否则余者皆不可能打动广成子的心。

广成子不问世事已达百年之久，这也是岐富不欲让人打扰广成子清修的原因。说起来，广成子应是与蚩尤同辈之人，几乎可以赶上伏羲的辈分，当年盘古氏统领神族之时，对广成子这不受统治的散仙也极为尊重。只要是神族的老一辈人，都听说过广成子的大名，只是没有人知道广成子的来历，这个人便像他的武功一样，神秘莫测。

太昊自太行山北大举进攻鬼方，直逼吉方部。

吉方部大败而走，败退西北，在与严允部会合之后对太昊的兵力实行了一次偷袭，使太昊损失了百余名战士，数十名高手。

太昊大怒之下，直杀入严允部所在的允城，严允部大败，皆因没有人是太昊的对手，严允部首领战死，允城内外几乎是尸横遍野。太昊大杀一通，抢掠一番后，允城几乎成了废墟。吉方部与严允部的残兵只剩下两三百人逃到昆夷。

昆夷部向刑天部和荤育部求援，但刑天部和荤育部的形势也吃紧，根本就无法分兵相援。

而少昊比太昊所遇的阻力大多了，他所遇的乃是鬼方最强的两部，荤育部和刑天部，这两族之中高手如云，虽然天魔已死，但是天魔八妃尚有七位，还有魔奴、刑天，这些人无一不是高手。天魔新丧，反使荤育和刑天两部的族人更加勇悍，在强敌苦苦相逼之下，反而化悲痛为力量，与少昊苦战数场，双方都没能讨到什么好处，便是所向无敌的快鹿骑也无法在那剩余的近千风魔骑下占到半点便宜。

不过，魔奴却在少昊的手中受了伤，因为刑天伤势没有痊愈，他只能自己强撑。不过，所幸的是，天魔七妃人人武功高绝，便是帝大也占不了多大便宜，这让少昊十分懊恼。

所幸，天魔的大部分亲卫军全都在涿鹿一役中战死，否则的话，少昊可就更头大了。

要知道，那些亲卫至少跟了天魔数十年，人人都得天魔亲自指点，武功都极为精绝，人人都是了不起的高手，其杀伤力绝对不容小视。

少昊身边的高手自然不少，只是他并没敢将东夷的所有高手都调来，那样的话，若有熊乘虚而入，他反而处在绝对的被动。因此，他必须留下一群高手以确保东夷的安全，这才能够安心对付鬼方，但是鬼方却不同。

鬼方是被侵的一方，因此他们会倾尽高手对敌，这就使得少昊一时之间很难占到优势，唯一可以占优的，便是他自己，没有人可以阻挡他，就连魔奴和刑天也不例外，何况刑天还旧伤未愈。

那日与蚩尤一战，刑天确实战得很苦，但也在各路高手联合之下，重创了蚩尤。当然，这还是因为蚩尤力战“先天八卦”而大伤元气的缘故。

土方、沚曲全都合兵一处，与刑天部并肩作战，他们仍能集合数千兵力，这可不是一个好对付的数目。

少昊极为焦灼，他岂会不知道太昊从太行北出兵攻打鬼方？他怕太昊比他先一步夺得鬼方的控制权，这样对他的霸业极为不利。而他之所以急着要控制鬼方，那是因为他感到了来自蚩尤的威胁。东夷族中许多部落曾是属于蚩尤的，根本就很难靠得住，但鬼方却不同，鬼方的兵力根本就不属于蚩尤，而是属于天神据比一方的，如果他能控制鬼方，就算到时候东夷的一些部落背他而投了蚩尤，他仍可依凭鬼方和真正属于他的力量来保住大局。所以，他必须以最快的速度征服鬼方，才会有足够的时间来安排如何对付蚩尤，如何对付有熊。

少昊并不可惜这些牺牲的战士，因为这些人都是自与蚩尤极为亲近的部落中所挑选出来的，所以这些人的牺牲，也可以说是对将来蚩尤力量的一种消耗。因此，少昊依然坚持以强攻的策略，事实上，他的亲信部落都在二线和后防之上。

所有的战俘都将成为奴隶，所有鬼方的子民也都将成为少昊的奴隶。战争便一个征服与被征服的过程，被征服者就必须付出自由的代价，这便是洪荒的原则。

在人们的思想中，猎物和被猎的概念已是根深蒂固，所有被打败者都是可以自由支配的猎物，这在少昊的思想中也同样如此。是以，奴隶在每一个部落之中都是极普遍存在的，他们就像货物、就像牛羊一般身不由己，只能听命行事。

轩辕的崛起，其实就是这个世界反其道而行的例子，别人抓获奴隶，他却释放奴隶，将奴隶以另一种形式支配。因此，他得以快速发展，这不是偶然，而是轩辕在思想和认知上的一个巨大进步，这或许便是他得以成为洪荒中一个奇迹的原因之一吧。

而少昊却宁可多一些奴隶，也不愿意接受这群可能背叛的人物。

少昊要杀蚩尤，并不是没有理由的，但遗憾的却是让蚩尤走脱了，逃匿无踪，否则他一定会亲自出手除掉蚩尤这魔头，那便可一了百了。

事实上，此刻东夷诸部知道蚩尤重生的人并不是很多，皆因今日的蚩尤已非当年的蚩尤，而是借了别人的躯体得以重生。因此，并没有多少人知道蚩尤是谁，在蚩尤没有正式露面之时，东夷诸族至少还是齐心的，因为众部都慑于少昊的淫威，自然不敢稍有背叛，但却并没有多少人知道少昊此次攻打鬼方的真正用意。

第一百二十五章　仁者无敌

鬼方昆夷部在太昊的强势紧逼之下，并不敢与之正面相抗。

事实上，太昊此次北调的人手并不是很多，仅一千余人，但却尽是精锐，高手如云，又有太昊亲自督战。而鬼方的精神支柱天魔新丧，吉方、昆夷诸部可不像刑天部和荤育部仍有支柱高手，因此人心惶惶，哪里还能与太昊为敌？不过，鬼方一族好战，对太昊这样的绝世高手，也绝不屈服，仍在各方联络救兵。

昆夷首领联合了林胡、血鬼两部，仍要与太昊决一死战，或许是因为他们也知道，太昊这次所带来的人并不多，因此可以利用塞外的苦寒与太昊干耗下去。

太昊虽然强悍，其部卒也个个极为勇悍，但这些人多生长在黄河之南不甚寒冷的地方，而此刻却是入冬之后的塞外，风雪连天，实不宜久战，所以昆夷和吉方决定苦苦支撑。

太昊却是想速战速决，他之所以选择自太行之北出击，事实上也是想避开刑天和荤育两大部的力量，若是他这样长途出征，在人手和资源无法补给的情况下，与刑天和荤育两部交手，说不定真会铩羽而归。

尽管荤育部的高手在涿鹿一役中死伤惨重，连天魔也死了，但是这两部之中依然高手如云，而且人数极众，自不是太昊所能够轻易征服的。如果没有少昊率先出手攻打刑天部和荤育部，那太昊也许连吉方也不会去攻，因为他根本就不认为自己有足够的把握征服鬼方，令他头大的问题仍是兵源不足。当然，如果倾伏羲氏的力量，那自另当别论，但那是不可能的。首先，伏羲氏距这里路途遥远，而且中间隔着许多的部落，如果他举族北征，别的部落会怎么看？陶唐氏就会让他头大，因为他无法让别人不怀疑他是想征服诸如陶唐氏这类存于北方的部落。

太昊攻打鬼方是在无可奈何的情况下进行的，他本来的目标乃是有熊，计划是趁乱夺下有熊的控制权，但谁知半路上却杀出了一个轩辕，在短短的一个多月时间中，使得有熊气象一新，不仅使有熊政局稳定，更将他唯一的筹码凤妮也争取了过去，以诡计使他所有的计划付之东流，而有熊的发展势头更是让人心惊。

对外，有熊与众强部结盟；对内，军权统一，民心依顺，众望所归，这使得此时的有熊比以前任何时候都要稳定，几乎是无懈可击。

若要攻打有熊，首先必须对付有熊外围的那些强悍力量，而这些联盟部落之间相互呼应，根本就无懈可击，且这些部落本身也无不是强横一时的。因此，太昊只好打消对有熊的奢望。

太昊毕竟是一个明智的人，有可为也有不可为之处，这一百多年的岁月使他懂得了很多，再不会为争一时之气而去做傻事。何况，凤妮对他这个恩师仍是那般尊敬，那般客气，这也让他心中稍感安慰。即使他明知凤妮信中的话有很多虚掩之词，但凤妮能做到这样，他已无话可说了。

太昊甚至可以猜得出来，这是轩辕弄出的鬼主意，但他不得不佩服轩辕的脑子，深深地感觉到这个年轻人的智慧对他实是一种威胁，他也不再怀疑何以伏朗不是轩辕的对手。

只看轩辕在与天魔涿鹿一役之时所布下的埋伏，便足见这个年轻人不仅勇悍无比，更有过人的谋略，这才能大败鬼方，诛杀天魔。而轩辕为凤妮所出的这个主意，立刻使得太昊变为被动，绝对的被动！

正因为处在绝对的被动，太昊才不能不打消对付有熊的计划，如果他再借凤妮争夺有熊之权，那他首先就会被世人唾骂为不仁不义。尽管凤妮所做的是表面功夫，但在外人眼里，凤妮却是站在理字之上，而且更会成为被同情的对象。太昊若再有染指有熊之心，只会遭到所有有熊子民和内部之人的鄙视，因此他根本就不能再暗中去夺取有熊的权利。

而轩辕之所以直接派人护送伏朗、风须句等人回到太行山北太昊的大营之中，这实际上也是在暗中示威，表示他其实早就明白了太昊的意思和用心，只是不予揭破而已。

太昊对于轩辕这个人不能不心惊，竟然知道他屯兵于太行山北，连风须句也遭擒，这确实是一个可怕的人物，轩辕仿佛是对他极为了解，但是他却对轩辕并不太了解，若是双方一旦交手，他很可能将赴天魔的后尘，因此，他必须除掉轩辕这个人。

只要有轩辕在有熊中保护风妮，那他便休想占到便宜。当然，此刻他的大敌却是蚩尤。

蚩尤的威胁比轩辕来得更直接，因为蚩尤那几乎无可抗拒的武功。毕竟，这是一个强者生存的世界。

十月十八日，正是小雪之时，少昊后方的战营竟被一股来自后方不明身份的人偷袭成功。

这群偷袭者约有数百人之众，一时之间使得少昊后防乱了阵脚。这群不速之客烧杀一阵子后迅速逸去，将少昊所准备的粮草也烧了不少。

少昊欲回头相救，但却被刑天自荤育城中杀出缠住了，只好让这数百偷袭者扬长而去。

这群偷袭者正是轩辕所放回的鬼方战俘，他们偷偷地潜近少昊的后营，趁黑夺取战鹿冲杀而出，使得少昊的人马手足失措。事实上，他们也没有想到会有这么一群人的出现，他们的注意力主要集中在荤育城，这才有所失误。

荤育部与刑天部大喜，这一战他们竟然小胜一场，不由对这群赶回来的战俘大加欢迎。

战俘们也是异常激动，当这些人谈到在有熊族所受到的待遇之时，人人愕然，有些人更是不胜唏嘘，他们怎么也没有想到，有熊竟会如此对待战俘。这些战俘之中也有许多是林胡、昆夷、严允诸部所调来的，此刻听说自己的族人战况吃紧，也有许多急忙赶去自己的部落支援。

这群战俘在诸部之中影响极大，人人对有熊的态度大为改观，许多人都对轩辕的这种做法不解，也有许多人对有熊感激不尽，那些人自是这些战俘的亲人，还有人对有熊向往不已。

鬼方人对有熊的向往并不是一时而起的，打一开始便向往有熊那肥沃的土地和坚城，此刻听说有熊人如此大度，如此客气地对待外来人，这群饱受了战争之苦的鬼方人，试问谁不向往有熊？

有熊的强大也正是强有力的支柱和依靠，如果依附了有熊，便不会受如此多的战争之苦了。因此，依附鬼方的一些小部落，其意志也开始动摇了，而这些小部落之中由熊城回来的战俘更是他们的希望，因此这群战俘受到了前所未有的欢迎。

当然，也有部落并不为之所动，那便是刑天部与荤育部的许多人。因为天魔的死，荤育部与轩辕已势成水火，尽管荤育部最初也是被天魔罗修绝所征服，但经过一百多年的时间，已经由罗修绝培养出了许多的亲信，这些人掌握着荤育部的大部分实力，几乎是主宰着整个荤育部的命脉。因此，荤育部除少数人外，余者皆对轩辕充满了敌意。

刑天之所以与轩辕势不两立，却是因为刑月的死，还有其两大神将被废，这使得刑天与轩辕绝难通融。

其他的部落倒还好说，除泏曲部的曲妙死于轩辕之手外，余者仿佛与轩辕之间并无深仇大恨，但这生与死并不能怪人，只能怪战争。因为战争才使得鬼方死伤惨重，而轩辕也是为了生存，他本不是一个嗜杀之人！且轩辕放战俘而不杀，此等仁义之举反深得鬼方诸小部落之心，虽然在涿鹿大战之中，各部都有死伤，但在这种弱肉强食的年代，仇恨或许重要，但生存却是更为重要。

轩辕的威势已经震慑天下，破鬼方，杀天魔，谁能与之相比？鬼方诸部依附荤育和刑天两部同样是为了生存，但此刻天魔已死，鬼方面临着前所未有的灾难，而来自轩辕的却是极度的和平诱惑。因此，这群自有熊回返的战俘们，在鬼方人心底掀起了涛天巨浪，那或许是一种新的希望，而这种希望的根源，却是来自太昊和少昊的压力。

不能说这些部落见异思迁，现实是很残酷的，北方苦寒，而此刻正是天寒地冻之季，试问谁愿意待在这苦寒之地呢？依附有熊，不只是为自己着想，也是为子孙后代着想。这百多年来的战争是为了什么？还不是为了能够让自己的族人离开这苦寒之地，去同享塞内的肥沃土地？想让自己的子孙后代少受些罪？但是此刻不用打仗了，人家愿意与自己共享繁荣，又为何不去？因此鬼方许多人心中都在不断地思量。

那群战俘果然没有负轩辕所望，将在有熊的生活如实地在鬼方战士和子民之中传开了，甚至到后来许多人以讹传讹，说轩辕如何如何爱惜子民，如何如何与子民同甘共苦，甚至有人已将这些战俘在有熊的经历说成了享受上宾的待遇。如此，许多人都向往成为有熊的战俘，而不是成为东夷的战俘。

作为战俘，居然可以不做奴隶，反而享受了平等的待遇，在这个时代确是异数，于是人人想着南方有熊那平等而友善的待遇。

鬼方的境况很苦，这种战争使他们本就不多的粮食消耗得几乎差不多了。他们生存的环境可不像少昊与太昊所在的地方，水土肥沃，粮草充足。他们只能跟着水草走，但是到了冬天，北方的草本植物几乎死绝，而且此刻危机四伏，他们所存的干草只能喂养少数的牛羊，再说粮草不足，所以只能宰羊而食，以裹战士之腹。但鬼方的子民却在挨饿，不仅挨饿，而且还受冻，他们之所以继续作战，只不过是凭着一股拼死的信念，在不得已的情况之下才如此。可是这群战俘的归返，却使鬼方的子民都对有熊的善待动了心，至少有熊为每一个战士发了皮袄冬衣，这就是很诱惑人的地方。

于是许多的鬼方子民在实在忍受不了饥饿寒冻的情况下，偷偷地带着家人越过少昊的防线去投靠有熊，有的甚至是整个氏族去了有熊，而这些人定找自己部落之中自有熊城返回的战俘做向导。这些战俘也是非常乐意，他们归返也便是想带自己的家人与族人去投有熊。在他们的心中，轩辕确实是大仁大义之人，对他们更是友好。他们也实在向往有熊族那和睦而繁荣的生活，那种生活与眼下受苦受罪的日子相比，简直是天差地别。

何况，此刻人人还得担心某日被少昊或太昊所俘去做奴隶。鬼方人心惶惶之下，有熊族的强大与繁荣自是最好的依靠对象。

如今天魔一死，鬼方诸部对刑天部与荤育部也没有信心了，自然会找更强的依附者，而有熊的热情正仿佛是向他们敞开胸怀的母亲，他们怎会不投入“母亲”的温暖怀抱?

当轩辕到达太行山脚下时，已是离开熊城的第四天。

当然，并不是因为轩辕的行速太慢，而是因为轩辕这一路来要安排许多事情。在君子国留了一晚，在屯马谷留了一日，在陶唐氏也留了一日，他必须将一些事情交代妥当，因为事情的变故很难以常理推断，说不定他不在之时，会发生突然的变故，比如太昊、少昊或是蚩尤，谁会保证不会发生突然的变故呢?

轩辕知道，越是在这种非常的时刻，就越要小心谨慎，步步为营，强敌未去，绝不能有半点松懈。

事实上，陶唐氏与有熊联盟，使其声势也大壮，太行山附近的众多小部落也纷纷依附陶唐，或是加入华联盟。这种新兴起的结盟方式似乎很受许多大小部落的欢迎，能够与强大的部落结盟，成为兄弟部落，那他们便可以减少许多威胁，至少不再担心受那些大部落的入侵。

当然，也有许多人抱着观望的态度去对待一切，因为他们不敢相信这种部落联盟会真的有这么好，害怕这只是一个谎言，所以他们不能不慎重考虑。

轩辕这一路之上，也有游说之意，那便是游说有些观望的部落加入联盟之中，若是以陶基的想法，根本不用去游说这些人，但轩辕却认为，只有再一次壮大部落联盟对外的影响，才会在将来更多一份力量去对付少昊和太昊，甚或是蚩尤，反正他也是顺道。因此，这一路之上，他用了四天多时间才到太行山脚之下。

太行山脉延绵千里，如一道屏障截断东西之路。欲西行，就得穿过太行山脉，而后才能快速至汾水，此处距崆峒山确实是远极，若非歧富这个熟识路径之人带路，轩辕也不知道需要多少时日才能到达。

太行山，陶唐氏的人最为熟悉，此番轩辕至陶唐氏，同时也是为了找一个向导，以便顺利翻过太行山。

这冬日里，翻山越岭确实不是一件舒服的事，地面僵冻，而且看这天气，似乎要下雪了，如果不快点翻过太行山，只怕会在山中误了行程，那可就不好了。

当然，若只是论行程，往返熊城和崆峒，有个半月的时间足够，但轩辕此去并非只是为了跑两趟路，而是为了治伤，也可以说是为了求道，求得广成仙术，抑或是对付蚩尤之法。

正如轩辕所想，唯有懂得蚩尤不死之秘才能定下最好的策略相对，而这个世间大概便只有广成子深知灵魂不死之法，向他讨教正是找对了人。只是广成子不可能因为蚩尤而亲自出手，他已经退隐崆峒近两百年，这是何等漫长的岁月，便连歧富也不知道广成子究竟活了多少年，只记得自他记事起，广成子便是一个须发皆白、仙风道骨的老者。可是在他活了百余年后，广成子依然是须发皆白、仙风道骨，似乎这百余年来，广成子从来都未曾改变过。这确实是一个奇迹，也难怪广成子会成为仙派之长，便连最初的神族众神都得对他客客气气，看来这一切并非幸致。

陶唐氏所居之地处在南北两太行之间的地带，而越过太行最近且最好走的路也便是在陶唐氏附近。

慈峪，距陶唐本部已有一百余里地，由于山路极不好走，便是以战马的神速，这一百余里地也走了半日，所幸有陶唐氏的向导引路，否则四面尽是高山，还真不知道该往哪个方向行走。

也难为这些战马，若是换作战鹿，只怕行过这段山路至少要折损十余匹，这使众人不能不对马儿的能耐重新估计。

到了慈峪，路便要稍好走一些，不过仍是林密道窄，荆棘丛生，猛兽出没无常。当然，这些人自是不害怕猛兽，倒是天公不作美，当众骑过了慈峪再欲向太行深去行时，天空竟然开始下起了蒙蒙细雨。

这种时候下起小雨，立刻使得气温骤降，冷风瑟瑟，众人不得不牵马找寻山洞躲雨。虽然每个人都自陶唐氏带来了牛皮竹笠，可以避雨，但这雨天，山路极滑，众人唯恐战马撑不住，而且若是战马被这寒雨所淋，生起病来，那可就坏事了。这一路之上还有数千里路，若没有战马，那将要走到何年何月？并不是每个人都有满苍夷那么快的速度。

“我看这雨也不知道要下到什么时候，如果我们一直在这山洞中等待也不是办法。”木青微有些焦躁，他们已经在这山洞里待了一夜，可是雨依然未见停下来，是以他也有些急了。

幸好，这个山洞极大，而且距此不远处还有另外一个洞，但住下这四十多骑和四十多人也有些拥挤了，可是没办法，这荒山野岭的哪能讲什么条件？有山洞落脚已经很不错了。

“我看这雨下了之后还会有场雪呢，那时候可就更不妙了。”花战也有些担心地道。

“你少乌鸦嘴！就不能说点好听的吗？”燕绝没好气地道。

花战龇了龇牙，扮了个鬼脸，道：“没事干，寻点开心不行啊？”

“就你叽叽歪歪，难道安心坐下就要死人不成？一点耐心也没有！”燕五也出声道。

“你学学人家黑子兄弟不行吗？安如泰山！”燕绝附和道。

“两个对付我一个，这不公平，木青，你也说吧，我们两人联手，看是他们厉害还是我们厉害！”花战一把拉过木青道。

木青苦笑道：“我可不敢得罪这两位仁兄。”

“你也是个滑头，兄弟有难也不助，真不够义气！”花战气哼哼地道，旋又扭头向燕五和燕绝道，“你们不要再说话了，我要学黑子兄弟安如泰山！”

燕五和燕绝及木青禁不住都笑了起来，而花战果然不再言语，也不动弹。

“我们总待在此地确实不是个办法，这山里的天气很难说，我看这雨下得并不是很大，不如我们牵着马儿走好了。若是真等到下雪，只怕步行都困难了!”说话的正是陶唐氏派来的向导之一陶强，这是一个对太行山地形极为熟悉的中年猎手。

“看来也只有这样了，若要等这雨停下还真不知道要等到什么时候，看这天空，昏昏黄黄的，说不定真会下一场大雪，我看大家还是起来赶路吧，已经休息了一个晚上!”轩辕也起身道。

“那就赶路吧。”歧富附和道。

“满苍夷!”轩辕轻轻地低呼了一声，禁不住停下脚步，他身后的众人也全都停下了脚步。

战马低低地打着响鼻，在众人的拉扯下还算比较镇定。不过马背之上都用皮帐和一种长青树的枝叶所盖，只有头部和尾巴仍在雨中，这也是没办法的事，幸好战马们能够受得住。

满苍夷一人一马，静静地坐在一堵山崖之下，顶部崖石斜斜伸出，使得崖底得以未被雨淋湿，也算是一个避雨的好场所。但是崖底的风却犹如刀割一般，让人难以承受，而满苍夷便静静地倚在这堵崖下，在战马的旁边似醒似眠。

凄风冷雨，孤人独马，满苍夷依然身穿那件极为朴素却洗得十分洁白的粗麻衣，仿佛无法觉察到这冬日的寒冷。

轩辕的心头禁不住微微有些酸楚，他们昨夜都忘了还有满苍夷的存在。在众人相聚欢娱的当儿，又有谁记起了这样一个孤苦而又落寞的高手呢?

所有人都怔住了，每个人的心中皆涌出了一种异样的感觉，望着满苍夷面前那一堆已经成了灰烬的篝火，无不愧疚于心。

每个人都明白了，满苍夷昨夜便是独自一人在这孤崖之下度过，只有一匹无知的战马相伴。在他们欢笑嬉闹之时，满苍夷却在独品凄风冷雨。

是的，天气极寒，北方的冬天本就极冷，何况是这深山之中?

轩辕排开众人，缓步极为轻巧地靠近满苍夷，并轻轻地解下身上的虎皮大衣，正要为满苍夷披上之时，突地发现满苍夷的脸颊之上有两道已经干涸的泪痕，禁不住心头一颤。

所有人都屏住呼吸，无声地望着轩辕一步步走过去，看着那似乎极为疲倦、静依山石而眠的满苍夷，心情都是那般沉重，包括那向来吊儿郎当的花战和燕绝。

燕琼甚至眼睛都有些湿润了，歧富却是深深地叹了一口气，他似乎了解满苍夷，似乎明白这一切究竟是为了什么，就像轩辕一样读懂了满苍夷内心的凄苦。

歧富明白，轩辕一定洞悉了满苍夷内心的一切，本来他准备过去，但是轩辕却先一步出列，只凭这一点，他知道轩辕与他一样，读懂了满苍夷的内心，但这却是一种悲哀。

每个人都认识满苍夷，但却并不是每个人都了解满苍夷。

对满苍夷知道最多的，是龙族战士，因为他们所学的神风诀正是来自满苍夷，而其他的许多人只知道满苍夷是一个默默为大家出力的功臣。

真正杀天魔的人是满苍夷，更许多次为轩辕解围、报信，使得轩辕每每化险为夷，战战获捷，还有许许多多的事，外人不知，但是轩辕却是记在心里的。

而直到此时，满苍夷仍然是默默无闻，没有多少外人可知，她仿佛是心甘情愿这样默默地奉献，无所奢求，而且总是独来独往，有若失群的孤雁。即使是在昨晚，她也宁愿自己在这孤崖之下忍受寒冷，而不与大家同住……

轩辕心中也禁不住叹了一口气，他知道这是自己也无能为力的事情。

他明白，昨夜满苍夷哭了，不仅如此，更是彻夜未眠，这才使得此时睡得如此之沉。

没有人比轩辕更了解满苍夷，连叶皇也没有。因为叶皇并不能以一个旁观者的角度去透视自己和透视满苍夷，但轩辕却可以清楚地了解叶皇，也便因此，他了解了满苍夷，这之间并不矛盾，对于叶皇和满苍夷之间的事，他知道得太多了。有时候叶皇在回避着许多事情，而他却根本就不必回避。

此刻的满苍夷再也不是昔日的满苍夷，再无昔日的暴戾之气，却更明白生活和生命的初衷，所以她注定会痛苦，注定会孤独，但她却无法改变自己内心的某些东西，这也便成了一个无法解开的悲剧。

这个世界，悲剧本就源自感情，只要这个世上还存在着感情，那就一定会有悲剧的产生，这是永恒的真理。

轩辕缓缓地将虎皮大衣披在满苍夷的肩头，满苍夷却突地惊醒，并以快得不可思议的速度出掌！

砰……满苍夷出掌又收掌，同样快捷，但仍然在轩辕的腹部击实了。

“轩辕！”满苍夷大惊地追上倒跌而出的轩辕，当她出掌之后才发现对方竟是轩辕，于是她忙回收掌势，但气劲仍然击实了轩辕的身子，不过只有三成力道。

“你没事吧？”满苍夷确没想到来人竟是轩辕，扶住轩辕急切地问道。

轩辕吸了口气，摇了摇头，道：“没事，你怎么一个人在这里？”

“真的没事吗？”满苍夷望了轩辕腹部飞落的一片衣巾，仍不放心地问道。

“自然是真的，我穿着太虚神甲！”轩辕见满苍夷尚有些不放心，不禁笑了笑道。

满苍夷这才放心，却见众人都在望着她，而身后的战马也在低嘶，不由得不好意思起来。这时才记起刚才轩辕好像是在她的身上搭了一件什么东西，不禁回头望了一眼，却发现那虎皮大衣已经掉落在地上，顿时明白了一切，不禁心中大为感动。

“谢谢！”满苍夷轻轻地嘘了口气，淡淡地道，仿佛有种说不出的落寞。

轩辕心中也是一阵无奈，但却不知道该如何劝说或安慰满苍夷，因为满苍夷确实是一个坚强的女人，正因为她坚强且饱经风霜，所以她比任何人都明白该如何去做，该如何去对待生活，但是她却无法战胜自己的内心情感。

满苍夷是个高手，一个地地道道的高手，但这个世上最可怕的敌人并不是外人，而是自身。她是高手，是相对于别人来说，但作为她自身而言，却又是一个地地道道的弱者，可这却是外人所不能够相助的。

因此，轩辕心中只是暗暗叹了口气，表面却很平静地道：“无论发生了什么样的事情，生命都是可贵的，你要好好地保重自己的身体，因为这个世上还有许许多多的朋友关心着你！”

满苍夷不敢正视轩辕的目光，只是在众人的脸上轻扫了一下后，将头扭向一边，望着罩在蒙蒙寒雨中的远山，长长地叹了口气，道：“谢谢，我知道该怎么做，你应该明白的，或许这便是每个人独特的生活方式，若改变了，那便不再是我，不再是满苍夷了！”

轩辕一呆，歧富和陶莹诸人大步而来，将满苍夷围住，陶莹拾起那件虎皮大衣自后面为满苍夷披上。

“苍夷便与我们同行吧。”歧富开口道。

“是啊，大家一起走，也好相互之间有个照应啊！”燕琼附和道。

满苍夷感激地望了众人一眼，悠然地露出一个涩涩笑意，道：“大家的心意我明白，但苍夷的性格可能有些执拗，我觉得还是我一人为大家在前面开路好了。”

“这怎好？”跂燕也道。

“大家不必为我担心。”满苍夷解下虎皮大衣交还给轩辕道。

轩辕用手一挡，沉声道：“若苍夷还当轩辕是朋友的话，这件衣服你就穿在身上！”

满苍夷深深地望了轩辕一眼，笑了笑道：“好吧，苍夷恭敬不如从命，那我先走了！”

“你……”桃红也觉得满苍夷有些不近情理，但却被轩辕阻住了她要说的话。

“好吧，一切小心，若有情况立刻与我们联系。”轩辕阻住桃红的话，悠然笑了笑道。

满苍夷也笑了，点了点头道：“我会的。”

歧富也不语，似乎没有看到陶莹递给他的眼色。

蛟幽与褒弱也急了，但是轩辕既然这么说了，她们也没办法，只是她们不明白何以轩辕不让满苍夷与自己等人同行。

满苍夷笑了笑，向众人一拱手，这才拉了一下马背上的极乐神弓，跃身上马，道：“我先行一步了。”

说完打马向雨雾中远去。

众人望着满苍夷那苍凉的背影，禁不住心中一阵酸楚，尤其是轩辕和熟知满苍夷的诸人。

“你为何不劝她与我们同行？”蛟幽责怨地问道。

“每个人都有自己生存的方式，我若强要她改变这个方式，或许反而会让她更不快乐。”轩辕望着满苍夷的背影叹了口气道。

“可是她一个人……”

“由她去吧。”歧富打断蛟幽的话道。

一时间，所有人皆默然，不明白满苍夷的人，皆以为此人确实有些不近人情。

此刻雨点渐小，转而有雪花飘落，天依然是灰蒙蒙的一片。每个人心中都有些沉重，也许是因为这糟糕的天气，也许是因为这茫茫的群山和羊肠小道，抑或只是因为满苍夷的远去。

熊城的探子对鬼方、少昊、太昊的战势注意得极为密切，对于鬼方的边境也是密切监视。

鬼方的战俘们终于起到了应有的作用，当第一批六十余人越过少昊的防线之时，便被有熊的探子知道，并飞报熊城。

这六十余人乃是依附鬼方的小部落，他们再也不想为那兵疲将伤的鬼方去拼命，终忍受不住有熊的诱惑，决定投奔有熊。

有熊的骑兵截住了少昊的追杀之旅，顺利地接纳了这第一批来投的鬼方降卒。

而这一切，熊城方面早想好了安排之法，这只是他们意料之中的事情。

轩辕所安排的一切，终于慢慢地收到了成效。不仅如此，这些天来，前来依附有熊的大小部落极多，都是慑于有熊的声威，同时也是被有熊义释战俘的仁义所拜服。

而有熊的这种举动，使许多小族排除了顾虑，要么依附有熊，要么加盟以有熊为首的部落联盟。

这些日子，熊城确实处在一种极度欢欣的氛围之中，好事不断，整个部族在无形地扩张，虽然十大联城都在小心地戒备，可内部却是极为活跃，上至凤妮，下至每一个子民，都忙得不亦乐乎，因为一切都充满了希望。

雪越下越大，山风也不小，牵着战马走也让人觉得有些难受。山道确实不好走，这使他们终于知道了战马并不是什么时候都好，有时候反而成了累赘，但这却是没有办法的事情，他们总不能出了太行之后步行去崆峒，更不可能出了太行再去找野马群驯服几匹吧？因此，就算这些战马是个累赘，他们也要带在身边。

战马的小腹以皮帛相裹，为防马受冻生病。对于战马，轩辕诸人还是极为小心地呵护着，不过这一天众人才走了几十里山路，然后早早地找山洞休息，都盼着雪下小一些再走。

雪的确够大，而且不下则已，一下便是两天。这使得轩辕诸人不得不耽误两天的行程，这么大的雪，不可能还赶路，只好等雪停了之后再前行。

当然，若是在平原旷野之中，自然没有必要等雪停，但在这群山之中却又是另一回事。第一是因为下雪，路太滑，沟涧太多不宜行走，第二却是因为视线太过模糊，无法看见远山，若是仍要行走的话，很可能迷路山中。

在山野之中行走，最主要的是要找好几个路标，有了准确的路标之后才能够顺利地走出群山，而这所谓准确的路标便是几座有特点的山峰。

因此，轩辕诸人必须等雪停了之后，视线开阔了才能够行动。

轩辕这群人无一不是野外生存的高手，其实生长在这个时代的人，有几个会不是极好的猎手呢？生存，便离不开狩猎，这点山间行走的常识还是有的，所以轩辕等人在山洞之中待了两天。

第三天，天大亮，大雪竟然奇迹般地停了，不仅如此，还出现了好些天都未见到的太阳。

阳光明媚至极，在茫茫一片银色的世界中，阳光显得特别耀眼，天蓝得像一块巨大的蓝宝石，让人忍不住为之惊叹。

大地，一片银色，积雪几有两尺之深，万树银花，倒是极美，还有一根根长长的冰棱倒挂在树枝之上，亮晶晶的，在阳光的辉映下，颇有几分雅意。

但不可避免的是，有些树枝却被这场大雪给压断了。

这是今年的第一场大雪，却是下得轰轰烈烈。

轩辕与众人都唯有苦笑，这么深的积雪，赶路并不方便，但是却必须要赶路。

要是等雪完全化了也不知要等到什么时候，这时候的雪虽深，却并不打滑，但若是半化不化的，一些地方成了冰，那可就滑溜得很，更是不好走。

因此，轩辕众人必须赶路，他们用厚厚的皮、帛、棉之类的裹紧马脚，以防马脚冻坏，然后众人策马在山间缓行。

马腿极长，虽然雪深，但马儿仍能够安步而行，使人省了许多力气。

走在最前面的两人乃是陶唐氏的向导，他们并未骑马，而是牵马而行，主要是看看道路是否安全，为众人探路，免得后面骑在马背的人滑入山涧或是遇上其他的一些不必要的麻烦。

山间的林木依然是极为茂盛，只是太过寂静，连鸟鸣之声都没有。这种大雪使得鸟儿连食物都找不到，也便只好远去，抑或是因为太过寒冷，鸟儿都缩在巢中不想出来。偶有积雪自树枝上滑落，发出断断续续的噗噗声。

“这里有一匹死马！”陶强倏然扫开积雪，惊呼了一声。

轩辕诸人也都吃了一惊，一看之下，更是大惊：“这马是满苍夷的！”

“是的，她的马怎会死在这里？”木青也认出了这匹毛色纯白的健马，正是满苍夷所乘的坐骑。

“呼呼……”陶强与木青三下两下便扫开死马身上的积雪，却发现地上有一些早已凝固的血迹。

“啊……”

战马周围的人禁不住都微微惊呼。

“是箭伤，看来满苍夷定是遇到了麻烦！”剑奴也道。

“以她的速度，应该不会出什么事的。”花战猜测道。

“大家小心！”轩辕低低地吩咐了一声，立刻便有数名龙族战士将轩辕围在中间，金穗剑士人人提高警惕。

战马是死于乱箭之下，可见满苍夷确实是遇到了伏击，只是不知道这群敌人是何方神圣。那满苍夷呢？她是不是中了伏？为何未曾掉头来向自己禀报？

以满苍夷的武功，怎么可能连一匹战马也保护不好呢？即使是这里有许多敌人埋伏，应该也逃不过满苍夷的警觉才对，而其战马却是被乱箭射杀的，这确实是有些令人不解。

其实深知满苍夷武功的人不只是轩辕，还有歧富和剑奴，这几人对满苍夷的身法和武功是无话可说的，自问即使是自己亲自出手，也无法留下满苍夷，甚至不一定是满苍夷的对手，这是一件很现实的事情。放眼整个天下，试问又有几人的速度能够胜过满苍夷呢？

“四下找找，可有别的痕迹？”陶莹立刻向那几名君子国的剑手呼道。

其实，不用陶莹吩咐，燕绝和燕五诸人已经迅速地向四面寻找开来了。

“只怕这样不行！”歧富吸了口气道。

轩辕也皱了皱眉，他当然知道这样确实有些不行，因为这战马死去的时间应该是昨日，然后被大雪所覆，这才使马尸了无痕迹。如果一切都已是昨天所发生的话，那今日再找其痕迹，只能在雪面之下找了，但如此深的积雪几乎掩盖了所有的痕迹，众人自然是难以寻找，这也是为何歧富说这样寻找恐怕不行的原因。

“嗯，不过，这周围的树木之上或许会留下一些痕迹，说不定这样可能会发现一些什么。”轩辕吸了口气道。

歧富不语，他只是与轩辕并肩静坐于马背之上。

“这里应该不会有什么埋伏，否则的话，那些人也不可能仍将马尸留在这里了。”跂燕估计道。

“嗯，似乎是这样，他们留下这马尸在路口，本就是对我们的一种提醒，若我们有所防范，他们的偷袭岂会成功？因此，这群敌人确实不应在这里设下伏兵。”桃红也附和道。

轩辕一听，两女所说的确实是有些道理，他们想到了这一点，敌人难道便没有想到这一点？当然不可能。因此，若是敌人思维正常的话，应该不会在这里布下埋伏。

“燕儿的分析确实有理，不过我们可不能大意，在没有弄清楚情况之前，确不宜轻视敌人。我们想到的东西，敌人也同样可以想到，兵之道，虚者实之，实者虚之，实虚有若阴阳，相生相济，生出无穷之变，谁也不能断然相信自己的估计，还是小心为妙。”轩辕望了跂燕一眼，肃然道。

“轩辕说得好，兵之道，虚者实之，实者虚之，有若阴阳，相生相济而生无穷之变化，确实精僻！”歧富忍不住赞道。

跂燕和桃红禁不住眼睛一亮，也为轩辕此语所惊。

“难怪夫君能让天魔惨死涿鹿，今日燕儿是受教了。”跂燕难得谦虚地道。

“那是当然，咱们的圣王用兵如神，算无遗漏，别说只是一个天魔，便是两个也没有用！”阿虎插口道。

“你小子别乱拍马屁了！”轩辕不禁好笑道。

剑奴也为之莞尔，阿虎乃是守护东山口的一群剑手精英中的精英，只是仅次于柳庄的高手，与轩辕及跂燕之间的关系极好，或是因为与他们共过患难吧，因此就像花战诸人一般，与轩辕之间并不是太过拘谨。

阿虎吐了一下舌头，却没有反驳什么。

“这里有几根断枝！”花战在左侧的坡上低呼了一声。

木青闻声赶了过去。

“这是人为的，绝不会是积雪所压而造成的。”花战指着一根已经断折，却仍牵连在树干之上的枝条肯定地道。

木青绕着这棵大树转了一圈，不能不暗赞花战心细如发。

“嗯，这应该是被人踩断的。”木青点头道。

“我也这么认为。”花战思索了半晌，又道，“如果真是被踩断的，那么定是有人借此枝跃起，因此我们所要找的痕迹应该是在树上才对。”

木青不由得将目光投向那许多被压得弯曲的树枝。

这些树枝千奇百怪，但却全都如结了一层厚厚的霜花，蓬松而洁白。那些枝叶多的大树，便如顶着一层厚厚的白云。

在这种情况下，想在枝叶间找出一点痕迹也不是一件容易的事情。

“这很可能是敌人所伏之处！”木青猜想道。

“嗯，如果这里所伏的是一个弓箭手的话，那么他箭矢的射程刚好是那战马死去之地，在这种范围之内，大弓的威力是最强的！”花战分析道。

“以满苍夷的功力，这些箭矢根本就不可能伤得了她及其坐骑，因为那些箭皆是普通之物。”木青道。

“这正是问题所在，很可能这些人中有一些极厉害的高手，使得满苍夷不得不离开马背，战马便是在这种情况下被射死的。”花战又分析道。

木青频频点头，这种可能性非常大，否则的话，单凭这些普通箭矢又怎么可能逼得满苍夷下马？

“那里是什么？”突然燕五在另一边惊呼道。

众人的目光不由得向燕五所指的另一个远处的山头望去，只见那山头之上仿佛升起了一根巨大的云柱。

“旋风……风暴……”有人惊呼。

杜修的大军所到之处，众归属于东夷的小部落尽是不攻而降，其威势不可当。这些小部落本就是处在东夷与有熊的边境，此刻大军压境，谁能抗衡？

杜修身边的数十名高手，任意挑选几人，便足以带领一批人马击溃这些小部落。何况还有杜修这个强劲的高手亲自出手，即使是东夷诸如风绝、风骚这类的高手，也不一定便能胜过杜修。何况，在东夷族中，像风绝这样的高手并不是太多，而且这些高手在轩辕的手中已经折损了不少，真正所留下的，便只是少昊身边的一些绝世高手及少数部落的首领，另外便是帝氏众兄弟，但此刻的情况却不同。

不同便在于少昊北征鬼方，带走了大批高手和战士，使得其后方的精兵并不是很多。

少昊估计的是，轩辕很可能派人去攻击他的后防，断其归路。因此，他在三阿之地屯下了一些后备兵力，但是他却没有料到轩辕会不攻三阿，而直接派军深入，攻击南面。

东夷部族的领地极为广阔，因此，少昊根本就不可能猜得到有熊会自哪个方向出击。当然，在少昊看来，有熊攻击三阿的可能性比较大，但遗憾的是，轩辕行事往往出人意料。

轩辕的基本策略乃是避重就轻，从后面绕袭，而这之中也与轩辕义释战俘有着联系。

东夷族的诸小部落纷纷改投有熊，对杜修的大军几乎生不出抗拒之意，这是因为他们知道有熊绝不会虐待他们。是以，他们在没有顾忌和后顾之忧的情况下，自然不得不屈服于有熊族的武力之下。

轩辕在这种时候派出征伐大军，并不是偶然的事情，而是经过精心安排之后才作出的决定。也只有在这种时机之下，才能取到最好的战绩，而事实也正是如此。

有悔长老所遇到的情况与杜修差不多，于是两人迅速地向东夷边界深入百余里，其势锐不可当！

第一百二十六章　雪原受伏

风暴，雪原之上的风暴。

所有的人都吃了一惊，那山头之上的云柱很明显是一股强劲的旋风所卷起的，不仅是旋风卷起了这些云柱，而且这云柱还在不断地移动。

云柱并不是他物，而是雪花杂着其他的东西所凝而成。

“不是风暴，是有高手在交手!”轩辕肯定地否认了众人的话。他知道，在这种地方很少出现风暴，若说在这种天气里，在太行山间出现风暴，那确是奇迹。

即使是有强风吹来，也不会在那不甚高的山头之上，而应出现在高峰之顶。因此，那被强风卷起的云柱，应该是高手在交手。

“会不会是满苍夷?”陶莹出声道。

“很难说!”轩辕眉头微皱，他也不知道究竟是不是，不过他隐隐感觉到这突然出现的高手应该与满苍夷有关，只是不知道对方究竟是哪一路高手。

“我去看看!”歧富向轩辕打了个招呼，自马背之上掠出，如一道轻烟般从雪面上飞过。

“我们立刻选择一个平坦的地方歇脚，不要耽误在这小道之上!”轩辕吩咐道。

众人怎会不明白轩辕的意思？如果他们挤在这小道之上，那战马和人多的优势就很难发挥出来了。因此，他们必须找一个利于攻防之处驻扎，这才有可能对付即将遇上的敌方高手。

“我们要不要去助歧伯?”陶莹询问道。

“如果被攻击者真是满苍夷的话,有歧伯相助,即使遇上了绝世高手,逃逸应该没有问题,就算真有危险,歧伯也会发出信号的。”轩辕道。

众人想到满苍夷的武功和歧富的武功,不禁都点了点头。

“那里有平坡,我们便在那里等歧伯好了!”轩辕指了一下不远处,一个低于此地的平坡,只有不多的几棵树静立着,其余的一切尽皆掩埋在雪原之下,而且那里正是歧富所经过之地。

当轩辕诸人刚到那山坡之上时,便听到了远处山头的歧富发出一声长啸。

“不好!”轩辕暗叫一声。

“歧伯定是遇到了强敌!”陶莹也惊呼一声。

“让我们去助他!”木青向轩辕请示道。

“我们全都过去吧!”桃红道。

“若我们全都去的话,那这些战马必须绕道,会很浪费时间,这不行!木青,你带十五名兄弟前去相助,一切要小心,遇强敌则退!”轩辕沉声道。

“木青明白!”木青应了一声,立刻带着花战等十五名高手弃马飞速向那山顶奔去。

“我们骑马前去接应!”轩辕道,他心中隐隐感到有些不太妥当,却说不出个所以然来。

陶莹众女一个个都极为小心地戒备着,那五名金穗剑士和一干龙族战士自然也是严阵以待,此刻轩辕身边只有二十余人,不过这些人的武功都极好,即使是如风骚这样的高手,在这群剑手的联击之下,也绝对讨不了任何便宜。这群战士都是轩辕经过精心挑选所选出的精英,而且这些日子以来,轩辕每天都在亲自训练这群人,让歧伯以药物改变这群人的体质,从而加强他们的战斗力。

原来,轩辕在发现凤妮身边的护卫高手的分量不够之后,便立刻组织人去各营精心挑选,包括君子国和龙族战士,终于挑选出了一批绝对的精英。这些人再经过强化训练和组合训练，武功完全可以与花战、猎豹诸人相媲美，虽然不及木青，但相差也不会太远，比之昔日的金穗剑士却是有过之而无不及，且极善合击之术。

这次轩辕远行崆峒，身边所有的战士全都是这批精选的高手。

凤妮不想轩辕出半点差错，在她的心中，轩辕的位置是处在最高的，若没有轩辕，她便仿佛失去了一切，甚至没有信心在少昊、太昊这群高手的压力下主持大局。事实上，轩辕已经成了有熊族的精神支柱，那是不可否认的。只要有轩辕在，每个有熊战士和子民无不充满了斗志和希望。

仿佛只有轩辕才能够领导着他们取得胜利，去创造不可能的奇迹。只要有轩辕在，任何困难都是可以克服的。因此，轩辕可谓是有熊任何人都不可替代的人物，也是最为重要的人物。而且，轩辕更是华联盟的总指挥，其身份和地位之高，一时无两，比之太昊和少昊的分量都要重。这便使得轩辕此行的安全成了重中之重，不只是凤妮关心轩辕的安危，便连宗庙和诸部都在为轩辕的安危担心。

若是轩辕身上无伤的话，那自不用人担心，但是此刻轩辕却只拥有五成功力，这便不能不让人担心了。

只要是轩辕出了一点意外，许多人都会为之而崩溃。而这个世上，想杀轩辕的人着实太多，而且想杀轩辕的人尽是一些绝世高手，任何一人都足以让人心胆俱寒！

此次轩辕远赴崆峒，他本不欲带这么多人，但是凤妮硬是不同意，轩辕便只好带着这一大群人上路了。

陶莹、桃红、燕琼、褒弱无一不是高手，只是蛟幽和跂燕的武功稍稍弱些。蛟幽在鬼方的日子里，也得过天魔的指点，武功当然大有长进，但是却只能与花战这些人相比，或许还要差一些。跂燕则是在轩辕的指导下学了一些剑术，并没有受过名师指点，其武功在轩辕的印象之中，自然是最弱的一个。不过，这六人合在一起，却也是不得了，尤其是陶莹，看上去似是弱不经风，却是一个完全可以独当一面的高手，便是燕琼和褒弱也只能自叹弗如。至少，在以一对一的情况下，这两人都不是陶莹的对手。

因此，轩辕的身边可谓是高手如云，只有这样，凤妮才勉强放心。

轩辕诸人快马疾驰，他们自坡下的路上向那山顶之上绕去，虽然不如木青这般直接而快捷，但也不会很慢。

那山顶之上的云柱越来越清晰，走近了，众人才发现，那并不只是一片云柱，而是一片厚实的云朵，使得那整个山头变得十分诡异。

轩辕诸人迅速策马驰到山脚之下，却发现这座山并不是如他们所想的那么低。

“下马上山！”轩辕自己领先下马将马缰向一根树上拴去。

众人立刻效仿，轩辕吩咐三人留在此地看守战马，他自己便领着众人迅速向山顶掠去。

但轩辕才掠出二十余丈，却突地停住了脚步，正在他停下脚步的那一刻，在他身前两丈处的雪层突地哗的一声迸飞而开，如同炸裂的雪莲花般直向他罩至。

轩辕止步之时，剑奴几乎与轩辕之间有一种极微妙的感应，立刻横剑于轩辕之前。虽然他没有轩辕那超乎寻常的灵觉，但是他却已与轩辕心灵相通，只要轩辕作出任何一个反应，他便可以立刻明白轩辕此举的意图，或是表示什么意外的发生。

轩辕身边的人也全都吃了一惊，他们都没有轩辕那样的警觉，但是他们的嗅觉也如猎人一般的敏锐。轩辕一止步，他们便知道有事情即将发生，每个人都以最快的速度出剑，而此时正是那雪地爆开之时。

“呀……啊……”那奔在最前面的两名君子国剑手竟被强大的气流震飞而出。

地面上的雪层如同被铁犁犁过一般，以快捷无伦的速度倒掀而起，如同一层厚重且无坚不摧的白色地毯，遇到相阻之人，立刻爆散，将人反震而出。

三名金穗剑士低吼着和身直扑入那层雪毯之中，三柄长剑如同一幕云彩。

哗……雪毯一分为六，三名金穗剑士竟被吞入其中，但雪毯却丝毫未减其速直向轩辕盖来。

轰……黑子和阿虎自侧面扑上，但却被一股强大的旋动气流震得倒跌而出，几乎没有人能够阻挡这雪毯半刻。

“来吧！”剑奴一改常态，竟以双手握剑，剑尖居然挑起一团蒙润的光彩，仿佛手中之剑倏然活了过来，芒尾暴射出三尺，而后剑奴整个人也没入一片雪雾之中。

轩辕大惊，来人的武功之高简直让他吃惊，那种速度，那旋动的气劲，那翻江倒海、山崩地裂般的气势，竟是他平生仅见，他敢肯定，这将是他所面对的最强对手。

轰……剑奴身上的雪雾炸成无数颗冰粒，如狂风暴雨一般，使得此间的气势更是惊人。

雪毯在剑奴那蓄势一击之下炸成细雾，轩辕终于发现了雪毯之后的高手面目，也看到了那三名金穗剑士喷血而飞。

轩辕看清那人时，差点没吓得跌倒，便是见了蚩尤他也不会有如此吃惊，但是眼前之人却让轩辕惊骇欲绝，同时失声叫了出来：“天魔罗修绝！”

吃惊的人并不只是轩辕，桃红、燕琼、褒弱诸人全都大大地吃了一惊，他们可是亲眼见到过天魔罗修绝的人，因此对天魔罗修绝的印象深刻至极，当他们看清眼前突然袭来的高手竟是已被轩辕设计所杀的天魔罗修绝时，怎能不吃惊？怎能不惊骇欲绝？

来人，头戴麒麟角形头盔，面目清秀，与天魔罗修绝一模一样，只是一身黑鳞甲与天魔稍有差异。而那惊人的气势，绝不下于已死的天魔罗修绝！

来者竟然是已死的天魔罗修绝，这怎能不让轩辕吃惊？

天魔罗修绝还没有死？！

这怎么可能？轩辕是亲见他的尸体，而且是亲自出手对付他，连他身上的青鳞甲也剥下来了，可是此刻怎会又出现一个天魔罗修绝呢？

轩辕根本就没有来得及细想，剑奴已经闷哼一声跌了出去，便是剑奴也没有办法阻住天魔罗修绝的攻势，甚至是没能够稍阻天魔罗修绝半刻，这是何等惊人之事？

天魔此次出手显然是蓄势已久，更准备全力一击取下轩辕之命。因此，其攻击力之强，其速度之快，其气势之猛，都已达到了无以复加的地步。

轩辕退，他不能不退，此刻的他怎么可能是天魔罗修绝的对手？即使是在他未曾受伤之前，也不可能是天魔之敌，何况他此刻只剩下五成功力？因此，他唯有退，同时心中也在暗自叫苦，此刻他身边根本就没有人能够成为天魔之敌，他退，也不是办法，但是，他不退又能怎样？难道他还能够抗拒得了天魔的攻击？

轩辕退，他身边的龙族战士皆悍不畏死地飞扑而上，以保护轩辕的安危，即使是死也无憾，这是这群亲卫们的信仰！若有人想对付轩辕，便要踏着他们的尸体而过，无论对手多么强大。

砰砰……叮叮……剑折人飞，这群龙族战士也都无法阻住天魔的来势。

轩辕倏然出刀，灭天绝地的一刀，他已经不能再退了，在他的身后，正是飞扑而上的陶莹诸人，如果他再退的话，陶莹、燕琼和褒弱将会悍不畏死地代他抗敌，但是他明白陶莹和燕琼及褒弱根本就不可能阻止得了天魔，因为天魔的武功太可怕了。

那是一种实实在在的可怕，轩辕绝不想让陶莹诸女代他去死。雁菲菲的伤痛仍深深地烙在他的心头，他怎能再让心爱的女人重蹈雁菲菲复辙？他今生已经有了一个不可弥补的伤痛，是以再也不想再添一点遗憾，即使是死，他也要与陶莹诸女一起死！

生命虽然可贵，但是有些东西比死去更痛苦。因此，轩辕不再选择退避，他出刀了！

轩辕出刀，正是尊神！这柄刀也只有他配用，也只有他的绝世刀法，才对得起这把神刀。

其实，尊神并不能算是刀，而是刃，一种只有单锋的利刃，其形似刀，却也有些像剑。

尊神劈出，似拖起一束火焰，杀气森然直冲霄汉。轩辕豁出去了，这叫兔子急了也咬人，何况是人？是以，轩辕倾力而出，即使是死，也要死出个样子来，死出他轩辕的风格来。

天魔探爪，乌黑的爪子如同他那对墨黑的鬼眼一般诡异。他对轩辕的刀根本就没有在意，或许，他对轩辕这个对手根本就没有在意，尽管轩辕的刀杀气惊人。

嘶……轩辕突然发觉有一股强大的牵引之力，将他的刀拉向一侧，而他几乎是无法自控地也被拖向那股牵引力的方向，他暗叫不好之时，倏觉胸口一阵发闷，整个身子便如同弹丸一般飞跌而出，也在同时他听到了陶莹和燕琼诸女的娇喝惊呼声。

噗……轩辕的身子重重坠落在雪面之上，再如一块滑板一般，在雪面上滑出一道长长的雪沟，一下子向山下滑出十余丈才停下。

轩辕只感到胸口一阵发闷，呕出一口鲜血，之后反而气息一畅，被一棵树干挡住下滑之势。

“轩辕……”蛟幽惨呼着向轩辕高一脚低一脚地奔来。

轩辕一震之下，甩了甩脑袋，扶着树干竟然又站了起来，并未感到伤势的严重，不禁暗自庆幸身上的太虚神甲的妙用无穷，更感谢老天下这么一场好雪，此时地面积雪深达两尺，这使得轩辕落地之时卸去了不少来自天魔的力量。而这一路下滑，更是把那股震力消得七七八八，只是与那大树一撞，被撞得头昏眼花，实未受什么伤。

“轩辕，你没事吧？”蛟幽飞扑而来，见轩辕又站了起来，不禁大喜。

轩辕抬头一看，不由大吃一惊，他发现天魔摆脱陶莹诸女和龙族战士的纠缠，再次向他逼来。

天魔见轩辕未死，自然是舍别人而取轩辕，他仿佛是与轩辕有着不能解开的仇根。

“他不是天魔罗修绝，他是渠瘦老祖破风！”桃红突然张口大呼。

“天魔”的身子一震，扭头向桃红望了一眼，眸子里泛出一缕异彩，但旋即又向轩辕逼到。

轩辕再惊，也恍然大悟，看来这个酷似天魔的人乃是另一个与天魔齐名的魔头破风无疑！但是这两人长得太像了，只是这个魔头一身黑鳞甲，黑色麒麟盔，而天魔则是一身青色的盔甲，如此看来，天魔与破风很可能也如叶皇和叶帝一般是孪生兄弟。

轩辕甚至来不及细想桃红怎会知道此人不是天魔而是破风的，他也没有考虑的时间，因为破风的速度太快，简直可以与满苍夷一较高下。

“幽，小心！”轩辕惊呼。

破风嘿嘿一声冷笑，鬼爪再探，却是击向蛟幽。

啸……一声锐啸破空而响，更有一道五彩的异芒突现在破风的背后。

裂空之声让破风吃了一惊，那是剑啸，但这剑啸之烈使他也不能不为之大惊。

“御剑术！”轩辕瞪大了一双难以置信的眼睛，望着那五彩的异芒以超出肉眼所觉的速度射入破风的气场之中，禁不住低呼道。

破风不得不收回抓向蛟幽的爪，反手向身后那道异芒拨去。

啸……那道彩芒一变，竟突地升高，再变成了另一个角度向破风攻到。

破风一爪拨空，便立刻知道情况有些不妙，身子迅速一旋。

哧……那道彩芒竟然自破风肩头掠过，一下子削去了破风身上的两片黑鳞。

破风吓了一跳，心叫好险，他那刀枪不入的鳞甲，居然在这道彩芒之下，丝毫不能起到保护作用，可见此剑之锋利，应该可比神族十大神器了。

蛟幽虽然未被破风击中，但是破风出手时带出的那股强大气流，也将她推得跌了出去。

轩辕忙扶起吃惊不小，也极为狼狈的蛟幽，心中又是痛惜又是怜爱，但他的目光却投向了另一方。

那便是御剑之人！

噗……蛟幽吐出啃了个满口的雪，一把牵住轩辕，正要说话之时，却见轩辕的目光怪异，不由得扭头向轩辕所望的方向望去，不禁惊讶地呼道：“燕姐！”

轩辕的心中不知道是一种什么样的滋味，御剑者竟是那个在他眼里武功最弱的跂燕！

御剑者竟是跂燕，不仅轩辕呆了，所有人都没有想到。

此刻的跂燕仿佛变成了另外一个人，浑身仿佛罩在一团彩芒之中，发髻飘散，悠然而舞，仿佛是立于孤崖之巅而迎风远眺，但自其神情之中，却可以读出无尽的战意和杀机。

轩辕对这种彩芒并不陌生，当他第一次见到地火圣莲之时，便有着这般的惊艳。但此刻的跂燕，仿佛是一株巨大欲绽的地火圣莲！而她所御之剑，也泛着与其身体气芒一样的色彩，似乎有一种魔异奇幻的魅力。

剑影罩定了破风的每一个方位，仿佛在破风的身外罩着一个巨大的剑笼，将破风紧锁在剑笼之中。

破风也吃惊非小，他自然知道眼前的女娃是怎么回事，同时也知道地火圣莲的传说。

一百二十多年前，蚩尤便是借地火圣莲突破了生死的极限，达到轮回的境界，而天魔因偷了蚩尤地火圣莲的莲蕊得以不死不老，更练成了金刚不坏之躯，从而被蚩尤所恨。

天魔罗修绝也便是在那个时候与蚩尤决裂，依附了天神据比，加入鬼方。

也因此，才害得祝融遭神族所弃，被追杀了数十年，而终被压于封神台下。关于地火圣莲的事，破风自然知道不少，因为他对蚩尤的了解，胜过任何人。

当然，这并非说地火圣莲便真的可以使人拥有无敌的武功，但地火圣莲却绝对可以使练武之人在无法再突破之时，再将自身的功力提升到另一个层次。

是以，此刻破风一眼便看出跂燕乃是地火圣莲的所得者，也就是说这个女娃的潜力无限，因此此女比之轩辕更具威胁性。

“轩辕，你没事吧？”陶莹和桃红诸女自破风身边绕掠而过，将轩辕团团护在中间，齐声关切地问道。

“我没事，这老魔还伤不了我！”轩辕嘴巴倒是挺硬，但却知道破风刚才一连过了近十位好手，又被剑奴卸去了一部分功力，这才使他得以安然无损，否则的话，只怕轩辕仍会像上次被天魔击中一般，即使这次不会伤得那么重，但定不会好到哪里去，这一点轩辕还是相信的。

“我们一起来对付这老魔头！”轩辕想也不想，提刀便向破风掠去。

轰……剑影散漫，破风竟然将跂燕所织的剑笼震开。

跂燕被震得几乎是失去了控制似的打着横飞跌而出，那彩芒也变得暗淡下来。

跂燕的身子一震，仿佛受了一记无形的闷棍，连连倒退七步，这才稳住身形。

破风一阵低啸，身形如电般向跂燕扑去。他决意先除掉跂燕，他绝不想这个世间再出现第三个服食了地火圣莲的人，前两人，一个是他的主人蚩尤，一个是他的兄弟罗修绝，这两人的武功都已突破了人体所能达到的极限，超越了生死，但不管是哪一人，都要比他强。因此，他绝不希望这个世间还有一个人比他更强。所以，他要对跂燕痛下杀手。

剑奴扶住跂燕，他心中涌起一丝莫名的惊讶和欢喜，因为跂燕刚才所使的御剑之术，正是君子国不传之秘，只有君子国女王柳静才拥有的绝世剑法，但是此刻跂燕竟然能够如此圆通地挥洒出来，而且在气势上更胜昔日的女王柳静，这怎不叫他欢喜和惊讶？那也便是说，跂燕真的是柳静的女儿，是君子国真正的圣女，他可以肯定，跂燕这剑法是得自柳静的真传。

对于这一切，剑奴仿佛在一刹那之间想通了，何以当初柳静会抢走第二朵圣莲，而后来这朵圣莲却并不在柳静的手中，看来，跂燕所食的圣莲乃是柳静所给，因为当时跂燕正在柳静的手中，受柳静的看管，自后来柳静那有些怪怪的话语之中，应该不难听出柳静已经知道跂燕是她的女儿。因此，她让跂燕服食了那朵地火圣莲，并将御剑术的剑谱交给了跂燕，这并不是没可能的事。而跂燕有时候表现得也很古怪，只是平时没有人去注意而已，就比如当时轩辕在河水中练功之时，跂燕表现出来的非凡领悟力，那信步和信手的动作，不正是这御剑术的招式和动作吗？只是当时剑奴没能好好注意，而他当时在盖山氏舞剑之时，跂燕似乎也有所悟，还有许许多多细碎的事情，只是众人并没有太过留意，而且有跂燕不会武功先入为主的想法，对其某些异举联想不到绝世剑法上去。但是此刻跂燕突然使出了让人目瞪口呆的御剑之术，便使人一下子又回忆起她平时的一些异举。

跂燕不能不出手，在这种危急的关头，她怎能还继续隐藏自己的武功呢？而也正是她救了蛟幽一命。

剑奴的剑式一转，刚才与破风硬拼一记，几乎将他内腑也震伤了，此刻自不敢再与破风硬拼。而在场的所有人，没有谁的功力可以与破风相抗衡，若是轩辕没曾受伤，或许还可以与破风战上一阵子，但是轩辕此刻却只剩下五成功力，根本就不可能与破风交手，此刻轩辕的武功大概也只与剑奴不相上下。

剑奴也是有苦难言，他根本就阻不住破风，但他却绝不可以让破风伤害跂燕，不仅仅是因为跂燕是轩辕的女人，更因为跂燕可能是真正的君子国圣女，而他乃是君子国的元老，可以说已是三代元老了。在君子国，没有人的辈分比他高，因此，他怎能让人伤害跂燕？

跂燕的剑被击落在地，竟与跂燕之间失去了联系，这使跂燕大吃了一惊，她没有料到破风竟然这么可怕，但是，破风的攻势已经逼近了她！

黑豆诸人并未受伤，他们只是被破风身体周围的真气给震得滑跌而出，在破风的气场之中为其气势所逼才倒地。真正受伤的是那三名金穗剑士，而那正面挡在破风前的两名君子国剑手则已被破风击毙，另外也有两人受了轻伤，但是在跂燕的身边仍然立着六人，包括那受了轻伤的人。这些人自然明白，如果此刻不撑下去的话，最终很可能会死得很惨，便连轩辕也不能幸免。

噗……黑豆的背后搭上了一只手，以黑豆为首的六人，连成了一串，每个人的手掌搭在前一人的命门穴上，将功力注入前一人的体内，而后六人联成一体，所有的攻击力全都集于黑豆的身上，他们要孤掷一注，至少，要轰轰烈烈地赌一把。

裂……黑豆的衣衫尽裂，浑身的肌肉竟射出一种异常的亮彩。

吟……黑豆手中的剑竟响起了一阵龙吟之声。

嘶……剑奴的身形旋成一只陀螺，以剑为中心，以身体的中线为轴，犹如一只巨大的钻子，直迎上破风拍来的手掌。

跂燕也一声低喝，她手中无剑，却自袖中滑出一支尺长的竹筒。

竹筒便是剑，跂燕毫不畏怯地直逼向破风。

噗……破风的左手在虚空中一勾，五指凭空而抓，身形犹如疾风一般自剑奴身边滑过。

剑奴的剑身一震，一股强大的气流逆向旋来，竟使他的身体在虚空中定住，未能有寸进。

破风看来是无意伤剑奴，或许是没有机会伤剑奴，因为跂燕的竹“剑”已经攻到！

“娃儿，去死吧！”破风阴冷地笑了笑，右手突然蒙上了一层黑气。

“老贼，拿命来！”黑豆如虎啸狮吼一般，疯狂地扑出，手中之剑，犹如一道疾风，引得四面积雪纷纷飞聚而来，在他的剑身之外凝成一柄巨大的冰剑，直劈破风！他身后的五人仿佛是粘在了一块儿，与之同时移动，速度也绝快。

破风也吃了一惊，这六人合力一击倒确不容小视，比之跂燕的那一击犹有过之，即使是破风有刀枪不入的黑鳞甲护体，也不敢硬挡黑豆这疯狂一击！

啪……破风的右掌准确无比地印在跂燕那根竹筒的尖端。

裂……竹筒一裂为二，跂燕无法抗拒地飞跌而出，那强烈的气旋却自裂开的竹筒之中卷出一物，随着上冲旋转的气流被绞上了半空。

破风根本就没有机会抽身对付跂燕，因为黑豆的剑已经劈到！

嗖……破风不战而退，他不再硬接黑豆这一剑。

当然，这并不是破风不敌黑豆这一击，也不是害怕硬拼，而是他不想将自己的时间和力气浪费在与黑豆的比拼之上，他要杀轩辕，虽然他也很想杀死跂燕，但是此刻对付跂燕并不是易事。因此，他退而求其次，只要能够杀了轩辕便可以了，所以他抽身而退。

轰……黑豆的一剑击空，是因为破风的速度太快。

轩辕几乎已经估到破风会回头来对付他，不过他并不惧，举刀便劈，丝毫不加退避，甚至连防守也不防，竟是一副同归于尽的架势。

杀气冲天，气旋疯狂地在这片山坡上舞动，扬起了漫天的雪花败枝，使得天地一片昏暗，那可亲可爱的阳光尽失神采，这确实是一种悲哀。

每个人的视线都很模糊，满眼漫天都是雪花，而森冷的杀气和涌动的气劲，将这些乱舞的雪花变得更狂更野，但有一道光彩却是极为夺目的。

那是轩辕的刀，轩辕的刀化成一道凄厉的火芒，仿佛是一团燃烧的烈焰，所过之处，雪花尽化成水汽升空，且地面之上的雪也裂出一道长长的沟痕，雪下的地面化为焦黑。

破风也吃了一惊，他也感受到了来自轩辕那种一往无回霸杀而誓死的气势，仿佛眼前的轩辕在突然之间已经不再留恋生命，百无聊赖到只求一死的地步。但这种意境却完完全全地在刀势之中让人感应了出来，每一寸空间之中都仿佛飘浮着一股浓浓的死亡气息。

破风自然不想与轩辕同归于尽，他甚至觉得不值，尽管轩辕的身份已是天下有数的重要人物之一，但破风沉睡了一百余年，难道便是为了与轩辕同归于尽？

当然不是，破风对自己的生命从来都是看得极重，而以他的武功，怎愿意与轩辕这个后生小辈同死呢？即使让他受一些伤，他也不会愿意，永远不会有人嫌自己活得太长，除非那人变态。

破风避开轩辕的第一击，身子滑溜如鱼般，飘到轩辕的左侧，正欲出手，却迎来了一杆枪，枪势所至之处，风雷隐动，雪龙翻卷，却是陶莹自轩辕的左侧出手了。

破风伸指轻弹枪尖，再侧步，却是燕琼和褒弱联手攻到。

燕琼和褒弱分开虽然不成气候，但是两人联手，便足可抵上一个如鬼虎这般的高手，因此其声势也不容小视。

破风又气又惊，轩辕身边的这群女人可还都非常厉害，他竟一时之间也攻不下来。

陶莹被震得手臂发麻，虎口流血，但却还是阻下了破风对轩辕的那一击。

啪……铮……燕琼和褒弱的剑竟被双双震断。

燕琼和褒弱吓了一跳，骇然惊退，她们的剑法虽高，但是功力却是不够深厚，遇上了像破风这样的高手，招式的巧妙已经无关痛痒了，而最为实在的却是功力的对拼。

破风怎愿放这两个女娃逃出他的掌握？他知道，要杀轩辕，不除掉轩辕身边的这些人，那他休想成功。刚开始，他只是杀轩辕一个措手不及，在这群人还未能完全反应过来之时对轩辕一击奏效，更连折轩辕身边五名高手。但是此刻轩辕及其身边的高手已经回过神来，更知道如何利用人多的优势与敌缠斗，这使破风再难取到最初偷袭的效果。因此，他要大开杀戒，但他仍是太低估了轩辕身边的人。

轩辕的身法和刀法快捷至极，虽然比破风稍逊半筹，但也得了神风诀的真传，是以，他的刀速极快，更是全然只攻不守，一副拼命的架势。

破风刚想置燕琼和褒弱于死地，但轩辕的刀已自背后劈来！

破风对轩辕的刀极为顾忌，他岂会认不出那刀是神族十大神器之中的尊神？尽管他的黑鳞甲不畏普通刀剑，但是却不敢直迎尊神之锋，这也是他何以不愿与轩辕以招换招的原因。

如果轩辕所用的是普通刀剑，他自可与轩辕相搏，以他与轩辕此刻的功力相比，轩辕根本就劈不开他的黑鳞甲，但是此刻轩辕所用的乃是尊神刀，那种结果却是绝对不同的。

破风不攻反退，身形微躬，如卷缩的刺猬一般倒袭向轩辕的下盘。

轩辕冷哼一声，身子一弹而起，如破空野鹤，直上云雾之中，其动作也快捷利落异常。

破风轻啸，眼中闪过一丝不屑之色，忖道：“老夫一向以身法称著，你一个毛头小子想与我比身法，真是作茧自缚！”心想之间，破风也相随轩辕之后上冲。而轩辕腾空正中他下怀，在地面之上，这群人的联击之势仿佛是牢不可破，但是若是将轩辕逼上空中，那情况又将不同了。在虚空之中，想要联手，那自是不行。

与此同时，跂燕身形跌出，见破风退向轩辕，心中不由得又急了，但在她担心的同时，却见一道犹如飞鸟横渡的影子自一棵大树上急速掠过，但这条身影并不是攻向某人，而是伸手抓向那自跂燕竹筒中卷出之物。跂燕吃了一惊，她突地想起了那竹筒乃是叶皇给她的画卷，画卷之上乃是柳静亲手所绘跂通的画像。想到此处，她不由得急了，娇喝一声：“休拿我的画！”不顾一切地向虚空中的那道人影扑去。

那人冷哼一声，在虚空中一旋身，左手抓住画卷，右手袍袖向跂燕一拂。

轰……跂燕整个身形竟被震得倒坠而下，而那人则如雪花一般冉冉而落，一袭灰衫，气势威霸无伦，只是一脸乱须，使其颜面模糊。

跂燕落地并未受伤，那人仿佛是手下留情，以力卸力，并未还击。她落地抬头向那人一望，不由得失声惊呼：“爹！”

剑奴也呆住了，来人是他绝对没有想到的，禁不住有些张口结舌地呼了声：“圣王！”

那接住画卷的人正是疯疯癫癫的跂通！

第一百二十七章　大无上法

跂通目光讶异地望了跂燕一眼，更多的却是一种让人无法捉摸的情绪。半晌，他才将目光落在手中的画卷之上，神情刹那之间变得有些呆痴，仿佛是一截风雨中的朽木般静静地立出一种苍凉的姿态。

剑奴先是吃了一惊，如果跂通也来乱搅和，那这次可就要糟糕透顶了。要知道跂通服食了那么多的地火圣莲，其功力之高，武功之强，比之这个破风也绝不多让，一个破风已经够他们头大了，若再加上一个跂通，那便真的是不得了，那今日之局只怕唯有死战一途了。但是此刻剑奴见跂通望着那画卷发呆，并不像上次所见之时那般疯疯癫癫狂傻了，应该是清醒了一些，至少不会乱杀一气。不过，剑奴也没有心情去理会跂通，此刻轩辕已经遇到了许多麻烦，他自然是先保轩辕要紧。

黑豆也吃了一惊，上次跂通发疯，是狐姬、雁菲菲、轩辕、剑奴四人联手才将其逼退，此刻这个狂人再来，可是难缠得紧了。

黑豆几乎是心惊肉跳，但他却不想主动去招惹这个狂人，因为在他的心中仍存着一丝侥幸，希望此次这个狂人不会如上次一般发疯发狂。

破风的身形刚刚跃起，倏见漫天彩带罗绸，仿佛是一片七彩的云霞迎头盖下，本来模糊的天空突然之间变得清晰起来，色彩更是鲜明。

破风吃了一惊，这漫天的罗绸似乎带着一股邪异的粘力，将整个虚空扭曲成一个巨大的涵洞，把他的功力狂吸而去。

“大无上法!”破风惊怒地呼了一声，身子倒坠而下，他似乎深知这片云彩的可怕。

云彩倏然破开，裂出一片混沌的天空，轩辕狂吼着自上向下飞射而至！

“天裂——”轩辕出刀，却激起了地面的漫天雪花和泥土。

远处的碎枝，近处的积雪，以狂野的形式汇集，以轩辕为中心狂舞、飞旋、飘摇，摩擦出刺耳的尖叫，天空的阳光突地破云裂雾，与轩辕的人，轩辕的刀交相辉映，闪烁出一种凄迷而灿烂的色彩，却更添天地间疯狂的气势。

破风吃了一惊，他只觉身体的每一个部分都有一种力量在挤压和撕扯，而他周围的每一寸空间都被扭曲。

天不再是天，地不再是地，只有一片混沌，一片死寂而狂野的虚空。

破风着实吃了一惊，这是什么刀法？这是什么武功？也难怪轩辕能够成为名动天下、风头最旺的后起之秀。不过，破风并不害怕，天下之间已经没有几个人能够让他有所惧，没有几种武功可以让他心惊。虽然轩辕这反击的一招有着惊天动地、神鬼莫测的威力，但是他并无所惧。

破风出手，天地更为混沌，虚空更嚣乱狂野，顿时陷入了一片死寂的黑暗之中，有惊呼声，有怒吼声，但一切都被撕成粉碎，以一种破碎而扭曲的形式表现出来。

轰……天地由混沌变得更混沌，而后在云色稍淡之时又褪回清明。

轩辕的身子被抛起六丈余高，再斜斜地掠出。

破风的身子却犹如一截朽木般静立，雪雾在他身体的一丈范围内凝成一片片冰花坠落。

陶莹、燕琼、褒弱、蛟幽诸人都被强大的气流给抛了出去，尤其是蛟幽，几乎一下子被抛出了十余丈，而方圆十丈之内积雪全融，地面一半焦黑，一半结成冰花，更裂出了无数条长长的错综复杂的刀痕。

陶莹拄枪而立，她脚下所踏的是坚冰，她也不能自已地被那强劲的气旋逼退了三丈，当她抬头相望之时，却骇然发现桃红肃然与破风相对而立，两人的身上皆笼罩着一层黑气，气势犹如两座高山相对而峙。

“你是瑶台狐姬的传人?”破风神情冷厉地望着桃红，悠然问道。

桃红的眸子之中闪过一丝异彩，并不否认地笑了笑，道：“你说对了!”

陶莹和众人都有些呆住了，几乎有些不敢相信眼前的一切，桃红竟然可以与破风这般相视对峙，而且拥有如此强大的气势。

轩辕的身子翩然而落，今日是第一次有人破了他惊煞三击中最强的一式，而且对方的反击力度竟是那么强。他知道，如果刚才不是桃红也同时同手，使得破风不得不分出一半功力的话，那他只怕是已经受伤了。

破风的武功真的是太可怕了，可怕得连轩辕也有些心寒，便是天魔罗修绝也不过如此。不过，让轩辕吃惊的却是桃红竟然可以让破风如此小心谨慎，更是如临大敌，这确实是一个异数。

跂燕是一个深藏不露的高手，已经让轩辕极为诧异了，而桃红竟也是一个深藏不露的绝世高手，这怎不叫轩辕吃惊?要知道，轩辕与跂燕共同生活的时日并不长，但与桃红却已是共同生活了一年多。作为他最亲密的女人，竟然连他也瞒过了，这对轩辕的智慧简直是一种讽刺。

轩辕没有半点高兴的情绪，尽管他凭空多了两位绝世高手相助，但那种被自己最亲密的人所骗的感觉却是外人所无法形容的。

没有人比轩辕更清楚刚才所发生的一切，在那混沌的天地之中，轩辕仿佛是做了一次短暂的死亡之旅。而在生死的边缘，桃红救了他。他更知道，桃红所用的正是其师狐姬的大无上法。

那种武功的玄奇和精奥简直让轩辕吃惊!

其实，不仅仅是轩辕吃惊，即使是破风也在吃惊。

破风对大无上法了解得极为清楚，因为创出大无上法这门武学的乃是瑶台狐姬，而瑶台狐姬与他同为蚩尤四大战将之一。因此，破风自然明白大无上法的可怕，只是他无法想出破解之法。

当年蚩尤的四大战将各有自己的绝活，即使是蚩尤也无法破解这四人的绝技。事实上，蚩尤的武功虽然霸绝，但还不至于高出其四大战将太多，尤其是天魔罗修绝，其武功已步入了生死玄关的境界，所以他才敢与蚩尤分庭抗礼，与天神据比交好，对付蚩尤，蚩尤也没有办法。后来天神据比也在那场神魔大战之中死去，而蚩尤被伏羲封于神门之后，天魔罗修绝这才成了鬼方至高无上的人物。当然，这之中的许多情况自不必细表，这涉及刑天部和荤育部内部之事，外人无法得之，但是破风对瑶台狐姬的武功却是极为熟悉。

瑶台狐姬乃是当年最得蚩尤宠信的女人，可是事过百年，瑶台狐姬的后人竟与破风作对，这让破风确实有些惊怒。

破风忖道："难怪这女娃一口便叫出了自己是破风而非天魔，老夫已有百余年未现人世，知道自己存在的人，几乎都已经死光了，唯有瑶台狐姬一门是清楚此事的。"破风心中再无怀疑，冷冷地道："魔帝重生，你身为瑶台一门后人，怎与老夫作对？还不与老夫同去谒见魔帝？"

"魔帝已成过往之事，瑶台一门也非昔日情形，何用再见蚩尤？如果你执意与我夫君为难，休怪我不念当年师门之谊！"桃红神情坚决地道。

"好一个不知天高地厚的小娃娃，老夫是念在你师祖瑶台狐姬的面子之上，才会对你手下留情，如果你不识相的话，那老夫只好连你也一起杀了！"

"老魔好狂的口气，今日我还想留下你的狗命呢！"跂燕也迅速赶了过来，冷哼道。她不想与跂通之间再作任何纠缠，毕竟此刻是非常时刻，事情总有个轻重缓急。刚才那惊天动地的一击之后，见轩辕被震退，她自然有些着急了。

剑奴、黑豆与那几名剑手也全都向破风身边一围，轩辕、陶莹为一方，褒弱和燕琼也并肩而至，赶到桃红的身边，一干高手将破风团团围住。他们知道，此刻乃是非常时刻，对待这个曾与天魔罗修绝齐名，休眠了百余年的老魔头，自然不能按常理去做。此刻他们唯一的优势，便是人多，集合众高手的力量与破风决一死战，除非破风能够杀尽他们这些人，否则休想击杀轩辕！

破风的眼神中闪过一丝淡淡的黑火，面对这一群围堵他的十数位高手，泰然不惧。不过，他也没有料到自己初一出关，便遇上了这样一群后生高手，而这些人绝不依常规，给他来一个群起而攻，他也不能不承认这群人确实有些难缠。不过，他有些不明白，何以他最初那一记狂袭竟没能让轩辕受伤?

破风确实有些奇怪，一开始，他以偷袭的方式对轩辕一击成功，本以为可以一举击杀轩辕，谁知道轩辕竟然丝毫未损，这使他的整个猎杀计划全部被打乱。他当然不会知道轩辕身上穿着太虚神甲，否则的话，轩辕只怕是早死了。

轩辕本就以能够抗打而著称，虽不像猎豹那般铜皮铁骨，但是其肌理也具有无尽的生机，强劲的反弹之力，长期受着激流的冲击，再加上龙丹早已改变了他的体质，其本身就比普通人抗击力强上百倍，再加上太虚神甲的神奇作用，自然很侥幸地避过了破风那一击之危。也就是说，破风已经失去了杀死轩辕的最好时机，他若仍想杀轩辕，那便会成为一僵局。

破风正欲出手，倏觉一股强大无伦的杀气自包围圈外如潮水般侵来，一股火热而焦躁的感觉蓦地自他心头升起。

破风大吃一惊，目光所及之处，却见一个蓬头垢面、胡子长须乱成一团的汉子缓步而至。

那人一袭单薄的灰衫，正是刚才望着画像发呆的跂通。

破风感到了深重的压力，这种压力是来自于他的内心深处，甚至比轩辕诸人相围所造成的压力更为沉重。

破风有些惊讶，刚才他并未见到跂通的到来，他一心只想除掉轩辕，无心去注意其他的一切。可是此刻倏然见到跂通，他的心中禁不住泛起了一丝不祥的预感，是来自跂通，似乎又不是来自跂通，抑或只是一个高手的直觉。

直觉告诉破风，跂通可能会是他出关之后所遇到的一个最为可怕的对手，只凭那杀机，只凭那气势……

破风想不起这个世上会有跂通这样一个人的存在，在跂通的脸上，他无法知道对方的年龄。事实上，这个世上许多人已经不能以对方的容颜去分辨对方的年龄，就像他自己，比如太昊、少昊之辈，已经不受年龄的限制，虽然已是百龄已上，但看上去依然年壮，因此即使是跂通没有这满脸的乱须，破风也不敢断定跂通的年龄。

生命，不再是约束人类的绳索；人，并非不可以超越生命的限制，这才是万灵之长，万物之尊。

轩辕也吃了一惊，他竟然在这个地方遇到了跂通，他也感受到了来自跂通身上的杀气，以及逼人的气势。因此，他禁不住吃了一惊，如果此刻跂通也来与他战上一气，再加上一个破风，只怕自己即使有两条命也唯有一死了，这是很现实的。武功的高低在有些时候并不重要，但是在双方正面交锋之时，却是丝毫马虎不得，一招之失，遗憾终身。

“将他交给我，你们可以走了！”跂通突然开口道。

众人一愣，旋即大喜，只听跂通此语，便知他已经清醒，而且是已经认出了轩辕诸人，这怎不叫轩辕大喜？如果有跂通这样一个绝世高手相助，破风又有何惧？即使是太昊和少昊亲来也不会让轩辕担心。

跂燕也大喜，而便在众人心神一松之际，破风出招了！

破风出招，犹如掀起一团黑火，直罩向轩辕，他死心不息，依然想将轩辕置于死地。

桃红和跂燕同时一声娇叱，剑奴、褒弱诸人也同时出手，他们绝不会让破风得逞，虽然他们因为跂通的话而惊喜，但是在面对着破风这样一个如魔鬼般的魔头时，却是半点也不敢松懈，唯恐一松神之时便为对方所趁。而且此时所有人的气机几乎是紧锁在一起的，破风一动，这些人自然也会相随而动。

破风一声冷笑，身子如一团疾旋的魔火，生出一道滑溜至极的气场，整个人向轩辕怀中撞去。

轩辕处变不惊，与陶莹同步而退，而后再反手出招！

他们的打法很聪明，借退步之机，将破风的气机自包围圈中泄出一些，而后再全力相击，那便不会是直迎破风的锋芒了。

轩辕出刀，倏觉眼前尽是一片迷幻的彩芒，却是跂燕的剑幻出五彩神芒，以及桃红那重重彩带舞出的气网。

破风整个身形仿佛突地鼓胀，以一种夸张的形式爆裂开来，那一层黑火似的气劲化为千万只鸟形的魔物漫天飞舞，以超出肉眼所察的高速冲出桃红所织的彩带网及跂燕的剑网。

剑奴却在此时倏然发现黑豆诸人的兵刃竟是攻向自己，而自己却是不由自主地攻向褒弱和燕琼，燕琼和褒弱的剑却转向了黑豆……一切的一切仿佛是受一只无形的大手在拨弄，都是不由自主，无法控制。

桃红和跂燕也大惊，这是什么怪异武功？这是什么攻击方式？

当然，并不是破风真的爆散成了碎片，而是破风身上的气劲，那一层魔火，在他的气场之中无限扩张，而且以惊人的高速外冲，使人的眼睛生出一种错觉，觉得破风仿佛是炸开暴散了一般。

轩辕的眸子里闪过一缕奇异的光彩，他的目光在倏然之间仿佛洞穿了一切，破风的一切动作都没有瞒过他，包括那气劲外溢的轨迹。他仿佛清楚地看到了破风的气劲冲溃跂燕的剑网，撞击在桃红那旋舞的彩带之上，更有许多气劲逸出桃红的封锁，向他冲来。

裂……桃红的彩绸突然之间化为碎片，如漫天的蝴蝶彩莺一般狂舞嚣乱起来，所有在彩绸之中如黑鸟般的气劲如潮水般向轩辕罩来，同来的还有破风的双手。

破风发出一阵尖厉的怪笑，他无法破除桃红的大无上法，但是他却有着功力上绝对的优势，没有人可以对他进行封锁。而便在此刻，他突然发现了一双眼睛，一双让他禁不住打了个冷战的眼睛。

那是一双空洞得仿佛没有边际的眼睛，但在空洞之中又仿佛有一种锋锐而沉郁的杀机。这缕冰寒的杀机毫无阻隔地直透入破风的心底深处，而突破口便是破风的双眸。

天地之间仿佛没有什么东西可以遮掩那目光的穿透，没有任何力量可以抗拒这缕杀机的入侵。

这似乎与功力毫无关系，只是一种来自精神上的奇异力量。

破风惊奇地发现这道目光正是自轩辕的眼中射出，这使他更为惊骇异常。他不明白何以轩辕竟拥有如此可怕的目光，仿佛他心中的任何秘密都无法再作隐瞒，不仅如此，他心中的斗志也消弱了不少，气势亦为之一滞，而在此时，轩辕倏然出刀了！

轩辕的刀，划过一道奇异的弧迹，毫无风雷之声，但仿佛带着一股未知的神秘力量，刀身显得无比幽暗，所过之处，仿佛正是那暴散的气劲空隙之间，无所阻隔，也无法回避。而轩辕整个人，整个灵魂也仿佛都在这一刀之上凝结。

这一刀，是以精神的精粹所发出的。

精神，是功力之外的另一种神秘力量。真气、功力是来自外在世界的奇异力量，而精神却是来自内在世界的奇异力量，无论是外在的还是内在的，都有着各自的特点。而轩辕，正是欲以一种从未有人尝试过的力量来抗拒眼前的强敌，但这将会产生什么样的后果，却是无人能够预知的。

运用精神力拒敌，并不是轩辕最先开始，那种巫术之类的便是以精神对敌。精神力在很久远的时代，便被人们所发掘和运用，逐渐形成了巫术的雏形。但巫术只是以精神去控制别人的精神，可是轩辕此刻却不是。

破风并未作半点停留，尽管他心中稍稍迟疑了一下。

轰……轩辕的刀竟然破开了破风的气场，直袭上破风的双掌。

轩辕的身子立时如遭重击一般，飞跌而出，同时张嘴狂喷出一口鲜血，手中的刀也飞了出去。

破风浑身一震，如被电击了一般，脸色在一刹那间变得火红，双眸神光混乱，不由自主地连连倒退了四步，表情之中露出了前所未有的惊骇。

轰……轰……跂燕和桃红的双掌重重地印在了破风的身上。

破风竟然没有半点阻抗，仿佛在刹那间思维一片空白，什么也不知道了，直到跂燕和桃红的掌劲传入他的体内之时，才似乎倏然回过神来，狂号一声飞跌出去，也不由自主地吐出了一大口鲜血。在这两大高手的联击之下，即使是以破风的功力也无法硬抗。

"圣王!"剑奴和黑豆诸人都慌忙各自撤招，他们可不想相互伤了对方。他们也不知道破风究竟是用的什么手法，将几人的攻势全都转移了，但是却知道绝不能这样，可当他们同时撤回攻势之时，轩辕和破风已经相继飞跌而出。

这个结果确实是众人都没有想到的，破风伤了轩辕，竟然不知道闪避身后的攻击，这的确是一件让人惊讶的事。

以破风的武功，怎么可能全不阻挡跂燕和桃红的攻击呢？这是很不合逻辑的。难道说，是轩辕的反震之力伤了破风？但这可能吗？

破风一跌落地，便立刻一滚，竟向山下逃去。虽然他受伤不轻，可是以他自身的功力，承受这些打击还不至于失去行动的能力。

破风正欲逃走，却倏然间发现在他的身前多了一道身影。

此人正是跂通！跂通出手，十指如戈，以无坚不摧之势直取破风的面门。

破风暗呼："吾命休矣！"跂通那强大至极的气势如一个无形的囚笼般将他整个身体都紧裹于其中，使之每一寸肌肤都承受着前所未有的压力。

轰……破风出掌相迎。

两人掌爪相接，地面突地上冲炸裂开来，如地底之下有一条复活的巨龙，破开冰雪泥土冲天而去。骄阳下，一道紫蓝色的电火以奇迹般的气势直击在破风和跂通掌爪相触的虚空。

破风再次狂嚎一声，倒跌而出，在虚空之中洒下一串鲜艳夺目的血渍。

跂通的身子也如双脚踏着滑板一般在雪面之上倒滑出近两丈，这才立稳身形。

"老魔，去死吧！"跂燕此刻已经拾起了自己的剑，正是雁菲菲曾用过的昆吾神剑！这次轩辕将昆吾剑交给了跂燕，而此刻跂燕刚好派上用场，也只有昆吾神锋才能够破开破风身上的黑鳞甲！

破风肝胆俱裂，第一次出手便遇到这样一群强敌，也不知道是一种悲哀还是一种痛苦，遇上轩辕那怪异的力道，已经够他倒霉了，再被跂燕和桃红的联手一击已经是很不幸了，却还要受跂通这个强劲高手的打击，但此刻破风即使后悔也没有用，仿佛命运与他开了一个玩笑，一个很大的玩笑。不过，他有些不明白，何以轩辕刚才直截了当一击有着如此怪异的力量呢？

那种感觉仿佛是有一种强烈的意念自手心蹿入他的脑海，于是他清楚地感受到了轩辕心中的杀机，胸中的悲愤，脑中的霸意。一刹那之间，他的灵魂仿佛完全被轩辕所侵占，而他自己的思想反变得模糊混沌，甚至是一片空白。而此刻跂燕和桃红的重击使他感觉到了痛，这才又灵魂归窍。

破风仿佛模糊地猜到，轩辕刚才那一刀之中所用的是一种异于先天真气的怪异力量，也可能便是所谓的精神力。不过，他已经没有心思细想其他，跂燕的昆吾剑已化为一道电芒直袭他的后心而来！

轩辕没有死，但也伤得不轻，破风那强大的气劲如潮水一般，毫无阻隔地涌入他的体内，即使是他拥有太虚神甲，也没有办法抗拒这股力量。他的五脏六腑几乎是已经被这股强大的真气冲得乱七八糟，而他自身的真气逆岔于各经脉之中，不由一下子昏了过去。

剑奴却大急，也大惊，一探轩辕的鼻息，仍有，而脉象却是一片混乱，自然知道轩辕此刻伤势不轻，忙伸手将自己的功力强贯入轩辕的体内，以护住轩辕的心脉。

轩辕这才悠然醒来。

“夫君，你不要丢下我们！”燕琼见轩辕这个样子，差点都急得哭了起来，一把拉住轩辕的手，悲泣地呼道。

“你答应要好好照顾我的，轩辕，你可不是一个失信的人！”蛟幽也急得眼泪直流，惨然道。

轩辕缓了口气，见诸女这样，不由得露出一个苦涩的笑容，有些虚弱地道：“我没事的，还死不了！”

诸女一下子破啼为笑，褒弱含着眼泪道：“我知道，你一定不会有事的，一定不会，因为你绝不会抛下我们独自离去！”

轩辕又笑了笑，道：“一群小傻瓜，这点伤算得了什么？我还要你们为我生一大堆儿子呢。”

燕琼也被逗笑了，但心中仍然极为不安，皆因她明白轩辕的伤势绝对不轻，此刻轩辕逗笑只是不想她们太过担心。

鬼方那群自熊城而回的战俘，也全都赶回了各自的部落，也有许多是来自严允部和昆夷部及舌方部，这些战俘全都聚于昆城，并将刑天部和荤育部此刻吃紧，根本就没有能力前来相助之事向昆夷诸部的首领细细汇报了。这使得昆夷和严允、舌方诸部大为泄气，他们一直苦撑着与太昊耗下去，便是想等到刑天部与荤育部的救兵，可是此刻看来，一切全都只能靠自己了，但他们之中没有任何一人是太昊的对手，若出城相战，太昊手下全都是精锐好手，他们也不是其对手，这使得这几部几乎心灰意冷。

北方苦寒，昆夷部本只准备了自己部落之人冬天的粮食，可是突然这间又多了舌方部、严允部、林胡部这些战士吃喝，这使得粮食也极为吃紧。

严允部在离开允城之时，将粮草烧尽，他也不想让太昊得去。不过，太昊在太行之北储下了大量的粮草，因为他本就有长时间静候和作战的准备。因此，相对而言，太昊的粮草比之鬼方的还要充足一些，只是天气太冷，太昊的部下有些受不了。他们多是生长在南方，对于北方的冬天自然不怎么适应。不过，这群人都是武学高手，抗寒能力要远胜常人，这才能够苦撑下来。

昆夷诸部的情况更糟糕，冬天的冬衣不足，有些人只得紧裹着羊皮、牛皮之类的。在这种饥寒交迫的情况下，又如何能再坚持战下去？而且这两天下着大雪，使天气更冷，许多人已经没有心思再战下去了，还有些伤者竟被冻死了。但是他们却绝不想投降，如果投降的话，将会成为太昊的奴隶，成为伏羲氏的奴仆，那将会承受更大的痛苦，这便使得诸部很难作出一个合理的抉择。而这群自熊城回归的战俘却使这些人看到了希望，他们的希望便是有熊的宽容，不仅可以保得温暖，更可保得自由，这自然是他们的希望。

虽然有熊氏与鬼方仍是夙敌，但近百年来的战争已经使得许多人心生厌倦，而此刻天魔罗修绝身死，有熊族却大度接纳，鬼方诸部在这种饥寒交迫、战争又朝不保夕的情况下，自然人人心生降伏的倾向。

这百多年来的战争都是所为何来？还不是想让自己的族人过上安定而平和的生活？而此刻不用战争就能够解决问题，这自是最为理想的结果。相形之下，太昊和少昊是如此的卑劣，趁人之危。

当然，战争并没有什么趁人之危或不趁人之危的说法。战争本身就是残忍的，便是掠夺和被掠夺，若谁想奢望公平的战争，那是不可能的。

对于鬼方来说，攻击他们，由有熊出兵这是无话可说，因为这场战争本身就是有熊与鬼方之间的事，而少昊所领的东夷本来还是鬼方的盟友，可是鬼方一失势他便立刻掉头强攻，反而本来最应该出兵的有熊族却客气相待，只从这一点来看，便可知道有熊的领导者轩辕和凤妮与少昊、太昊在人性上的优劣。轩辕和凤妮的大度与东夷、伏羲两族的狭隘简直是一个鲜明的对比。这样一来，自然是人人心向有熊，只是有许多人仍在担心有熊会不会收容他们，会不会对他们如所说的那样宽容，这是一个很难解决也很难让人放心的问题。

毕竟，这件事关系到的不是一人两人的问题，而是整个部落，数千数百人的一生，甚至其后代。因此，昆城之中许多人仍处在犹豫不决的状态之下。事实上，这也是一个很艰难的抉择。

太昊岂会不知道有熊释放了鬼方的战俘？不过，当他得到消息之时，这群战俘早已返回了各自的部落。

太昊也不能不佩服轩辕所要的这一手，他也看出了轩辕这兵不血刃的一手正是针对他和少昊所使出的。可是事情已经发展到了这一步，除非他愿意放弃快到手的利益而撤兵，而事实上即使他愿意撤兵，但少昊是否愿意？这很难说。

当然，太昊也绝对不会甘心就此撤兵，因为他所带来的一千多名高手，已经折损了三百余人，损失可以说是极为惨重，若是这样无功而返，他怎有颜面返回伏羲氏？

轩辕却正是看出了太昊这欲罢不能的状况，所以才施了这一计，让自己做个大好人，而迫使太昊和少昊去做大恶人，而他便在这之中尽捡便宜。

这一刻，太昊才真正明白，轩辕的智计之深实远非常人所能及。虽然他不觉得轩辕能在武功上威胁到他，但其诡计和阴谋却是防不胜防，一不小心，便被轩辕棋高一着所趁，这让太昊不得不重新将轩辕再次定位。

事实上，太昊对轩辕的定位已经够高了，这个年轻人似乎有扭转乾坤之能，以一己之力要得东夷、鬼方团团转，连伏朗和风须句都栽在其手中，更将本来势弱的有熊族重整雄风，平内安外，无不显示着其超人的智慧。而此刻有熊族上下一心，大破鬼方，斩杀天魔罗修绝，这一切的一切，全都是由轩辕一手创出的奇迹。因此，太昊将轩辕已经视为了一大劲敌，这也是他不敢妄对有熊出手的原因，可是这次轩辕义释鬼方战俘之举却使太昊感受到了来自轩辕的威胁。

这种威胁虽无蚩尤的威胁那么直接，但却也很实在。太昊仿佛觉得他的一切行动全都在轩辕的算计之中，包括这次对鬼方的攻击，自己是临时才作出的决定，可是人家轩辕却在很早就已经算准了，这怎不让他心惊？让他震骇？与这样一个敌人交手，处处会落于下风，这自然不是一件好事，但这又能如何？只能说智不如人！不过，这更坚定了太昊要除掉轩辕的打算，只要一日不除轩辕和蚩尤，他便一日无法安枕。

破风的武功确实是高绝异常，这老魔在云泥息壤之中沉睡了一百余年，其功力不仅未减，反而更是激增不少，此刻的他完全可与天魔罗修绝相比。不过，他遇上了跂通这个狂人，这或许便是命！

而事实上对付他的不仅是跂通，还有数位绝顶高手，相形之下，他失手在先，自然是只有挨打的份儿。

跂燕的剑锋太快，破风虽然身法神速，但已是重伤在身，更是被跂通震退。因此，面对跂燕的攻击，他只能稍稍偏一下身子。

叮……哧……昆吾剑与黑鳞甲相触之时发出一声脆响，而后丝毫无阻地直刺入破风的肩头。

破风惨号一声，反踢出一脚，犹作困兽之斗。

跂燕岂会让其得逞？她早料到破风有此一招，一刺之下，侧身避开，昆吾剑极速拔出。

破风再惨号一声，身子滚倒在地，鲜血如泉水般喷出。

“破风，今日就是你的死期！”桃红追上，掌势如刀，直斩向破风的颈脖。她气恨破风伤了轩辕，是以手下绝不留情！

破风也暗呼：“吾命休矣！”他绝没想到自己百年之后第一次出手，便如此铩羽而归，甚至连命也丢掉了，这确实是一种悲哀，而且还是死在一个女娃之手，他不甘心！但是，他不甘心又能如何？命运本身就是一个玩笑，生命是顽强的，但也是脆弱的，这就是命运所赋予人类的一种悲哀。

砰……桃红的掌缘并未斩中破风，而是斩在一条手臂上，这也不像是一条手臂，因为这条手臂上束满了一层重重的铠甲。

桃红吃了一惊，身形被震得暴退了三步才站稳脚跟。抬眼一望，她不由得倒抽了一口凉气，只见身前倏然多出了两个身着铠甲的怪人，就像两只巨大的铁铠穿山甲。

轰……跂通的身形飞速撞了过来，那两个怪人分出其一直迎而出，毫无花巧地与跂通对击了一拳。

那铁铠怪人闷哼一声暴退七尺，在雪地上拖出两道深深的雪槽。

跂通竟然也被震得小退一步。

“盘古智高、盘古智健！”剑奴忍不住惊呼了一声，他突然记起了蚩尤身边的那两个铠甲怪人。

那两个铠甲怪人的目光向剑奴扫了一下，一把抓起破风便向山下飞掠。

“想走？没那么容易！”跂燕冷哼一声，昆吾剑电射而出！盘古智高和盘古智健突然的出现，而且还救了破风，这怎不叫她惊怒交加？不过这两个铠甲怪人看似极为笨拙，但行动之快，却让人为之咋舌，便是其来势，也使人难以想象，抑或是众人刚才的注意力全都集中在轩辕和破风身上，而忽略了自山顶上冲下的盘古智健兄弟两人。

盘古智高冷哼一声，手中那古怪的金叉倒挑而出，以一道极为玄奥的弧迹准确地截住跂燕的昆吾剑。

叮……一声清脆至极的鸣响，跂燕身形一震，如触了电般倒退五尺才立稳脚跟，而此时盘古智健却已夹着破风向一边的山下逸去。

跂通欲阻，盘古智高的金叉已晃成了一片虚幻至极的叉影，重重阻击跂通的去路，强大无比的气势如一张封闭的网，以泰山压境之势冲击跂通。

跂通吃了一惊，盘古智高的功力与武功之高确实已达到了神鬼俱惊的地步，虽然并不能对他构成太大的威胁，但是却使他不能不止步，且避无可避。

轰……跂通与盘古智高再次毫无花巧地碰拼一记。

盘古智高闷哼一声飞跌而出，身子如流星一般疾滑向山下。

叮……盘古智高身子犹未着地，跂燕的飞剑已经刺入了他的肩胁。

跂燕绝对不会错过任何重创对手的机会！

盘古智高刚与跂通硬拼，根本就无力防守跂燕那防不胜防的御剑之术，而他本认为自己的铠甲已刀枪不入，也便没太过在意，谁知跂燕所用的是昆吾神锋，竟可以直插入他的体内。因此，他惨号一声落荒而逃。

跂燕收回昆吾剑，却不敢远追，她还不知道轩辕的伤势如何。

跂通却似乎心中极为气怒，只他一人飞速向盘古兄弟俩追去。

当跂燕刚赶到轩辕身边时，歧富和木青诸人已自山顶极速而下，相伴的还有满苍夷。

满苍夷身上已被鲜血染红，显然是受伤不轻，但其速依然可与歧富齐驱并驾。花战、燕绝诸人的样子却是有些狼狈，木青带去十五名兄弟，却只有十人回来。众人哪里还会不明白，刚才他们所遇的敌人正是盘古氏兄弟，也只有这两个绝世凶人才能够让歧富、满苍夷、木青之辈如此狼狈。

歧富的武功虽高，但是比起盘古智高来说，仍要差上一筹。因此，他唯有与木青联手才能够与盘古智高抗衡。而满苍夷力战盘古智健也是狼狈不堪，令她泄气的是，盘古氏兄弟的速度之快并不比她逊色，因此她想逃也难。所幸，一开始盘古兄弟并不是同时出手对付她，而是一人与她交手，一人在旁观战，否则的话，即使满苍夷有十条命也已经没了。

岐富下山一看，见轩辕重伤而倒，不禁大惊，他没有想到这么短的时间内，轩辕竟然也遇到了强敌，而且还受了重伤。

当然，刚才山下那浓烈的杀气和强大的气势在山顶上也能够清晰感应到，可是有谁能够在众多高手的环伺之下而重创轩辕呢?

除非是太昊、少昊之流，但太昊和少昊怎会在这里出现？即使在这里出现，他们也一定会带来大批高手，可是……岐富不解，问道："是什么人所为?"说话之间一把抓住轩辕的脉门。

众人见岐富来了，不由得都稍松了一口气，岐富的医道旷古凌今，看来轩辕应该不会有什么问题。

"是破风!"桃红也有些急道。

"破风?"岐富吃了一惊，眉头皱了起来，他自然知道这个老魔头的名字，只是从来未见过而已。因为破风成名之时，岐富还小，破风潜隐之后岐富才名成。因此，他从未见过这个人，但知道破风的武功绝对可怕，能够成为蚩尤四大神将的人，没有一个不是超级高手，何况破风还是排行第二。这魔头潜隐了一百余年，可想而知，百年之后会可怕到什么样的程度。

"岐伯，轩辕没事吧?"陶莹担心地问道。

岐富肃然地吸了口气道："他伤得很重，生命虽无碍，只怕这一路上他不能再骑马了，更不能出手。"

"啊……"众人不禁全都一惊。

"轩辕的经脉俱损，我们必须尽快赶到崆峒。"岐富沉声道。

"那还能不能修复呢?"跂燕也急了。

岐富望了众人一眼，见众人全都一脸期待，不由得在心中暗叹了一口气，道："会的，定可以修复!"

众人终于全都松了一口气，只要岐富说了这句话，那众人自然全都放心了，因为岐富是不会骗他们的。

岐富此刻哪还会不明白，对方真正欲杀之人乃是轩辕而非满苍夷，而他们在此追杀满苍夷，迟迟不置满苍夷于死地，便是为了分散轩辕身边的高手，而给破风以可趁之机。否则，以轩辕身边的众多高手，实可应付任何外敌的偷袭。事实上，破风诸人并不知道轩辕的功力只剩下五成，若早知这一点，他们绝不会这样，而是直接进行阻杀了！在破风诸人的心中，对轩辕的武功也极为忌惮，所以破风才想以偷袭的方式对轩辕一击致命。但是他们却忽略了轩辕那超人的警觉性，早一步识破了破风的埋伏。

“看来，蚩尤已经想来对付轩辕了！”满苍夷忧心地道。

“确实如此。”歧富点了点头，有些沉重地道。

“我看事情应该不会这么简单，这三大高手只是先一步行动的，定然还有许多敌人伏在暗处！”陶莹沉声道。

“莹妹何以有此一说？”桃红讶然问道。

“你们没见到苍夷前辈的战马被射成那样吗？因此，定有一群人存在于暗处。”陶莹提醒众人道。

“不错，破风定还带来了大批的战士，伏击我坐骑的人应该是与破风一道的。”满苍夷肯定地道。

“究竟是什么人伏击了苍夷的战马呢？”歧富不禁惑然问道。

“是风骚，另外一些人却是渠瘦人！”满苍夷道。

“他也来了？”轩辕喘息着道。

“你不要说话，此刻你要安静地休息。”歧富一把按住轩辕，肃然道。

轩辕努力地平息心中的杀机，他也知道自己此刻实是需要休息，毕竟他也是人，受了如此重的伤怎会不困乏？而且还得忍受着痛苦休息。

“如果我估计没错的话，风骚应该会在暗处随时准备伏击我们，是以，我们不能不加倍小心。”陶莹沉声道。

“我就怕他不来，来了我就要让他后悔此行！”花战怨气冲冲地道。

想到花猛和猎豹的仇，众人禁不住尽皆摩拳擦掌，誓要让风骚折翼于自己的手中。

“如果破风加上盘古氏两兄弟，再加上一个风骚的话，只怕我们此行确实是凶险重重了。”歧富叹了口气，忧心忡忡地道。

“歧伯放心，只怕在这两三个月之中，破风都不可能再出手了，如果他能够不死已是万幸。而盘古智高也身受重伤，我相信他们是不会再出手了。”跂燕肯定地道。

“哦。”歧富大喜，讶然叫了一声，他确实没有想到连刚才在山顶全身而退，且退得有些莫名其妙的盘古氏兄弟竟然也有一个身受重伤，这确实让他感到意外。而轩辕这些人能够重创破风本就有些出人意料之外。

希聿聿……一阵战马的嘶鸣惊醒了众人。

“不好!”歧富和诸人心头一震，暗叫一声，剑奴一把抱起轩辕，在众高手的相护之下迅速向山下飞奔。

第一百二十八章　红颜真容

有四匹战马脱缰而逃，却被花战诸人给拖住，其余的战马全部被射杀，连那几名陶唐氏的向导也死了，而敌人已经走得无影无踪，地上只有一片凌乱至极的脚印。

众人不由得你看着我，我看着你，显然为眼前发生的事给怔住了。

是什么人干的？

“让我去追！这群人一定走不多远！”木青愤怒地道。

“只怕你追去可能会中了他们的伏击，他们故意留下这些脚印，应该不会怕我们追击！”歧富吸了口气道。

“那我们该怎么办？”蛟幽不禁担心地问道。

“没有战马，我们要走到崆峒岂不是要数月时间？”花战有些沮丧地道。

陶莹望着满地的马尸，心中也一阵痛惜，这几个陶唐兄弟也死了，确实是有些冤，但现实就是这么残酷。她强忍着心中的悲鬱，吸了口气道：“现在，我们最主要的还不是战马的问题，我们必须尽快走出太行山，然后一切的事情再想办法。”

“嗯，莹儿所说甚为有理。”歧富点头附和道。

剑奴心中也暗喜，在危急时刻，陶莹确有一股不让须眉的英气，能够临危而不乱，主持大局。

轩辕心中也大感安慰，虽然他没有说话，但陶莹能够在这种时候放弃私人的感情，清醒地分析眼前的局势，可见陶莹的确是个独当一面的好助手，能得妻如此，也确实让轩辕心中宽慰了不少。而这一切或许与陶莹所生长的环境也有很大的关系，在陶基耳濡目染之下，陶莹也拥有了不让须眉的将才。当然，这与陶莹的聪慧及其独立的性格也是不可分割的。

跂燕虽然刚毅，但是对于整体的指挥调度，却要比陶莹逊色许多。

“那我们便先找路尽快走出太行吧。”满苍夷吸了口气道。

杜圣的兵力屯于黄河之畔，北与君子国相距近两百里，西北距陶唐氏仅百余里，与之遥相呼应。

杜圣兵力的驻地乃是华联盟中的一个小氏族部落姒氏部。

姒氏首领鲧禹乃陶基的好友，此人颇有才能，虽然傍依东夷，却能够在东夷人眼皮底下使族人得保安全，这确属不易。

鲧禹加入华联盟，实也是受了陶基的影响，因为陶基是鲧禹最为敬重的长者，更是他的岳父，只凭这一层关系，鲧禹便无条件地加入了华联盟。

此刻有熊族征讨东夷，姒氏自然不能袖手旁观，鲧禹更是积极备战，甚至已准备将族人迁往陶唐氏，使其免受战火的干扰。

杜圣的兵力主要是为杜修和有悔长老作援兵，为其补给一切资源，解其后顾之忧。

这种冬日里突然出兵，就是要攻东夷人一个措手不及。

冬天出兵本是一忌，因为天寒地冻，实不易征战。但正因为许多人都这么认为，才会有意想不到的效果，而且有熊战士都已经习惯了冬天作战，他们极习惯应付严寒，所以在这种天气里出征，并不会太过影响其作战的斗志和士气。相对来说，有熊之地比之东夷之地还要冷一些。

杜修和有悔长老进军极为顺利，几乎是没有遇上什么强有力的抵抗，甚至是兵临其部，那些人便降伏于有熊，更为有熊军对东夷人倒戈相向。

当然，杜修和有悔长老只让这些部落的一部分战士留下与之并肩作战，其部落的妇孺与部分人全都遣往熊城，由熊城安置，这同时也是对这些留下来作战的东夷降兵的一种牵制。如果这些人敢不卖命的话，其妻儿父母便将惨死。因此，这些留下与有熊战士并肩作战的东夷降兵只得一心为有熊卖命了。

当然，杜修和有悔长老的两路人马也遇到了一些阻力，但是其大军人马众多，高手又多，一气冲杀，那些反抗的人还未等到救兵，便已溃散。这些不降死战的东夷人一旦被擒，便将充为有熊的奴隶，干最苦最累的活，更将受尽痛苦，有的是当场处死，一个不留。

杜修和有悔长老绝不会心慈手软，因为他们明白，这场战争与涿鹿之战不同，如果不让东夷人知道他们的威势和狠辣，将无法起到威慑的作用。

降与不降简直是天堂地狱之别。降于有熊的部落都受到善待，甚至允许他们加入部落联盟，成为一个自由且和平共处的合作伙伴；不降死战的部落，将得到的是灭绝的后果。

这一路上，杜修和有悔长老都是踏着尸体而过的。

东夷的许多战士皆调去了三阿攻打鬼方，是以杜修和有悔长老所遇到的阻力并不是很大。不过，他们知道，一切都只是刚刚开始，真正的艰险还在后面，因为少昊终究会回兵的，而且他们越是深入九黎之地，就越危险，到时候四面楚歌都是有可能的。

这一开始是因为东夷人没能及时反应过来，等其反应过来后，定会联合起来与有熊军对抗，那时候便将是有熊军最为艰难之时。

九黎族，风骚依然没有回返，不过风骚已经捎回了信息，让九黎族安心等待他的归返。而他不在之时，九黎族的事务全都交给风沙去打理。

风沙乃风绝的大儿子，风骚的亲侄儿，也是最得风骚看好的年轻人。皆因风沙的武功深得其父真传，更受少昊的指点，也算是少昊的弟子之一，其武功之高并不会比风绝或风骚逊色。最难得的是这个年轻人不像他的几个兄弟一般，骄横狂妄，更不会少不更事，只知贪玩。因此，九黎族中，风沙隐隐成了风绝和风骚之后最具权威的人。

事实上，得风绝宠的还是二王子风浪，但风浪与风沙比起来，在脾气上要差多了，禀性也不甚好，尽管其武功直追兄长，却不被风骚看好。

风浪此时并不在九黎族中，被少昊调去了三阿，而且领走了三百九黎勇士。九黎族实实在在地由风沙主事了，这是没有争议的。

风绝被轩辕那一击废去了武功，一直都未曾复元，看来是没有多大希望了。因此，他便将九黎王之位传给了风骚，这也使他们兄弟之间的关系和睦了。

风骚当年未坐上九黎王之位而愤然以面具遮颜，更发誓不得王位，不摘面具。此刻他终于如愿以偿，摘下了面具，却是风绝念及了兄弟之情。事实上，风绝大可将王位直接传给风沙，风骚也无话可说，也没法可想，但风绝没有这么做，所以风骚心底暗暗感激他的这位兄长，这才更爱惜风沙。

风沙确实是个人物，将九黎族管理得很有条理，西联神谷，而他坐镇神堡，使九黎族居地达方圆近三百里，在东夷族诸部之中，可算是最具权威的部族之一，只有高辛氏可与之相比。

九黎地处黄河与济水之间，土地肥沃，森林河湖密布，可谓是极其富饶之地。是以，少昊对九黎也极为看好。只是在与轩辕的多次交手之中，九黎损兵折将，声势弱了些，这才安分地守在自己的本部并不外侵，也可算是在休整元气。

在轩辕的手里，九黎损失了近千名优秀的战士，便是强如九黎，也难以承受，这个数目几乎是九黎战士的三分之一了。

九黎总兵力也只有三千余人，加上一些依附的部落，兵力也仅四千左右，可是与轩辕大战之后，又与龙族战士屡屡交锋损失不少，因此，九黎也需要休生养息。至少，外侵已是无力。

作为一个强大的部落，九黎自有其过人之处。至少，少昊的强有力支持，使九黎建立了坚城神堡，这也象征着九黎在东夷的重要地位。

尽管石堡未能竣工，但是其雄伟之处却是无可否认的。

轩辕当初便尝试过神堡战略的重要性，只是那时轩辕不敢在那石堡之中多待，而匆匆地撤走。

九黎并不会废弃这样一座坚堡，毕竟花了他们几年的心血。当初建神堡之时，调动了一千多名奴隶，苦干了数年，却没想到半路上杀出一个轩辕，而弄得九黎一败涂地。在损失了那那么多奴隶的情况下，九黎只好将神堡的工程草草竣工，然后便派人驻入其中，与神谷遥相呼应。

风沙收到了其他各部的告急，关于有熊族的入侵之事，这也确是一件令人有些头痛的事。不过，若是能够联合诸部，也绝不会怕有熊。

东夷之强并非浪得虚名，不过主要的力量却偏向东部，如鸟夷、禺夷、莱夷、九夷，无不是势强人众，若是这几部出力反击，有熊族的战士绝对占不到半点便宜。

风沙自然不便亲自出手，他只是让敖广极速去联络鸟夷、禺夷诸部。

敖广对有熊族是成见甚深，那便是因为轩辕，在轩辕的手中，他一折再折，若这只是因为轩辕武功绝世尚说得过去，可是事实却并非这样，他折在轩辕的手中时，轩辕的武功根本就不足为惧。是以，他将那视为平生的奇耻大辱，尤其是那日轩辕一箭射中了他的屁股，更被毒蝎叮得满身是包，使之威信大失，他恨不得食轩辕的肉、寝轩辕的皮，但是后来得知轩辕竟杀了童旦，废了风绝，他心中便禁不住震骇不已。他也明白，这个羞辱之仇只怕永远都没有办法报了，也只好迁怒于有熊族。因此，敖广为此事极为卖力。

轩辕的心情极为不好，倒不是因为他自己的伤势。

对于伤病，他已经习惯了，他之所以心情不好，乃是因为跂燕和桃红。

跂燕还情有可原，但是桃红却一直瞒了他一年多。

此刻，轩辕禁不住想起了狐姬的话，狐姬其实早就提醒过他，只是他并没有在意而已。而桃红将自己的武功掩饰得几乎可算是天衣无缝，便连轩辕也没有看出来，他不能不承认桃红的厉害。

只凭桃红的功力，并不会比狐姬逊色多少，而且桃红竟也会大无上法，若说桃红是狐姬的弟子似乎有些说不过去，以狐姬的功力根本就不可能成为桃红的师尊，那桃红究竟是什么身份呢？

轩辕的心情很是恶劣，加之山洞中极寒，若非他的体质已是万邪不侵，只怕早就病了。不过，这对他的伤势绝对无益。

脚步声传入了轩辕的耳中，燕琼和蛟幽禁不住扭头外望，进来之人正是桃红。

“桃红姐姐!”燕琼轻轻地唤了一声，似乎是害怕吵醒轩辕的美梦，她们并未觉察到轩辕并未睡着。

桃红轻轻地点了点头，也来到轩辕的身边，俯首望了轩辕一眼，才淡淡地道：“两位妹妹先去休息吧，让我来照看夫君!”

燕琼和蛟幽也确实有些困乏了，她们已在轩辕身边静守了几个时辰，加之白天赶路，怎么可能不困乏呢？于是点点头道：“这里便交给姐姐了。”

“放心吧。”桃红点了点头，望着蛟幽和燕琼走出洞外后，不由得轻轻叹了口气，这才悠然转身坐在轩辕的身边。

“我知道，你心里一定在怪我，怪我一直都在骗你，是吗?”桃红突然问道。

轩辕悠然睁开眼，冷冷地望着桃红，半晌未语。

桃红并不惊讶，燕琼和蛟幽与她的功力相差极远，而且生活经验更是相去甚远，因此才无法分辨轩辕是睡是醒。但是她却不同，人生的阅历之深，自不是燕琼和蛟幽所能够相比的。

桃红又叹了口气，道：“这一切的确是我的错，你就是怪我，我也无话可说。”说到这里，又凄然一笑，“但是请你相信，我真的是爱你的!”

“你究竟是什么身份?”轩辕依然表情冷冷地问道。

“我便是桃红，这没有骗你，只是，我并非狐姬的弟子，而是她的师妹!”桃红淡淡地道。

“你是他的师妹?”轩辕虽然隐隐猜到一些，但是话自桃红的口中亲自说出来，却仍让他为之震撼。

“是的，这是一个秘密，便连少昊也不知道的秘密，东夷诸部无人知道这个秘密！这乃是我师祖为瑶台一门而布下的一步棋，不过，最终我师祖仍然败了。”

“你师祖败了?”轩辕被说得莫名其妙，败什么了？禁不住反问道。

“是的，败了，不是败在少昊的手中，而是败在你的手中。”桃红语不惊人死不休。

轩辕顿觉有些荒谬，瑶台狐姬竟是败在他的手中，若不是看到桃红神色平静，他定以为桃红神志已经不清了。他从来都没有见过什么瑶台狐姬，更别说与其交手了，那瑶台狐姬怎会是败在他的手中呢？这不是荒谬是什么？

桃红望着轩辕的表情，似乎看穿了轩辕的心事，淡淡地笑了笑道：“这其实很好理解，我们师姐妹两人便是我师祖的延续，而我师姐妹二人全都败给了你，所以也便是我师祖败了。”

“我不觉得你们败了，或许败的人是我！”轩辕心下微微恍然，但他已不敢再相信桃红的话，不禁冷冷地回应道。

“作为瑶台门人，是不可以动感情的，但是我们全都动了感情，而且更背叛了师祖的意愿。只这些，便已是败得一塌糊涂，而这些，只是因为你的出现。”桃红涩然一笑道。

轩辕不语，他实是不知道该说些什么，至于该不该相信桃红的话，他也分不清，这个女人竟能够在一年多时间内悄然不露声色，可见其心机之深，实让人心寒。相形之下，轩辕已经输了一筹，在这许多同床共枕的日子之中，若桃红要杀他，他便是有一百条命也不够用。是以，他有些不明白桃红究竟有何意图，为什么桃红一直都如此眷恋自己？尤其是在那落魄神谷之时，那时自己一无可取之处，而桃红至少已是一个了不起的高手，又为何要降尊屈贵跟自己走，且与自己共创什么龙族大业呢？

许许多多的事情都极为让人费解，若说是现在的轩辕，桃红来依附还可讲得过去，因为现在的轩辕已是名动天下的人物，手中更掌握着数万大军，掌握着天下力量的三分之一，可以认为桃红是因为趋于权势。可是一年前的轩辕处在一种绝对的劣势之下，若有人欲在那个轩辕身上得到些什么，那是不可能的事情。

“你为何要瞒我这么久？”轩辕惆怅地吸了口气，淡淡地问道。他的心微微有些痛，若说他对桃红无情，那只是在骗人，所谓一日夫妻百日恩，而桃红除了在武功和身份上稍有欺瞒之外，其他的一切都无话可说。而一直以来，桃红也并未做出什么对不起自己的事情，因此，轩辕也不可能狠下心来，一下子将桃红全盘否定。

“事实上，我想就这样瞒到天荒地老，永远都不让你知道，但我知道这是不可能的。果然，我终于还是要面对这一天，只是没想到这一天会来得如此快!”

“你一开始便打算这么瞒下去?”轩辕冷声问道。

“是的，只是那时候我瞒得心安理得。因为我当初只是想算计你，只是想利用你，但后来，我知道自己已经动摇了，更害怕去面对某些事情，于是内心多了许多恐慌，总在回避着这些问题。现在也好，再也不用去为这些而提心吊胆了。不过，除此之外，我不觉得有什么地方对不起你。”

“我不明白，一年前的轩辕有何可以利用之处?”轩辕吸了口气道。

桃红望着轩辕悠然地笑了笑，道：“你是不会明白的，我师姐的智慧可说是天下少有，即使与你相比，也不遑多让。事实上她在一年前就看出了你的潜力，看出你绝非池中之物，只是你的聪明智慧和手段仍然远远地超出了她的估计，竟能在短短的一年多时间内创出眼下这种奇迹!”

轩辕讶然地望着桃红，他自然知道桃红在说狐姬，只是他不知桃红说狐姬什么。

桃红又淡淡地笑了笑，接道：“瑶台一门绝不是甘居人下的，尽管在东夷受到了少昊上宾的礼遇，但是我师祖无时无刻不在想拥有自己的力量，就像当年的女娲娘娘一样，统领一方，成就霸业。不过，少昊也很清楚我师祖的心态，也一直都极为忌讳我师祖。所以，我师祖秘密再训练出了我这个弟子，而我的身份也一直记在师姐的名下，明是狐姬的弟子，暗中却是狐姬的师妹。我之所以当初与你一起离开神谷，便是想建立自己的力量，从而摆脱少昊的控制!”顿了顿，桃红又道，“对我，少昊并不在意，他所在意的只是我师姐。所以，即使是我背离神谷也不会引起多大的震荡，而你那数百奴隶兄弟也正好是一支可塑的力量，且你本身也是一个潜力惊人的人才。因此，打一开始我便想利用你来为我建立这支新生力量！”

轩辕仍在静静地听着，他知道桃红定会继续说下去。是以，他并没有打断话头，该发生的事已经发生了，要发生的事终会发生，他只是静待事态的发展而已。

“你知道为什么龙族能在九黎的眼皮底下活动了半年而不被九黎发现吗?”桃红突然问道。

“难道是狐姬从中相护?”轩辕淡然反问道。

桃红笑了笑，道：“不错，确实是我师姐在中间出力，这才能够使龙族一直不被九黎所知。当然，这与你的治理也有很大的关系，我也庆幸遇到你这样一个治军的天才，这使我看到了希望。于是，我们想通过你去将自己的力量进一步壮大，因此我与师姐便安排让你前去君子国一趟，更想方设法让你能够取得君子国的支持。同时，也想夺取一甲子才开一次花的地火圣莲，这便是为何我怂恿你前往君子国的原因。”

“事实上，这只是一个你们早已安排好的计划，是吗?”轩辕心中不禁也暗暗心惊，反问道。

“是的，这只是我们的一个计划，只是，我们仍然太过低估你了，而一切仿佛也是在这之后发生了变化。其实，我们的计划并不仅只此，争取君子国只是其中的一步棋，而只有在你取得君子国的支持之后，方能一步步去实现。我们最初选中你的原因，还是因为你与圣女凤妮之间的特殊关系，只要你拥有了足够的力量之后，夺取有熊的权柄并不是没有可能。事实证明，你确有这个能力，但是我却败了，包括我师姐狐姬！”桃红说到此处竟叹了口气。

“是吗?但我仍不明白你败在哪里。”轩辕淡然反问道。

“如果你明白了，那我也就不算败。”桃红吸了口气，涩然道，然后深深地望了轩辕一眼，幽然接着道，“事实上，我也不知道自己从什么时候开始败起，但是自你从君子国回来之后，我便发现自己的心乱了，再也不想欺骗你，甚至师姐多次催我向你施以大无上法，我都鼓不起勇气。我知道，自己已经动心了，仿佛在数月的离别之后，我再也无法抗拒来自你身上的魅力，越是相聚越是如此。我明白，这样只会越陷越深，可我已经舍不得退出，我也不明白问题究竟出在哪里。你自君子国回来之后，仿佛完全变了一个人，不过那已不重要，被一个男人征服的感觉，其实也很好！”

轩辕心中暗惊，忖道：“真是天幸，如果桃红对自己施以大无上法，说不定自己真的会神志尽失，成为狐姬和桃红的工具。”想到这里，他心头微微有些发寒。不过，他却知道，自君子国之行后，自己之所以像是变了一个人，那是因为受地心之热的引诱，使得龙丹的神力得以充分开发，便是他自己也觉得像是完全变了一个人，无论是功力还是气势。

龙丹吸纳了地心的生机，借圣莲的相助，而挥散出的是一股浩然正气，对桃红这种自幼修习纯阴邪功者，确实有种相克相吸的作用，这或许便是桃红无法抗拒轩辕的原因。一个练习媚术之人，一旦动了情，将一发不可收拾，更会死心塌地付出。桃红便是自身修习的媚功反而害了已身，使她深陷其中而不能自拔。

“我知道，自己已经不能没有你，因为我爱你，可是我害怕你发现我最初骗了你，于是我暗下决心，永远都不让你知道我的真实身份，永远都不露出自己的武功。但我知道，这是不可能的，总有一天，我会面对这一切，师姐是我最亲的人，可她却帮不了我，唯一可以让我解脱的办法，便是杀了你！于是她便先后派出偃金、奄仲，连她自己也出手了，可是她败了，并不是因为她杀不了你，而是她下不了手，不知不觉中，她也对你动情了。”

轩辕一震，失声道：“这怎么可能？”

敖广差点气昏过去，他派往九夷的快骑竟只半天就回来了，而且是此时半夜里赶回，书信之类的也全都被劫走，这怎不叫他生气？

更让敖广生气的却是他的快骑竟然不知道对手是谁，连敌人的面目都不曾见到，这确实让他差点气昏过去。

“拖出去斩了！”敖广将皮裘拉紧了些，低吼道，他实在不想再与这一群蠢货多废口舌，也不理会那人的求饶声，只在厅中来回地踱着步子。

“总管，这会不会是有熊人干的?”奇龙的脸色有些阴郁地问道。

敖广望了望这个铜皮铁骨的手下，心中稍感安慰，只不过他的眉头皱了皱，道：“此刻有熊兵分三路，一路在黄河北岸，驻于姒氏之地，另两路也并未越过黄河，只是正要渡河，而我所派出的人是南过济水将至岱宗之时被人伏击，应该与有熊兵力扯不上关系。”

“可是，除了有熊，谁还会与我们作对呢?”奇龙有些惑然地问道。

“会不会与穷桑有关?”敖广突然道。

“不会吧，穷桑与我们同属东夷，怎会做出这种事?”奇龙否定地道。

“我并不是指穷桑自身，而是指在穷桑出没的神秘贼子。”敖广纠正道。

奇龙的眉头也皱了皱，半晌才道：“据猜穷桑周围的神秘贼子乃是龙族之人，如果真是他们所为，那龙族一定会有大的行动!”

“可我却听说那神秘人是祝融氏的余孽。”敖广道。

“祝融氏?”奇龙也不知道哪个答案正确，不过，他却知道，出没在穷桑一带的神秘人物，乃是一群专门抢掠的各族贼子，这群人来去如风，踪迹更是飘浮不定，少昊让穷桑倾力搜捕，却没有结果。因为在岱宗、云云山、亭亭山和丸山一带多是荒无人烟之地，这群人出没在众山之中，人数又不是太多，想在方圆数百里山野中找到这群人，无异是大海捞针，便是少昊也没办法。而穷桑一带本就隐患重重，他们只好严加防守本部落之地，对于外来之客，他们便无法保护了。

九黎的地方太大，人丁又比较稀少，不像有熊一样，族人几乎是全都围绕在熊城周围，这便使得族中权利相对集中，更相对来说好管理一些，而外敌想入侵也更难一些。但东夷却是两回事，若外敌来入侵的话，很可能是长驱直入，当所有人知道有敌人入侵之时，敌人往往已经深入了数百里，已经让几个部落降伏。

地域宽广有地域宽广的好处，但也有其坏处，许多事情都是在所难免的。而许多人便正是利用东夷地广人稀的缺点与之周旋，即使是少昊也没办法，但这在有熊却是不可能存在的。

有熊部落乃是这个时代人口最为稠密的一个地方，因为其坚城极多，从而营造了一个相对安定的环境，这才能够让子民们聚于熊城周围安居乐业，也从而造就了有熊的富足。

敖广的脸色很难看，若那股神秘人真是祝融氏的余孽，可能就很难对付了。祝融氏一向以神秘莫测的行踪著称，虽并不为各部所喜，但其高手也众多，所幸火神祝融并不在世，否则的话，天下间只怕只有少昊之辈方有与火神祝融一战之力。

火神祝融与水神共工乃是神族八圣的长者，两人的辈分比另外几圣都要高，与蚩尤这些人是同一辈的。是以，他们成了众圣之首，也便是众神之首。火神的武功实已达到了骇人听闻的地步，是以若是火神祝融仍在世的话，即使是少昊也要退避三舍，无全取胜的把握。其实，这些年来，少昊一直未曾将东夷族的势力向西扩展，便是因为西边有共工氏的存在。

共工和祝融都是少昊不想惹、也惹不起的人物，即使以少昊的自负，也不敢认为自己定能胜过共工和祝融。当然，除共工和祝融之外的其余众神，都不放在少昊的眼里，所以这次敖广也有些头痛。

“我看总管还是别派高手前往，没有九夷的支持，我们的实力会大打折扣的。”奇龙吸了口气道。

“我知道！”敖广点了点头道，随即抬头望了望天幕，已经是很晚了，或许可以说是天快亮了。

“一切留待明天早晨再说吧，不知白虎神将在不在本部之中？”敖广吸了口气道。

“总管想请白虎神将亲自去了一趟九夷吗？”奇龙讶然问道。

“最好是这样，以白虎神将的武功，应该可以顺利完成任务。”敖广道。

“只是白虎神将要照顾风绝大王爷，他能抽身前去吗？”奇龙有些疑惑地问道。

“大王爷的伤势早已稳定，现在只是在安心调养，根本就不用白虎神将这等高手浪费在其身边，神将自然愿意去。你立刻去请白虎神将过来，与我同商此事!”敖广道。

奇龙望了敖广一眼，欲言又止，扭头便自敖广的客厅之中走了出去。

敖广望着奇龙消失的方向，心中也有些迷茫。正在此时，突地听到奇龙的一声惨叫自不远处传了过来，敖广禁不住大吃一惊……

桃红悠然一笑，道:“这并没有什么值得奇怪的，我们虽然是两个人，但却是心心相通，我们的内心情绪可以相互感染对方，而我无法自拔地对你动心了，她自然不能不受我的影响。”

“啊……”轩辕微微惊讶，虽然他并不知道世间会有这样的事，但他并不怀疑桃红所说之话的真实性。事实上，他也觉得狐姬对他确实有些异样，那曾让他不解。

“那是因为我们是同时接受师祖的灌顶大法，在我们灵魂深处藏着共同的精神，那即是我师祖嫁传给我们的力量。因此，我与师姐都可以感受到蚩尤魔魂的复苏，也便是为何她会是我在这个世上最亲近的人之一!”桃红并不作半点保留。

轩辕心中有些矛盾，如果桃红真的是狐姬的师妹，其媚术定已达到了登峰造极之境，骗人更是不在话下，那自己是不是应该相信她呢?即使桃红所说的是真话，可是她是否便已经悔过自新，真的依从自己了呢?他确想相信桃红的话，但是此刻关系到的事情可能不只他一个人的命运，甚至是整个天下的命运。首先是龙族，再是有熊，如果真如桃红所说，她们真有那么大的野心，留桃红在自己的身边岂不是养虎为患?但是他又怎能狠心再责怨桃红?

“那狐姬是不是也来到了这里?”轩辕突然意识到什么似的问道。

桃红眉头微微一皱，点点头道:“我想，她应该在这附近。”

轩辕嘘了口气，道:“那你认为她会不会与风骚在一起?”

桃红脸色微变，吃惊地望着轩辕，道:“这个可能的确存在，但我想她应该不会这样做。”

“你这样想是因为你爱我极深，但她却害怕步上你的后尘，因此她只有让别人来除掉我。唯有这样，她才可以安心地去做她想要做的事情，这情况是很明显的。”轩辕肃然道，眸子里又闪动着智慧的光彩，仿佛整个人的精神又活了过来。

桃红不语，显然她对轩辕的分析有些相信了，虽然她能与狐姬心心相通，但是狐姬毕竟不是她，受轩辕的影响更不会像她这般直接和深重。在内心深处，狐姬依然可以抗拒来自轩辕的诱惑，也便因此，狐姬才会找人来除掉轩辕，只要除掉这个能够让她动心的男人，她便可自由自在地做自己想做的事。这个可能性极大，只是桃红总是向好的地方想，而忽略了这一点。

“狐姬可是能够感应到你所在的方位？”轩辕问道。

“那是不可能的，但她却可以感应到我会向什么方向而行。”桃红眉头皱了皱道。

“那你是不是也可以知道她是向哪个方向行走？”轩辕质问道。

“让我试试！”桃红说话间，竟在轩辕的身边盘膝而坐。

敖广身形极速掠出院中，院外一片黑暗，但却杀意森然。

黑暗之中，敖广仍然看清了奇龙所在之处。

奇龙的躯体仿佛是俯在一株树干之上。

“奇龙！”敖广不禁大惊，更让他吃惊的是，奇龙刚才那一声惨叫竟然没有护卫被惊动，此刻的院子之中，只有他与他身边的几个亲卫，那些本来在院中暗处的哨卡和院外的护卫战士竟然都似没有听到奇龙的惨叫声。

“点火！”敖广吩咐了一声，一名亲卫已上前翻过奇龙的躯体。

“他死了！”那名亲卫也吃惊不小地道。

火光亮起，敖广也发现，奇龙已经变成了一具尸体，而他的身上，只有一个火灼的掌印，显然那正是致命的伤痕。

“什么人？”一名亲卫突然呼喝道。

敖广抬头一望，顿时更是吃惊，脱口道：“叶帝！”同时，他更被对方那浓重的杀气逼得连连倒退数步，那几名亲卫却迅速挡在敖广的前方。

“你说错了，我不是叶帝，而是叶皇!”那人自暗处缓缓步出，淡淡地道，语气之中有着一种让人心惊的霸意。

敖广对于“叶皇”这个名字并不陌生，而且还知道此人与轩辕的关系极为密切，更知道此人乃是叶帝的亲兄弟。因为当初叶帝将叶皇自神谷放出去之时，敖广是知道的。只是他没有想到，此时的叶皇竟然会自己找上门来，而且是单独至此。

“他是你杀的?”敖广稍稍镇定了一些，虽然来自叶皇的压力极大，但这里是他的地盘，他也不用害怕。

叶皇抬起右掌笑了笑道：“我以为他很抗打，谁知竟连一掌也受不了，所以他死了。”

叶皇意态间潇洒至极，他当日与奇龙也交过手，那时候为了救圣女凤妮和施妙法师，他领着两只猿人与白虎神将、奇龙交手，后来轩辕赶来，这才救下圣女和施妙法师。他也知道奇龙的武功极为了得，不过今日的他非昔日可比，对付奇龙、敖广之辈，自是不在话下。

敖广也微有些呆了，奇龙以铜皮铁骨著称，一身硬功极为了得，但却无法抗拒叶皇一掌，这岂不是说，叶皇的武功增长得已经不可思议了吗?

“风骚在哪里?”叶皇气势逼人地冷然问道。

“就凭你，也配问?”一名亲卫不屑地吼道。

“找死!”叶皇身形如电，话音刚落，那亲卫便惨号一声飞跌出去，敖广甚至还没有反应过来是怎么回事。

“杀!”敖广又惊又怒，惊的是叶皇的武功，怒的是叶皇竟将他视若无物，这怎不叫他惊怒交加?

那几名亲卫显然也为叶皇的声势所震，但听敖广这一声吼，身形皆纷纷扑上。

叶皇不屑地冷哼一声，一旋身，犹如一团熊熊烈焰爆燃。

那几名亲卫皆大惊，但仿佛是收身不住，自那团烈焰中传出了强劲的吸力，把他们身不由己地全都引入其中。

砰……砰……砰……一串闷响，这些亲卫一个个犹如火球般被叶皇弹开，且倒撞向敖广。

敖广几乎傻了眼，此刻的叶皇竟厉害如斯，那群亲卫一个个惨哼着在地上滚灭身上的火焰，但一个个都已狼狈不堪。

敖广退，他知道自己绝对不是叶皇的对手，可是才退出十数步，却发现他的身后已经被人挡住了。

挡住敖广去路的人是蛟龙。

蛟龙横剑而立，其自身却犹如一柄巨剑顶天立地，气势逼人，使得敖广不得不止步。

“你认命吧，如果识趣的话，立刻去让所有的人停止反抗，否则神谷会化为一片废墟！”叶皇冷冷地道。

敖广心中一阵沮丧，但他身为神谷的大总管，怎么可能是束手就擒之人？大吼一声，直向蛟龙撞去。

蛟龙冷哼一声，剑势斜挑，以一道玄奥至极的轨迹，封死了敖广的进路，若是敖广仍要硬进，只可能自己撞上剑锋。

此刻蛟龙的武功绝对不比敖广差，甚至可以与昔日的帝恨相比。比之帝恨，敖广还要逊上一筹，相对来说，敖广座上总管之位，多少有点取巧之嫌。

敖广也倏然出剑，叮一声轻脆至极的响声过后，敖广竟不由自主地被震退两步，蛟龙也退了两小步，不过他依然是持剑傲立，似乎根本就不将敖广放在眼里。

敖广心中的惊骇是无以复加的，他怎么也没有料到，在他所居的寝宫中会突然出现这样两个神秘而要命的高手，而对方都是如此年轻便拥有如此高深莫测的武功。不过，他必须离开这里，他知道，自己寝宫中的护卫定是已经被叶皇或这个年轻人干掉了，所以才会没有人赶来相助。

敖广再出剑，急攻蛟龙，可是当他抢步而上时，倏觉脖子之上一阵冰凉。

是一柄剑，冰凉刺骨的剑，而且剑是叶皇的。

叶皇的剑好快，快得连敖广根本就不可能有反抗的机会。事实上，叶皇一向是以身法快捷著称，这样的速度并不为过，也不值得惊讶。

“如果你不想死的话，便好好合作，就凭你，根本就不够分量！”叶皇冷冷地道。

敖广哪里还敢动弹？蛟龙赶前几步，那几名敖广的亲卫正欲爬起，却被蛟龙手起剑落，尽数诛杀。

敖广心头凉了，蛟龙那杀人不眨眼的气势，差点没让他昏倒。这仿佛在告诉他，如果他有半点异常的话，蛟龙便会毫不犹豫地杀了他，他哪里还有反抗的勇气？不禁颤声问道：“你们要怎样？”

“我要你去打开那几道闸口，并让守护峡谷的九黎战士放下武器！”叶皇冷冷地道。

敖广斜瞟了一脸杀气的蛟龙一眼，只见蛟龙正以一人的尸体揩拭着剑身上的血迹，不禁大为沮丧。

第一百二十九章　败中求胜

桃红睁开眼，肃然道："师姐正在向我们这边赶来，或许她真的是与风骚在一起！"

轩辕淡淡地笑了笑，道："如此甚好，我也不想怪你往日对我的欺瞒，只要你以后不再犯同样的傻，你仍是我的好桃红！"

"真的？"桃红惊喜地低呼道，激动地在轩辕额上吻了一口。

"轩辕何时说话未算过数？现在我们要做的事便是切除身后的尾巴！"轩辕认真地道。

"如果对方的人马真是师姐带来的，我想求轩辕不要伤害她。"桃红有些担心地乞求道。

轩辕望着桃红，半晌才道："好，只要她不亲自出手伤我的人，我可以放过她！"

"谢谢，如果轩辕不介意，何不连师姐也征服过来，世上没有谁能比她更懂得如何让男人快乐了！"桃红望着轩辕，试探着道。

轩辕不禁有些好笑，吸了口气道："现在可不行，那只能等我伤势好了之后。"

"有轩辕这句话，桃红就放心了，其实师姐是个好女人，说来你也许不信，师姐一直都是守身如玉，到现在犹是处子之身……"

"什么，这怎么可能？"轩辕惊讶地打断桃红的话道。

"怎么不可能？"桃红也微讶，反问道。

"她是习练逆阴败阳大法之人，怎么可能保持处子之身？"轩辕反驳道，心中更觉得荒谬，一个以淫荡风骚出名的妖姬怎么可能是处子之身？

桃红不由得笑了起来，道：“是你不明白逆阴败阳大法而已，习练逆阴败阳大法之人必须是处子之身，若是一破处子之身，那逆阴败阳大法将会大打折扣，甚至是前功尽弃！”

“这怎么可能？”轩辕不信，但有些话他一时也说不出口。

“也许你会问那吸人精血是怎么回事。是的，逆阴败阳大法必须以男人精血来补充自己的元神，但这却是以一种嫁接的方法吸纳别人的精气，中间需要一个媒介。而这个媒介则是师姐专门训练的一些人，真正与那些男人交合的便是这些人，然后师姐再自她们的体内吸纳获得的精血，这样所得的精气是经过她们阴体过滤后的纯阳之气。只有这种元气才能够补充自身的元神，从而使逆阴败阳大法得以练成。”桃红似乎看穿了轩辕的心意，笑了笑道。

轩辕恍然，他还从未听说过有这样练功的，也可见瑶台一门的功夫确实邪门，可他仍是难以相信狐姬居然会是处子之身，如果真是这样，可真成了世间奇闻了，任谁也难以相信。不过，此刻桃红说得这么肯定，使他不得不信。

“其实师姐的真名并非叫狐姬，她本叫嫘祖，只是几乎没有外人知道而已。师祖临终之时传位给她，更将她更名为狐姬！”

“哦。”轩辕心中忖道，“原来还有这么多的名堂。”不过，他又道：“你去将歧伯和莹儿叫来，我要让风骚吃不了兜着走！”

桃红这才发现天快亮了，而轩辕还有许多正事要办，忙应声向外洞行去。

敖广下令大开闸门，峡谷口的驻军撤后，而此刻敖广才发现，在神谷外，伏有近千的龙族战士，便在闸门大开之时，众龙族战士一拥而入，全都以最快的速度冲入了神谷之中。

敖广禁不住傻眼了，他无论如何也没有料到，会有这么多人神不知鬼不觉地潜至此地，对神谷进行偷袭。

那群九黎战士正退至谷中，突然见到这许多的龙族战士冲入，不由得大惊，待要反抗，却已被这如潮水般涌入的龙族战士杀得溃散而败。

敖广见此情况，也只能闭上眼睛听天由命了，他不知道自己还能够做些什么，如今他自己的命也捏在别人的手中，哪里还有心思去理会别人的死活？

神谷之中突然火头四起，一时之间四处都喧闹至极。

敖广这才明白，并不只是叶皇和蛟龙两人闯入神谷之中，而是有许多人早已潜伏在神谷内，只待大军一到，立刻自内部打乱神谷的安静。

此刻已近五更，正是最好睡觉的时候，神谷内的所有人几乎都在睡梦之中，这突然而起的喊杀声已将他们的梦给惊碎了。

叶皇选择这个时候入侵神谷并不是没有道理的。

龙族战士长驱直入，几乎是没遇到什么阻力。最乱的乃是神谷的兵营，大火一起，这些人睡眼惺忪地便往外跑，但一出来便被乱箭射得抱头鼠窜，或是死于非命，也有些人浑身着火地向外奔窜，还有些人便在营中活活被烧死。

客卿殿内并无多少客卿，这些人虽然武功不差，但是人数太少，当他们反应过来时已经陷入了包围。而叶皇所过之处，几乎是无两合之敌，即使是这些客卿也不例外。

叶皇兵分两路，他自客卿殿直杀入元老殿，见人就杀，那些妄图反抗的，几乎无人能够逃过弩箭之厄。成百上千支利箭，使这些刚从睡梦中醒来尚未弄清是怎么回事的元老们尽皆成为箭下之魂。

对于妇孺，叶皇倒是手下留情了些，柔水则自客卿殿杀入兵营，再自兵营杀入谷主殿。

叶皇分出三百兵力冲杀入供奉殿，直通奴隶营，而他则自元老殿杀入谷主殿。

神谷的兵营之中只有五百兵力，这些人被大火一烧，又是睡梦刚醒，哪还有斗志？有的甚至被逼得跳入河中，一时竟忘了河水之中的食人鱼；有些人身上着了火，扑不灭，也只好跳入河中。那五百兵力，仅用一盏茶还不到的时间便被冲得七零八落，更有些人索性弃械投降。

谷主殿中的高手比较多，但由于风骚不在，且带走了一些高手，因此殿中的人数也不是很多，合起来仅百余人而已。这些人面对叶皇和柔水各领着数百人两头夹击，又有柔水和叶皇这两大高手，根本就没有反抗之力。

其实，叶皇事先便在神谷中伏下了近百好手，这些人等时机一到，便立刻放火焚烧，在谷中制造乱子。

这一切的安排自然不会没有内应，这个内应正是当日留在神谷中凤妮的四大俏婢之一春杏。

春杏在神谷中苦等了轩辕一年，终于盼到了叶皇的到来，而且此次叶皇竟领来了这许多的战士，春杏自是大喜。这一年来，她无时无刻不在关注着轩辕和凤妮的行踪，得知凤妮终于成了有熊的太阳，而且在轩辕相助之下，大破鬼方大军，杀天魔罗修绝，而且轩辕的名声更是响誉天下，她心中活下去的信念也更加坚定，同时也为轩辕和凤妮高兴。当她得知轩辕已经拥有了几乎是天下三分之一的力量之时，她几乎可以肯定轩辕定会来攻东夷，从而她也定会再次见到故人。因此，她一直在准备，并将神谷中的地形完完整整地绘画出来，以便轩辕攻打神谷之用。只是春杏没有想到，前来攻打神谷的人不是轩辕，而是叶皇。

叶皇自然没有忘记春杏的存在，当日他随龙族战士离开神谷之时，便与春杏相谈了良久，他绝对相信春杏，就因为轩辕和凤妮的关系，更知道春杏忍辱负重便是为了这一天。是以，叶皇在兵力会合之初便已先联系上了春杏。

杜圣掩护得确实很好，使得拨给叶皇的五百战旅悄悄地渡过黄河根本就无人知道，而轩辕早以灵鸠传书给贰负，贰负所调集的一千五百名战士早已静候叶皇的到来，而且他们已经潜至九黎的附近，只等叶皇到来，两股力量会合后便立刻行动。

叶皇虽然对神谷中的地形稍了解一二，但绝没春杏所了解的详细，春杏的地形图帮了他很大的忙，无论是战略上的布置还是其他方面，他都省事了不少，而且还直接找到了敖广所居的寝宫，将谷中的大总管一举成擒，这使得神谷中群龙无首，更容易对付。而春杏最大的相助，却是偷偷地自秘道之中引进近百名龙族好手，这些人几乎将神谷闹翻了天，四处纵火，制造混乱。

东夷在神谷之中驻有一千余人，而叶皇却是精心所组织的一千多名精兵，一个是有备，一个是无防，更加上里应外合之下，神谷各殿很快便相继沦陷。

谷主殿之中，风骚未回，神谷中的最高统领便是敖广，可是敖广却最先被擒。另外便是供奉殿和圣殿及杀手营是神谷中最难攻下的。

不过，供奉殿中的几大供奉已经不在了，偃金、童旦、奄仲都已身死，供奉殿名存实亡，只剩下几大供奉的几名弟子和奴仆，虽然这些人中也有不少高手，但是双拳又怎敌四手？很快便被龙族战士剿杀。

叶皇下令，对圣殿、雅楼和杀手营进行封锁，切断其与外界的联系，并自囚室方向攻入雅楼，将杀手营和圣殿孤立起来。

在供奉殿与奴隶营相接之处，驻扎了两百龙族战士，以防那些看守奴隶的九黎战士倒杀而回。

奴隶营的面积最为广阔，方圆近二十余里，里面光奴隶便有七八百人，而这里面看守奴隶的并不只是九黎人，更有自东夷其他部落调来的战士，也是神谷中驻军最多的地方，大概驻有五百余东夷战士。这些人平时除了监视奴隶们干活外，便是练兵，因此奴隶营这块地方叶皇决定慎重对待，他并不想立刻便进攻，至少也要等天放亮了之后，那样他们才不会在这种面积极大的战场上失去优势。

神谷确实是个极好的地方，它完全可以自给自足，而且以河水分隔成一个个独立的小岛，便于划分管理，又有险隘相守，便使得它成了一个天然的国度，也难怪当初风骚想借神谷与风绝分庭抗礼。这是因为在神谷之中也可屯下大量的兵力，而神谷的整个格局极好，便是少昊也极为重视这个地方。是以，他才会让狐姬、奄仲这几位高手居于此地，更让东夷其他各部也调来战士管理这些奴隶们。

其实少昊如此安排也是想好好地控制九黎，不让九黎独占此地。而且此地也是西侵的一个重要驿站，自这里西侵，可以储备足够的兵力和粮食，因此神谷可以算是九黎一个极为重要的根据地。

风绝当年也是担心风骚在神谷自立，所以他才会要建造神堡，让神堡与神谷相互呼应，也相互牵制。

叶皇第一个要占的便是神谷，而这个地方也是九黎的西大门，只有攻下神谷才能够继续东进，更不怕后援无继。此次轩辕给他两千兵力，也是下了极大的决心要对付九黎，否则绝不会调出这么多兵力，这也是对叶皇的一种信任。

叶皇并不是倾力而出，此次兵力也分作两路，攻神谷一千人，另外则由玄计和苦心领一千人马东进，兵堵神堡。

对于神堡的地形，叶皇并不陌生，而最熟悉神堡中地形的人，却是苦心和玄计，他们在神堡之中做了数年的苦工，对神堡内的一草一木都极为熟悉。因此，有这群人对付神堡，叶皇完全可以放心，而他此次还特意自共工氏调来高手，主持水路的进攻事宜，可谓是大动干戈，倾力而动了。

南征和东征，对于有熊或是“华”联盟而言，只是或迟或早的问题，而若要南征或东征，九黎所处的地方都极具战略性。

轩辕岂会看不出这地方的战略意义？如果夺下了九黎，“华”联盟则南抵济水，西南直逼高阳氏，而北方的陶唐、共工、龙族及各小部落便可以连成一串合占九黎之地，便完全可以将东夷切成两部分，整个北方基本上是在“华”联盟的包围之下，那么对东夷这些部落的征服将是一件极为轻而易举之事。

这样一来，只会将少昊逼出济水以南，守住穷桑之地，那时候北方的天下几乎可以完全得到稳定，也完全在轩辕的掌握之中。

鬼方已难成气候，西有南北两太行相阻，南有黄河和济水相阻，只要凭黄河和济水相守，即使是太昊和少昊联手也不足为惧。当然，这之中还牵涉到高阳氏的问题，因为高阳氏占了帝丘一地，正是在黄河和济水的夹角处，这将威胁到九黎一地的稳定。

高阳氏的势力也极大，他的附属部落也不少，占了偃朱、尧城、厉山、鸣条、诸冯等地，这些地方人口极为密集，土地肥沃，因此以有熊为首的“华”联盟能不能让高阳氏加盟是一件很重要的事情。

当然，那只是往后的事，眼下对付东夷必须尽力而为。

叶皇并没有让轩辕失望，趁神谷空虚之际，以迅雷不及掩耳之速，几乎在两个时辰之内便将神谷完全控制在掌握之中。

天亮之时，圣殿通向外面的路口已经全被封死，奴隶营的道路也被封锁。

叶皇攻破雅楼，放出那一群受辱的女人，切断杀手营与外界的联系。

至于圣殿，叶皇并不急于攻克。而杀手营之中的杀手并不太多，当龙族大军压境之时，在几乎不成比例的情况下，那些杀手无不束手就擒。

叶皇之所以并未对圣殿太过紧逼，是看在桃红和雅倩的面子之上，因此只是以和平的方式劝降，降者不杀。

圣殿乃是狐姬休歇练功之所，之中女多男少，那些男人都只是一些面首，没有什么身份和地位，在大势已去的情况下，这些人也只好降伏。如今狐姬不在，而其师姐雅倩早已降伏于轩辕，连最受狐姬宠信的桃红也跟着轩辕走了，叶皇摆出雅倩和桃红两人，立刻引起了圣殿之中的强烈反应。

圣殿之中的女人也有很多是受苦受辱之人，更有许多是奴隶们的妻女，因此解决圣殿的问题叶皇只是花了一个多时辰。

这时日头已上三竿了，天大亮，雾也散得差不多了。

龙族战士除一部分人封锁峡谷外，另有百余人在各小岛搜索残余，余者全都结集在奴隶营地的唯一入口，准备对神谷进行最后的清剿。

看守奴隶的东夷战士自然已经知道外面发生了大的变化，但这是一个大葫芦谷，只有一个入口，另一面是养有食人鱼的巨大水潭，可以与圣殿遥遥相望，除非他们制造许多大木筏逃走，否则不可能逃得出去，但是此刻大闸门被龙族战士所控制，开不了大闸门，便是有竹筏也无法逃出水道。

叶皇命敖广打开闸门时，便有两百名战士自水路进入，控制了潭面，更控制了水闸，断了东夷人的水路逃生之道。

现在龙族战士所要做的事情便是步步为营，将那些东夷军逼到一个角落去，反正他们已是瓮中之鳖。

叶皇希望看到的便是让自己的战士以最小的牺牲获得最大的胜利。

地面的积雪依然极厚，阳光洒下，在雪面之上反照开来，显得极为刺眼。树上的积雪倒是化了一些，那些不甚粗侥幸未被压断的树也都直起了腰杆。

雪面之上，似乎除了一些鸟爪和野狼的足迹之外，便不再有多余的脚印。

不！在穿过一处山坳的小路之上，似有一串马蹄印和几行不深的足迹延伸向远方。

群山起伏，尽是一片银妆，天地一色，气势磅礴。

远处的山路上，正有人踏雪而来，奔走极快。

翻越太行山脉，这里是最近的一条山道，只是这条山道着实不好走，九曲十三盘，深沟高涧，绝崖险峰，一处接一处。若非熟知山道的人，哪里地找得到这样一条山路？

满山都是雪，有的地方还是冻土，结了坚冰，若是一个不小心，坠入绝崖的可能性极大。因此，便是惯于山中行走的老猎户在这种天气里也不愿意走这条山道，但此刻却有一群人迅速地穿行于这条崖间小路之上。

“怎会这样？蹄印到这里便消失了。”说话之人赫然便是曾与轩辕在跂踵族交过手的百变。此人是九黎二级教头百战的兄长，而他身边的人正是九黎王风骚。

风骚也有些讶然，眼前的蹄印的确已经消失不见，这是不可能的事，如果说是人的足印消失不见那还情有可原，因为这群人无一不是高手，要想在雪地之上不留痕迹地走过并不是没有可能，但是战马的蹄印却是绝难抹去的。

风骚仔细地打量了一下四周的情形，却并未发现什么异样，他身后的一群人皆是身着黑衣，与雪地的颜色形成一种鲜明的对比，正是那群伏击满苍夷的渠瘦杀手，之中竟还有花蟆人。

“大家小心，仔细找找！”风骚冷冷地吩咐道。

“前面好像有流水的声音！”百变的耳朵动了一下，突然道。

风骚哦了一声，他知道百变的听觉极为异常。因此，他并不怀疑百变的判断。

“让我们去看看！”两名花蟆人叫了声道。

“好，小心一些！轩辕那小子诡诈百出，说不定会弄出什么花样来。”风骚提醒道。

“我们明白，就怕这小子不出现，只要他出现，我们便有为族王报仇的机会了！”那两名花蟆人杀气冲冲地道。

“这小子受了重伤，挨老祖一击，只怕命也不会长久了。”一名渠瘦人出言道。

“渠长老不要忘了，这小子也曾受过天魔一掌，而且刑天也曾给了他一记重击，却未能让这小子受到什么损伤。”百变吸了口气，有些不以为然地道。

那名渠瘦人哑然，不服气地瞪了百变一眼。

风骚似是不想让百变与那人之间闹出什么矛盾，道：“如果渠长老知道我王兄是如何被这小子废掉的话，就应该不会再小视这小子了。”

那人更是哑然，的确，风绝之所以被废，便是因为重重地一掌击在轩辕的胸膛上，而轩辕竟反还一掌，结果轩辕仍生龙活虎，而风绝却变成了一个废人。单凭这一点，即使是破风也不一定能够做到，是以那渠长老唯有哑然不语。事实胜于雄辩，何况此刻破风也同样身受重伤，几乎也给废了半条命，这怎能不让人心惊？甚至连魔帝身边两大战将之一的盘古智高也都身受重伤，可见轩辕身边的高手是多么可怕，即使是风骚也绝不敢小视。

事实上，风骚对轩辕是心有余悸，并不敢真的与轩辕正面为敌。那次轩辕双手被七窍圣锁锁住之时，还在他的眼前杀了奄仲，更将他重创，只凭轩辕那惊天地、泣鬼神的功力，便足以让他心惊，若非这次有破风和盘古氏兄弟出手，他哪里敢主动来追轩辕？

蚩尤的重生也改变了风骚，对于蚩尤的武功，他是无法抗拒的，加之九黎与蚩尤的特殊关系，他只好臣服于蚩尤，既然无人能够杀死蚩尤，他便只好认命。

蚩尤对轩辕极为重视，就因为轩辕杀死了天魔罗修绝，更有个原因却是，与蚩尤魔魂结合的叶帝恨轩辕。

蚩尤与叶帝的结合，是完美的，叶帝狠辣好杀的心性正与蚩尤的魔意相融，这两人结合，自然会使蚩尤的魔魂更进一步地发挥出来。当然，两人的思想都各自保留了一些，但保留下来的思想，全都是杀戮和凶残，因此，蚩尤便让破风来杀轩辕，更派来了盘古氏兄弟。这三大高手的刺杀，几乎是不可能失手的，遗憾的是，这之中突然杀出了一个跂通，将他们的计划全盘打破。

当然，这不能够怪他们，毕竟，跂通的出现是一个意外。

风骚并不知道跂通的存在，但到了这个地步，他已经不想再退，作为轩辕来说，确实太可怕，如果此人不除的话，将是后患无穷，风骚更是尝到了其中的苦头。此刻轩辕的实力之强，天下少有，若不趁此刻轩辕远离有熊而除掉他的话，只怕再不会有任何机会。

当然，风骚对付轩辕，只能暗中下手，昨天他故意诱轩辕追击，但陶莹却没有上当，这使他的计划落空，而且陶莹和轩辕这一路人马亟亟行军，在深夜之际，将他们全都甩远了，害得他们只好再自轩辕的身后追来，以至于本来的先机全都让给了轩辕。当然，这也是没办法的事情，所幸，风骚昨日在射杀战马之时，故意留下了几匹。

事实证明风骚的做法极为聪明，这样使得轩辕这一队人马不能不留下足迹，至少战马走过的蹄印一时难以扫去，这便对风骚自后方的追踪制造了方便，而风骚也正是顺着蹄印而来。

当然，他能够追行得这么快，却是因为另外的原因。昨夜他们几乎迷路了，但是却因为狐姬感应到轩辕诸人所行的方向，他们也便选好方向追来，这才在看不见蹄印的夜晚快速地赶了上来。不过，此刻蹄印竟然消失。

蹄印怎会消失呢？马儿自不会如那群高手一样，拥有踏雪无痕的轻功，而且这一路上来，只有一条岔道，但是那条岔道之上并未有蹄印，难道说……

风骚正在思忖之际，前去探路的两名花蟆人回来禀道："前面根本就没有路，是一道深涧。"

"啊……"百变吃了一惊，那群渠瘦杀手也不由得面面相觑。

风骚也大感意外，前面竟然是一道深涧，无路可通，那何以蹄印延伸到这里呢？

风骚和百变不得不亲自再去看一次。

果然是一道深涧，深涧对面是一道高崖，流水正自那高崖之间冲出，飞泻百尺，注入深涧下的一个小水潭，然后顺沟谷远流。而风骚所立之处便是深涧的边缘，离涧底约有四丈余高，涧下怪石在积雪的掩盖之下，犹如一只只白色的异兽，若隐若现的青石一角，使人绝不怀疑这是一处很少有人来的绝路。

环境倒是极为清幽，静谧之中，多了几分活力，只是色调太过单一。

"难道是他们不识得过太行的路径，才会走到这里来？"百变不解地问道。

"那为何未见回去的足迹？"风骚反问道。

百变无语，心中却忖道："是啊，如果这是绝路，他们怎会不往回走？如果往回走的话，那回头的蹄印自己怎会没有看到？这之间究竟有何玄虚呢？"

风骚正在百思不得其解的当儿，突地听到远处传来一阵惨号之声，不由得大惊。

百变也立刻明白是怎么回事，不禁惊呼："不好！"他已经听出，这惨叫之声乃是自那群渠瘦人和花蟆人的口中传出。

风骚也知道了，那群人仍留在路口相等，他只是不相信这前方会是绝路，才亲自来看一下。而此刻，那群人定是遇上了伏击。

风骚的身形迅速回奔，百变也相随而撤，便在此时，风骚听到了一阵奇异的啸声。

嘶……百变还没有反应过来是怎么回事时，一支利箭已将他的躯体带着飞跌出十步，而后，百变整个身体落地之时几乎爆开成碎块。

“极乐神弓！”风骚大吃一惊之时，一扭头，便见一道白影自对面的绝崖之顶如大鸟般飞掠而至。

风骚惊退，他对这道身影熟悉至极，正是前日遭他伏击，但仍被逃脱的满苍夷。风骚惊退，并不只是因为满苍夷，而是因为满苍夷射出的箭！

比声音还快的箭，箭势之猛之烈，仿夹毁天灭地之威，正是极乐神箭。

对付百变，还不配用动用极乐神箭，满苍夷只是用了一支普通的雕翎箭，但对于风骚这样的高手，却不能不用极乐神箭。

轰……极乐神箭刺入风骚所立之地的雪中，雪面立刻垄起，犹如有一只硕鼠极速爬行其中。

风骚一退再退，身子蓦地弹起。他知道，自己的速度再快也快不过极乐神箭，这奇异的极乐神箭可以使箭射出之后任意改变方向，且无坚不摧。所以，极乐神箭有着神鬼莫测之机，但极乐神箭却只有十支，也便是说，射失一支便少一支，这个世上将再也没有人能够制作出这种奇异的箭。

极乐神箭的流线极为怪异，箭首并不是三角形的锋刃，而是形如鹤喙，连箭身都带一种特殊的弧形流线。若非功力高绝之人，绝对无法控制箭的方向，因为它本身就不是以直线的方式射出，唯有能够以心出箭，以精神和灵魂出箭，方能控制箭势的方向，并射中目标，之间毫无花巧可言。因此，即使是极乐神箭落在普通人手中，也是毫无用处，只是这箭质比较坚硬而已。而且，极乐神箭唯有以极乐神弓才能够射出，普通弓根本就无效。

当风骚的身子如云雀般射起之时，极乐神箭竟轰然破开雪面冲上虚空，依然是紧追风骚不放，甚至还在奇迹般的加速。

风骚一声低啸，竟自腰间抽出一柄剑来，直取那逼射而至的极乐神箭！这是他第一次面对极乐神箭，第一次见识极乐神箭的威力。上一次，满苍夷所使的只是雕翎箭杀敌，但风骚却已经知道了极乐神箭的可怕。可是这次他才知道什么是箭中之祖，什么是箭中之神，居然可以在射出之后再转弯追敌，这确实不能不让人心惊，更是让他骇异！

当……风骚的剑正中极乐神箭，两股强大无匹的劲气相激，竟生出一股强大的风暴，使地面之上的雪花飞溅四射。

风骚的身子猛地一震，竟不由自主地被来自极乐神箭之上的力道震得倒射而出。

极乐神箭上所蕴之力带着爆炸性的冲击效果，一波一波地自风骚手中剑身传入他体内，如惊涛拍岸，一浪高过一浪。

极乐神箭也在这一击之中向深涧中坠去，而满苍夷的身形刚好赶到，抓住了下落的极乐神箭。

风骚却苦了，他怎也没估到极乐神箭竟如此奇异，一支小小的箭上竟蕴含着七波冲劲，使他不由自主地一退再退，连虎口都差点震裂。但让风骚吃惊和惊骇的还不是极乐神箭上的力道，而是自雪底之下飞射而出的一道五彩光影。

神堡之中的风沙大惊失色，这几个自神谷中逃出的九黎战士所报的情况几乎如一个晴天霹雳，令所有在场的人都傻了。

神谷竟然失陷，竟然被龙族偷袭成功，悄然而夺，这怎不让人心惊？

昨天他们还在讨论要不要联合诸夷去对付有熊那两支入侵的战旅，今天却有人来告诉他神谷失陷的消息，这一切简直像是做了一场噩梦。

若非这几人众口一词，都证实神谷失陷，风沙怎也不会相信这一切是真的。因为他对神谷太有信心了，风骚在那里经营了二十年，那里面的一切都几近完美，有险隘相守，有大闸相通，而且谷中驻有一千多精锐战士，再怎么说，一夜之间被人所夺，这简直是不合情理。那地方，只要一夫当关，就有万夫莫开之势，尽管里面机关并不是很多，但各小岛之间都可各自为政，独具攻守能力。在风沙的眼里，那是比神堡和九黎本部都要安全的地方。

可事实上偏偏是最可靠、最安全之地失陷，这怎不让风沙吃惊？怎不让九黎恐慌？在这之前，他们仿佛找不到一点危机感。他们事前竟然没有发现一点关于敌人的消息，这简直是一种讽刺。

确实，叶皇所做的一切都是秘密至极，尽管人数众多，但是行动神秘是龙族战士一贯训练的重要所在，这些人完全可以做到神出鬼没的效果。因此，龙族战士在外人的眼里便成了一支最为神秘、最为可怕的劲旅，尽管是新生力量，但是其发展速度之迅捷，是无与伦比的，就跟他们的大首领轩辕一样，完全是个奇迹。而这段时间，有熊的三路兵马吸引了东夷大部分人的视线，使他们反而忽略了龙族战士的威胁，这才被叶皇所趁。

轩辕要的就是这种效果，在这个洪荒时代，消息传播极为缓慢，而轩辕明智地动用龙族战士作为叶皇进攻的主力，这便使得叶皇的行动速度和灵活性远远快于消息的传播，更不会影起太多人的注意。

运用奇兵取胜，乃是轩辕一贯用兵的策略。兵贵在精、在奇，出则无迹可寻，收则迅如疾风，不让敌人有任何作出反应的时间。这也是轩辕能够迅速崛起的原因之一，更是一种心理战术，只有能够把握住敌人的心态，方能好好地把握住机会，而轩辕不仅仅是个把握机会的好手，更是个创造机会的高手，这一点是丝毫不容人置疑的。

风沙立刻召集神堡中的所有九黎重要人物，商讨对策，而神堡所有战士也都处在一种高度紧张的状态，防备有人来偷袭神堡。这并不是没有可能的，既然龙族战士可以巧取神谷，再取巧神堡又有何不可？

一时之间，不仅仅是人人自危，更是各处紧急动员备战，危机已经迫在眉睫了。若说有熊族的大军在黄河以北向东挺进，对于九黎来说还甚遥远，因为尚隔一条黄河，可是正因为这种大意才使神谷失陷。

风沙此刻也有些后悔，后悔没有早一步加以提防，皆因他没有料到对方的速度会这么快。要知大批人马行军可不是一件容易的事，过黄河到九黎至少也要六七天之久，因为要造筏运粮之类的，但是叶皇的兵力根本就不用长途跋涉，他只是带着五百有熊军而已，另外一些人都是就地调动，随时想要随时有。因此，才会有超乎寻常的速度。

帝十匆匆被请到议事厅，风沙已经有些坐立不安了。

帝十只看风沙这种表情便知道事情是如何的严重，他明白，风沙是一个喜怒并不形于色的人，对待事情都能够极为冷静，可是今天却一反常态。

“究竟发生了什么事?”帝十认真地问道，他虽然听说过关于神谷的事，但仍有些不敢相信，禁不住问道。

“敖广将神谷丢了，是龙族干的，至于究竟是什么人领军而来，目前尚不太清楚!”风沙见帝十来了，心中稍安了一些。

“这是昨晚发生的事?”帝十仍然讶问道。

风沙见帝十仍然是一副难以置信的样子，也不由得急了，向一旁垂头不语的两名自神谷中逃出的九黎战士喝道：“你们两个给长老好好讲讲究竟是怎么回事!”

那两人忙将自己所看到的，所经历过的，又是如何逃出来的经过说了一遍，帝十也神色大变。

帝十知道眼前这两个人在神谷中的地位并不低，更是一级勇士之中的佼佼者，他的一颗心也仿佛落入了深渊之中。

“敖总管怎样了?”帝十向那两人冷问道。

“他被敌人生擒了，敌人大概有千余人!”那两人忙回答道。

“你们事先竟没有闻到半点风声，就让这么多的敌人悄悄潜近?”帝十怒责道。

“他们是晚上行军，而且又是在四更天夺谷，当时我们都在睡觉，所以属下也不知道。”那两人怯生生地道。

“一群饭桶！真不知道养你们这些人是干什么用的!”帝十禁不住大发雷霆，他岂会不知道神谷的重要性？那里一失，等于将大门让给了对方，叫他怎能不急?

议事厅中人人不敢出声，帝十乃是神堡之中的第二号人物，除了风沙就是他，因此风沙没有出言相阻，其他人谁也不敢说话。

“长老先不要急，我还有很多事情要与长老商量，眼下也不是急的时候，我们得想个办法将神谷夺回来！”风沙打断帝十的话道。

帝十一听，点了点头，他知道风沙所说的甚为有理，眼下便是急也没用，事已成定局，只有想方设法怎么去补过了。

“大王子可有什么妙计？”帝十问道。

风沙苦笑着摇了摇头道：“我们对他们一无所知，就只知道他们有千余人，连对方领兵之人是谁也不知道，我一时也想不出什么好的对策来。”

帝十皱了皱眉，道：“如果我们想夺回神谷，只怕是越快越好，如果等他们完全控制了神谷，扎稳了阵脚，只怕到时我们即使花上两倍的人力也难以夺回了！”

“我也这么认为，可是这群人既然敢夺取我神谷，应该有所准备。因此，我们不能不小心，而且在神堡之中只有七百余兵力，真正要战，只怕也难以取得多大的效果，所以我们首先得去本部让二弟调集勇士前来支援。而且，神堡自身也需要防守，七百战士之中能调出的却只有五百人还不到，这便很难预料到结果。”风沙无可奈何地道。

帝十眉头紧皱，一向都是他们以强欺弱，可是今天，他终于尝到了被强敌欺负的滋味。

昔日的龙族，只是他们手下的一群奴隶，可是此刻这群奴隶却成了一支让天下人心惊的劲旅，而且又回头来侵犯他们，这确实是一种讽刺。

帝十自然知道龙族这一年多的时间来，发展之迅猛，比他九黎更快得多，而且在四方吞并的过程之中，不断壮大，壮大的速度比九黎更猛。相对来说，随着轩辕的名声大涨，龙族战士也更为强大。

自九黎的对外扩张吞并计划被轩辕破坏了之后，便一直受龙族的困扰，那群人总是阴魂不散地与他们作对，但又不正面交锋，总是偷袭了就跑，等你追赶之时，他又冷不丁地回头一击，而他回头给你一击之时，正是你追疲了欲退兵的时候。也就是说，龙族战士在你最想他出来与你作战之时，他总是躲着你，但当你最不想他出现之时，他又突然出现在你的面前，对你痛击。因此，九黎勇士一听说龙族战士，便一个头两个大，但是谁也没有办法，那些人个个都是逃命的好手，特能逃跑，而且其行踪诡秘难测。

九黎族不对外扩张还好，它对外扩张反而使龙族战士发展得更快，更迅速，几乎所有被九黎进攻的部落最后都依附了龙族。龙族战士是以战养战，不过每次他们打仗之时，都不会出现太多的战士，总只那么百余人去帮那些受侵的部落抗敌，打不过就走，然后这些部落自然而然地便投向了龙族，这种现象几乎让风绝和风骚气得差点昏死过去。不过，他们也没有办法可想，最后干脆便不对外侵略，省得吃亏不讨好，反而帮了夙敌龙族战士的忙。

龙族战士不仅这般壮大发展，更利用九黎的战俘来壮大自己。每次他们生擒了九黎或东夷的勇士和重要人物时都不会取其性命，而是以一人交换数名奴隶，或是更多。对于九黎来说，奴隶的命并不怎么值钱，但是那些勇士和某些人物却极重要，因此他们只好答应对方的条件，进行人质交换。这些奴隶在九黎或许没有什么用处，但是到了龙族战士的手中，用不了几个月的时间，就会变成龙族的精锐战士，而且这些人对龙族是绝对忠心，同时这些人还会去找自己以前的族人来依附龙族。因此，一变二，二变四，四变八，八变千百人，龙族也便这样壮大起来，像是滚雪球一般越滚越大。

许多人都无法理解龙族何以如此快地发展起来，但是只要知道其本质，就应该明白，这一切只是必然的结果，顺应时势而生，想阻挡也阻挡不了。

帝十也尝过龙族战士的苦头，那些人向来都是捉迷藏一般的与他们交手，东射一箭，西偷杀一刀，让人穷于应付。这些人从来都不与九黎大军正面交锋，可是谁也没想到，龙族大军一出，便是以势不可当的威势强劲出击，而且还一举夺下神谷，这可真是不鸣则已，一鸣惊人。

让人好笑的是，九黎一直都希望能与龙族正面交锋，可是一旦正面交锋之时，九黎人又希望这只是一场梦，这确实是一种悲哀。

“大王子可有派人去本部求援?”帝十问道。他也知道，在力量悬殊的情况下，唯有去求得本部的援兵才会有可能与龙族战士一战，因为大部分兵力都在本部之中。神谷内属于九黎自己的兵力有五百人，另外便是一些客卿元老在那里修心养性、练功，还有五百人则是由东夷其他各部调出的战士。

神堡建起之后，便成了连接神谷和九黎本部的重要基地，因此这里驻扎了七百战士，而在本部之中仍有一千余战士，另外若要调集兵力，便只有自其他各依附的部落中抽调战士。

此刻，少昊在北方攻打鬼方，从九黎也调走了数百战士。因此，九黎的实力尚不足三千兵力，但那也没办法，既然对方已经欺到自己的头上，总不能做一只缩头乌龟。何况对方夺得了神谷，这可是九黎的大门，绝对是要夺回来的。

“我准备让二弟调集八百勇士前来助战，另外不够的话，便自其他各部调人，无论如何，我们都要将神谷夺回!”风沙沉声道。

“看来也只好这样了，不过我们不应该给他们有太多的时间去巩固神谷，如果我估计没错的话，他们应该还无法在这么短的时间内将神谷中所有人都清除，至少奴隶营绝不是这么容易攻下的。”帝十突然间似乎想到了什么道。

第一百三十章　聚阴灭魔

风沙眼睛一亮，道："长老所说确有可能，奴隶营方圆近二十里，可谓是神谷中最大的一个小岛，如果对方只有千余人的话，绝不可能如此快地控制得了方圆近二十里之地。何况那里还有我们五百驻军，至少可以与他们相持一段时间，如果我们此刻攻击的话，等于是让对方内外受敌，他们定是无法控制谷中一切！"

"大王子所言甚是，那我们应该即速出兵才是！"一旁的众人听到这里也暗松了一口气，齐声附和道。

"奴隶营中的五百战士是由谁统领？"风沙向帝十问道。

"白虎神将！"帝十回答道。

"嗯，如果是白虎神将，他一定可以守上一阵子，何况奴隶营中有许多存粮。"风沙点头道。

"可是那里有八百名奴隶该怎么处置呢？"有人担心地提醒道。

风沙和帝十的眉头也皱了起来，心中忖道："是呀，要是这群奴隶也乱了起来，那可不好办了，只怕到时候白虎神将也没办法制止了。"

"有了！"风沙突地眼睛一亮，兴奋地道。

"大王子有何妙策？"帝十也精神一振，所有人皆精神一振，静待风沙说出其妙策来。

"立刻飞鸟传书给白虎神将，让他解开奴隶们的锁链，我们可以与奴隶们谈条件，只要他们帮我们拒敌，我们保证还他们自由，并给他们每人一笔丰厚的奖励。奴隶营中本就有兵刃，说不定我们也可平添八百生力军呢！”风沙兴奋地道。

帝十大喜，竖起大指指赞道：“大王子果然智慧过人，居然可以想出如此妙策，这样一来，龙族必败矣！”

一时之间，议事厅之中人声沸腾，人人都觉得风沙此计绝妙，实在是太好了，个个赞不绝口。

“其实，这应该感谢轩辕才对，此计乃是他教给我的，我便以他的计来攻他的兵好了。我倒要看看他会有怎样的下场！”风沙并不忌讳地道。

帝十想到轩辕，心不由得沉了下去，这次领龙族来犯的人会不会是轩辕呢？如果此次领兵的人是轩辕的话，以轩辕那过人的智慧，只怕风沙此计也很难行得通。轩辕此人实在太可怕了，无论是智慧还是武功，都足以让人心惊。帝十最怕遇到的敌人也便是轩辕，在与轩辕的屡次交手中，九黎好像还没有胜绩，便是整个东夷也找不到一次胜绩，好像轩辕便成了他们的克星，怎叫帝十不谈轩辕色变？

“长老在想什么？”风沙似乎觉察到了帝十表情的异样，不由问道。

帝十微微一怔，回过神来，有些尴尬地道：“没什么，只是有些心事。”

“是不是此计还有什么不妥之处？”风沙极为聪明，似乎已经感觉到帝十话语中有些隐瞒，或是话中有话，不由得再问道。

这次帝十想不说也不行了，他也没料到风沙这么固执，硬要打破沙锅问到底，不由吸了口气道：“我只是在想，如果这次龙族战士是由轩辕亲自领兵的话，只怕事情有些棘手，此人诡计多端，智勇双全，实是我见过的最为难缠的一个对手，是以我才稍稍走了神。”

风沙也微微一怔，旋又悠然一笑道：“长老不必多虑，其实我也怕是轩辕领兵来犯，我与长老深有同感，轩辕确实是一个极为可怕的人物。此人智计之高，便是天魔罗修绝领着五六千鬼方大军也惨败在他的手中，连罗修绝都以惨死收场，何况我们只是区区两千余兵卒？不过我早已知道，轩辕正率人西去，并未亲自出征，因此我们不必担心此人！”

帝十一听松了口气，但仍有些不解地问道：“轩辕一向行踪诡秘，大王子何以会知道他向西而去呢？”

风沙并不隐瞒，道："王叔之所以没有归返便是追踪轩辕西去，欲伺机除掉此人，我的消息是自王叔那里得来的。"

"哦，那太好了！"帝十大喜，又道，"就让我领兵去会会这群人好了。"

"不，我们应先飞鸟传书白虎神将，与之取得联络再说，我们不能孤掷一注。"风沙阻住帝十道。

帝十点了点头，知道事情确不宜操之过急，龙族战士即使没有轩辕也绝不容易对付。只凭这次对方能够神不知鬼不觉地夺取神谷，便知这龙族战士的领兵之人绝不是易与之辈。这些日子以来，龙族与东夷大小不下百战，交手过招之间，东夷总是难以占到任何便宜，便可知龙族之中人才济济。如果这次九黎稍有疏忽，只怕会落个败惨收场，不过帝十也挺佩服风沙，如此年轻，便有如此冷静的头脑，以如此冷静的角度去看问题。

"我已经派人在神堡四周查探了，看是否有龙族的伏兵。我们现在是不能有丝毫大意的，否则的话，一个不好，只怕连神堡也会保不住！"风沙认真地道。

"大王子真是心思细密，帝十受教了！"帝十听到这里由衷地赞道。事实上，风沙所想的一切确实是周到而细致，在九黎族中，风沙确算是首屈一指的人才，否则也不可能被少昊看重。

帝十虽然位尊权重，帝氏也是东夷一个强大群体，但是对风绝诸人倒是极为尊敬，就因为这几人都是了不起的人物。

风骚心中暗暗叫苦，他看清了那五彩的厉芒是何物。

是一柄剑，一柄仿佛拥有强大生命力的剑，只看那运行的弧迹，那速度，便知道这是极为要命的剑。

有满苍夷这个可怕的高手已经够让他头大了，再加上这样一个藏于暗处的高手，他如何还能再战？

叮……风骚返剑相迎，与那射来的五彩剑相触，强大的劲气冲得风骚自空中坠落下来。

风骚吃亏在与满苍夷那数击的力道仍未完全消退，再仓促阻这利剑，自然劲力无法到位。

风骚一落地，却发现那五彩之剑在空中打了个旋儿又折返回来，竟如活物一般认准了风骚。

风骚不由得惊呼："御剑术！"

哗……风骚声音未落，雪面便迸裂开来，无数的雪花、冰花如涛天巨浪一般向风骚攻到。

出手的正是跂燕，她的昆吾剑竟然未能削断风骚手中的剑，这让她感到有些意外，因此她也便自雪底攻了出来。

"风骚，今天便是你的死期！"满苍夷一声冷哼，也如一道电芒般飞射而至。

两道狂如海啸山崩的气劲自两个方向向风骚夹攻而来！

风骚几乎是心胆俱寒，在这个地方竟埋伏了这样两个强横的高手，只自两人中任意挑选一人便不是他所能取胜的，何况此刻竟有两个之多？这怎不叫他心惊骇然？

风骚简直是一点战意也没有，因为他知道，即使是他执意要战，也不可能有一成胜算。他曾在前日与满苍夷交过手，知道满苍夷的武功并不在他之下，甚至比他所学更为诡异，因此，今日风骚一见势头不妙，自然不想再战。明知道毫无胜算仍要去战的人，那是傻子。

风骚抽剑就走，不等满苍夷和跂燕合围之势成功便逃。他本就是以身法著称，只见他双臂一张，那披风自然鼓胀而起，竟同两只蝠翼，如夜空中的蝙蝠一般贴着雪面在如怒涛般的雪花冰花之底擦过。

"想走？没那么容易！"满苍夷一声冷笑，居然有人想与她比身法，那真是一个大笑话。她从来都不会认为自己的身法是天下第二，因此在风骚想溜之时，她感到好笑。

满苍夷的身形确实快绝，风骚才掠出十余丈，便已追近。当然，若不是风骚的身法确实了得，只怕根本就逃不出十余丈。

风骚掠出十余丈，更是大吃一惊，他发现自己所带来的那几十名好手，此刻正被杀得狼狈而逃，而在那里更有许多身手高绝的人物，如果他想自那里逃走的话，只怕会被另一群高手截个正着，是以他突然停下脚步，反身出剑！

满苍夷微微吃了一惊，她正快追近，倒没有料到风骚会反身攻击，不过她的身法何等快绝，风骚出剑之间，她的身子微侧，便已自风骚身侧划过，同时以极乐神弓那利如刀剑的弯角自侧面挑出！

风骚也似乎料定自己的剑不可能刺中满苍夷，因此他只用了五成功力，正因如此，他能够以最快的速度回剑相阻。

叮……剑与弓相击之时，风骚已自下盘踢出连环十八脚。

满苍夷对风骚出招的速度和力道也不由得另眼相看，当然，她知道眼前之人绝对不是个弱手。因为他们已经有过一次交手的经历，只是那次她一心欲走，并未与风骚正面交锋，所以真正的交手应是这一刻才开始。

风沙正在仔细分析前往神谷路线之时，探报归返。

"报大王子！"探报一躬身，神色间略有欢颜地道，"果不出大王子所料，在神堡西侧似乎伏有两三百龙族战士，这些人之中仿佛有战鹿。"

帝十一听大喜，不禁扭头望了望风沙，似乎在说："现在该怎么做？"

"哦。"风沙望了望那探子，点头道了声，"好！"又向帝十问道："长老有何想法？"

帝十佩服地道："若非大王子小心，只怕我们贸然出击，就会立刻遭敌伏击，看来这两三百人是专门为神堡而设的。"

"不错，他们定是料到我们会出兵，所以预先在此设下伏兵，虽只两三百人，但若之中夹以快鹿的话，其结果实难预料，说不定还真会将我们的援军杀得大败呢。"风沙肯定地道。

"他们也真够狠，不过，现在我倒要让他们有来无回！"帝十恨恨地道。

"不错，神堡周围的敌人不清理，将无法出兵，这就交给长老了，长老可以领五百人清剿他们后，立刻前去神谷解围。"风沙肃然道。

帝十欢喜领命，他的心早就跃跃欲试了，就等风沙说出这话。

“还望长老一切小心！”风沙再一次叮嘱道。

帝十自也知道这是非常时期，绝不能够有丝毫大意，否则输掉的不只是他自己的生命，更有九黎的大业，这可以算是九黎有史以来最大的一次危机。

满苍夷在雪面之上倒滑八尺，其速不谓不快。

风骚连踢出的十八脚全都击空，便在最后一击之时，他脚尖一挑，地面上的积雪犹如一幕雪雾般罩向满苍夷的视线。

啸……跂燕的昆吾剑以最快的速度射至。

风骚无可奈何，手中的剑在虚空中一圈，他实在不想再与这两大高手纠缠下去，这两人的武功确实都不在他之下，再战下去的结果唯有死路一条。而刚才对付满苍夷所取得的效果只是因为他作出了让满苍夷没有料到的决定，杀得满苍夷措手不及，但若是真的与满苍夷面对面交手，能不能抢得这种先机还很难说。如今他好不容易抢到了这个先机，只想用来逃命，哪还想被跂燕缠住？

叮……昆吾剑在虚空中被截个正着，风骚借力反向山头之上弹去，他必须尽快离开这里。

跂燕的御剑术尚不够纯熟，在攻击之上，主要是想利用昆吾那无坚不摧的神锋，但是遇上了风骚手中的剑并不害怕昆吾之时，其御剑术便大打折扣了。

风骚手中之剑正是昔日凤妮赠给花猛的辟邪神剑，同样是神族的十大神器之一，虽不及昆吾，但却可抗拒昆吾神锋。当日花猛身陷神谷之时，辟邪剑便为风骚所得，其实风骚并不善用剑，但是却知道此等神物必有用处，却没想到今日竟用来对付昆吾和极乐两大神器，实是一种侥幸。如果不是这柄神剑，他只怕早已经败在昆吾和极乐之下了。

跂燕快步赶上，风骚却向山顶上冲去。

满苍夷破开雪雾，风骚已远去数丈，跂燕握剑自横向追截。

风骚似乎也知道跂燕的御剑之术并不精到，否则绝不会被他轻易摆脱攻势，同时他也暗暗庆幸幸亏如此，否则只怕仅凭这柄飞剑就可以把他缠得死死的，又哪里还能有逃的机会？

跂燕也似乎明白御剑之术对风骚并不能取到多大的威胁，因此她便只好弃御剑术不用，持剑而追。

满苍夷也大恼，竟然被风骚耍了一手，这对她来说确实是一种讥讽，但是也没办法，只好咬牙再追了。她绝不会让风骚逃脱，不过她不相信风骚能够逃脱。

这次风骚确实失算了，以他所带来的高手，在没有破风和盘古氏兄弟的相助之下，想与轩辕的人马一较高下，那实是一种极为错误的做法。事实上风骚也只想对轩辕身边的人加以暗算，这才急跟轩辕身后欲寻机会出手，可是却没有料到反而中了轩辕的伏击。

在正面交锋之下，轩辕身边高手如云，而风骚这群来自渠瘦和花蟆的好手虽然也不差，且在人数上占着优势，但作为战斗力来说，却相去甚远。在这种情况下，他们唯有惨败一途了。

风骚自然知道，如果与轩辕正面交手的话，胜算是微乎其微。因此，一旦双方正面交锋，他便只有选择逃走一策了。不过，这群跟他而来的人没几个是自己人，多是渠瘦和花蟆人，因此即使是死了也不可惜。对风骚而言，自己的生命最为重要，除此之外，便是他的族人，对于外人，他根本就不会在意。

事实上，此次风骚仍有些大意了，只是他有些不明白，何以轩辕会知道自己已在他们的前面？而且在路上结网以待。如果换成是风骚，一定认为敌人会是在前方的路口设伏，而绝不敢肯定敌人会在自己的身后，这或许是天意。不过，一切都已经成了定局，不用再去想得太多，对风骚而言，只要自己能够逃命便行了。

跂燕的速度相较于风骚来说，尚要逊色一筹，比满苍夷更是相去甚远，她根本就没有办法截住风骚。

风骚起步在先，又与满苍夷之间拉开了数丈距离。因此，满苍夷想追上风骚也不是一件容易的事，因为风骚一路向山顶上奔掠，随时踢下石头撞向满苍夷，这使得满苍夷的速度打了一些折扣。

跂燕一见势头不好，忙御出昆吾剑，风骚踢下的石头皆被昆吾剑击毁，洒下一地的石屑，这样为满苍夷开路，而使得满苍夷再无顾忌，速度陡增。

风骚此刻倒也没办法了，他自不可能留下来去防守跂燕破石之剑。

风骚不踢石头，跂燕就以昆吾剑干扰他的速度。最让风骚头大的便是跂燕的剑可以脱手出击，而且运转灵活自如，使他不能不分神应付。不过，几人的速度何等快捷，只是眨眼间便已向山顶之上奔行了数里，如今山顶也快到了。

山顶的风极大，风骚似乎有些慌不择路，当他奔至山顶之时，满苍夷仅距他五丈，跂燕却在十丈开外。

风骚奔至山顶不由得傻眼了，这山顶纯粹是绝路，无路可通，只有一个深达数百丈的高崖，崖底一片积雪，在阳光之下闪烁着一种异样刺眼的光彩。

满苍夷和跂燕显然也自那异样的风速中感觉到了异样，其实自侧面，她们已经看到了这是一面绝崖。因此，两人皆放缓脚步，缓缓向崖顶逼去。

“风骚，今日就是你的死期!”满苍夷冷冷地道。

风骚猛地扭头，面对满苍夷和跂燕，衣衫和发髻在猎猎山风中呼呼作响，但他的表情竟然显得异常平静。

跂燕也笑了，手中的昆吾剑横架身前，冷笑道：“如果你有胆就自这里跳下去!”

满苍夷依然是步步紧逼，对于风骚这样的高手，即使是做困兽之斗，也不能不小心。

风骚怪异地一笑，手中的辟邪剑一摆，身子一转，大步抢上山顶最高的石顶，纵身一跃，竟然真的向那数百丈的绝崖之下跃去。

“想逃？没那么容易!”满苍夷冷哼一声，身子一旋之际，立刻抽出极乐神箭抢步而上。

跂燕也不由得呆住了，风骚竟然真的自这里跳了下去，这数百丈的高崖岂是人所能抗拒的？可事实上风骚居然如此轻松地跃下了。当她赶到崖边之时，只见风骚已如一只展翅的大鸟一般向山崖底下飞坠而去。

啸……极乐弓弦一响，极乐神箭破风追出，以肉眼难觉的速度直追风骚。

满苍夷绝对不会放过风骚，她岂会不知风氏兄弟皆有一双蝠翼？对于这种高度，完全可以借风势滑行而下，并不会受什么伤。当日风绝便是自东山口的崖顶飞速滑下的，虽然这比那高了十倍，但想来风骚也应该有逃命之法，因此满苍夷仍要落井下石地射出这绝杀的一箭。

“呀……”风骚的惨叫应风而至，但已很微弱了，山风几乎将那声音撕碎。而风骚的躯体带着一蓬血雨如陨石般向山谷之底坠去，一代魔头便这样死于高崖之下。

帝十整军而出，行动极为利落，既然已经知道了龙族战士所伏的方位，他便可以有针对性地用兵，誓要将这群试图偷袭神堡的人扫除干净，给龙族战士来个下马威，让他们看看九黎战士并不是吃素的。

帝十所领五百精锐战士，分三面而出，以如此优势的兵力，要去对付神堡周围的龙族战士，绝对不能有失。

事实上，帝十已经输不起了，若是此次他的行动有失，只怕丢的不仅仅是神谷，更会是神堡，甚至是整个九黎族了，这绝不是夸大之词。

只凭那攻占神谷的一千多龙族战士，便足以对九黎构成了强大的威胁，但帝十知道，龙族战士绝不会只有这一批人，据九黎的估计，龙族战士最少应该在三千余人以上。因此，如果他稍有疏忽的话，整个九黎都将陷入万劫不复之境，是以帝十不得不处处小心谨慎。

帝十再一次派亲信去探查，确实证实了有一批人潜伏在神堡的西面，至于具体的人数却是很难确定，但估计应在两三百人左右。帝十也怕打草惊蛇，因此并不让人太过靠近那群伏兵，以防引起对方的警觉，到时只怕会将事情弄糟弄复杂。

帝十的五百精锐战士之中有两百快鹿骑，作为攻击性的战旅，这两百快鹿骑所取到的作用便像利箭的刃口。

叶皇定营于已清理之后的谷主殿，这里的破坏并不是很大，而关于秘道之类的也加以清理，因此他选择此地作为大营而主持神谷的大局。

此刻柔水、蛟龙与叶皇正在商讨如何去对付隅守于奴隶营的东夷战士，虽然他们占了人多的优势，但是在那方圆近二十里的地方，他们这千余人的力量仍显得单薄了一些，并不能够完全控制住所有的局面，皆因这之中有着八百多奴隶。

“报!”韩雁大步行入殿中，向叶皇、柔水和蛟龙行了一礼。

“属下擒到了由神堡放出的青鸟!”韩雁将手中所捧的一只青色羽毛、几有山鸡般大小的鸟儿向叶皇面前一递，禀道。

叶皇和柔水诸人这才见到韩雁手中那颜色怪异的鸟儿。

叶皇知道韩雁和始鸠两人都是养鸟捕鸟的高手，抓住此鸟定有深意，不由问道：“此鸟可是用来传讯用的?”

“是的，这里还有一封风沙写给白虎神将的信笺。”韩雁自鸟爪之上取下一个小竹筒道。

“好，快看看上面写了些什么。”叶皇大喜道。

柔水接过小竹筒，掏出其中的布帛，抖开一看，不由吃了一惊，忙又将布帛递给叶皇和蛟龙。

叶皇和蛟龙一看，不禁面面相觑，然后同声道：“太好了，真是天要亡他!”

“此人真不能小视，竟然想得出这一计，确实厉害！幸亏我们截下了青鸟，否则只怕还真会吃上大亏!”柔水肃然道。

“对于这人，我们确实要小心一些，如果那八百奴隶真的与东夷人并肩作战，那我们的损失只怕会是极为惨重，我们绝不可以给他们这样的机会!”叶皇认真地道。

“不错，看来我们不能给太多的时间让他们说服那些奴隶，而要给他们来个一击致命！”蛟龙杀意顿起。

“可是这里地域太广，我们的战士也不可能搜遍每一个角落，在这里若不步步为营，他们完全可以偷袭我们。”柔水提醒道。

“至少，我们知道奴隶干活的地方，我们完全可以迅雷不及掩耳之速去捣掉奴隶干活的地方，将奴隶全部放出来，那时候他们便无法利用奴隶这一着棋了，而后我们再步步为营也无所谓！”蛟龙断然道。

“看来也只有如此了，唯有先安顿好了这些奴隶之后，我们才能够有更多的精力去对付神谷这群残兵！”叶皇道。

“事实上，即使是这群奴隶与他们合作，我们也不用担心！”蛟龙神色一动。

“哦，你何以会如此认为？难道你有什么更好的办法？”叶皇讶然问道。

“这群奴隶其实很好处理，只凭我们龙族的声誉便可以打动他们。而龙族的战士有很大一部分皆是来自奴隶兄弟，相信这八百奴隶之中定有许多人曾与我们的战士相识，或是其以前的族人。只要我们组织出这些人在对阵之时发力高喊他们的名字，唤起这八百奴隶们的记忆，那这些人定会想到九黎昔日让他们所受的痛苦。尽管九黎会给他们好处或自由，但这是在别无选择之时的承诺，而在相同的条件下，这群奴隶一定会心向我们，因为他们那些旧识的话是最值得信赖的，也让他们相信我们一定会善待他们。所以，临阵之时，这群奴隶定会斗志全失，甚至临阵倒戈，那时九黎只会是自己搬石头砸自己的脚，我们根本就不用去担忧！”蛟龙似乎极为有把握地道。

柔水和叶皇一听，皆大喜，点头应和道：“蛟兄弟此话甚是有理，看来九黎此战是必败无疑了！”

“九黎之败，乃是上天注定，谁也更改不了的事实！”蛟龙自信地道，眸子之中更露出了一丝异样的神采，仿佛可以看到即将大胜而归的场面。

“那蛟兄弟估计神堡方面会作出什么反应呢？”叶皇极为客气地问道，他对这个年轻人也同样十分看好，事实上，轩辕身边的年轻人个个都是极有个性，也都极为优秀，包括蛟龙、黑豆、姬成、木青之辈，另有凡三、花战诸人，无一不是资质上佳的人才。而蛟龙在这数月一系列的表现中，颇有种大将的风度，完全可以与少典神农分庭抗礼。尽管蛟龙昔日与轩辕之间存在着极大的矛盾，但是轩辕却大度地包容了他的一切，直到后来轩辕救回了蛟梦，雁菲菲为轩辕舍身，且轩辕极重情义的表现，使得蛟龙芥蒂全释，而后轩辕救回蛟幽，蛟龙已对轩辕心服口服，知道自己与轩辕之间的差距，而且明白轩辕所做的一切，也只是为了一统乱世的大业。因此，他一改昔日的态度和脾性，更勤学，更重视自身的修养和整个大局。因此，可以说此时的蛟龙与昔日的蛟龙几乎是完全不同了。

蛟龙确实变了，便是蛟梦也清楚地觉察到了这一点。事实上，轩辕身边的每一个人都发生了变化，包括蛟梦自己。轩辕的所作所为，轩辕的每一种心态，都仿佛在潜移默化地改变和重组每一个人，这些人都在不知不觉中改变，更有斗志，更有活力，更为明理。无论是武功还是在看待事物的角度上，仿佛都有一个全新的改变。当然，改变最大的还是轩辕自己。

轩辕的魅力是无可否认的，他的重要性也是无可替代的，就像是一个智慧的源泉，任何跟随他的人，都可以自他的身上学到许多东西。而跟随着轩辕日久的每一个人，都仿佛有足够的能力独当一面，就是因为轩辕天马行空的思维，使得他身边的人学会了思考，学会了从多个角度去思索，这便是轩辕的魅力所在，因为他总会说一些跳跃性的话，只有在思索之后才能更深地体会出轩辕的话意。

当一个人学会了思考之后，自然会改变。

蛟龙望了叶皇一眼，他不知何以叶皇又要提起这个问题，这是他们曾经设想很多种可能的问题，而叶皇再一次提出来，是否有何深意呢？不过他依然说出了自己的看法。

“神堡当然会作出反应，神谷可谓是九黎的大门，他们绝对不会让这扇大门落入我们的手中，绝对会出兵来救。只看风沙此次青鸟传书，就知道神堡定会很快就要出兵，这是为白虎神将诸人争取时间和空间，转移我们的视线。不过，我们早已在神堡外布下了三路伏兵，料想风沙此次唯有束手就擒的份了。”

“嗯。”叶皇点了点头，但又忧心地问道，“如果风沙发现了我们的伏兵，那岂不是将要前功尽弃了吗?”

蛟龙的眉头微微一皱，道：“确有这种可能性，但是即使如此，他应该不会如此精明，因为我们故意安排一路伏兵暴露目标，他们定能够吸引风沙的注意力，而另两路人马则以骑兵为主，并非在神堡周围，若对方想远途搜寻的话，便很难不惊动我们的第一道伏兵。风沙是个聪明人，见了我们的第一道伏兵之后，绝不会打草惊蛇，而他发现神堡周围真的只有一路伏兵时，甚至会大意，更不会想到我们会在远处设下两支骑兵。”蛟龙悠然道。

“嗯，蛟龙说得甚为有理!”柔水点头应和道。

“事实上，我们所谈的伏兵，并不是直接针对神堡，而是要诱出神堡之中风沙的兵力加以歼之，而后才是攻战神堡之时。我们那故意暴露行踪的战士只是一个诱敌出巢的饵，他们一定会以为我们只有这么些伏兵，甚至想将我们这些伏兵一举成歼，但这个时刻将是他们的死期!”蛟龙极为自信地道。

“但是我们的兵力能够将他们一举歼灭吗?”柔水仍有些担心地问道。

“自然能够，神堡之中的总兵力只在七八百之间，如果风沙不想神堡空虚的话，至少要留下两三百精兵护卫，那他们出战之兵便只在五百人左右。而我们的三路伏兵各为两百人马，又是以骑兵为主，三路冲击，他们唯有死路一条!”蛟龙断然道。

叶皇点头微笑，道：“如此好极，那神堡之事便全交给蛟兄弟了，由你去主持大局，相信比谁都合适!”

蛟龙并不推让，笑了笑道：“那我这便去了!”

“好!”叶皇起身相送，同时向韩雁道，“传书玄计、苦心，听候蛟龙的安排，更立刻组织战士突破奴隶营地，然后以灵鸠找出那群残兵的方位，倾力出击!”

韩雁在一旁听着蛟龙所说的一切布置，不由得大为佩服，更是信心大增，仿佛眼前已经大胜了一般。

少昊大怒，有熊居然在他的眼皮底下接走了两批鬼方的降伏之卒。

这群鬼方的降部皆是在那群自有熊归返的战俘的带领下，偷偷地越过少昊的防线，抵达十大联城。

熊城方面，对鬼方的战事关注极为密切，边防上更是做得天衣无缝，更早就料到这些鬼方的小部落会越过战线来投。

事实上，少昊对鬼方的封锁存在着极大的漏洞，在那地广人稀、风雪弥漫的极北之地，要想封锁所有的路口，即使是有熊也难以做到，因为塞北的地势并不是太险要，哪里都是路，无险隘坚关，而少昊更不敢倾全部的力量出击。因此，要想封锁每一道关口那是根本不可能的，他所施行的战略便只有掠夺和抢杀，若是他将战线拉得太长，一是经不起鬼方的冲击，二是害怕有熊的出击，这便使得少昊无力照顾全局。

其实，少昊作出攻击鬼方的决定也是一种痛苦的举措，他没有料到鬼方人居然仍这般顽强，竟死战到底。尤其是刑天部和荤育部，这简直是两块又臭又硬的石头，让少昊恨之入骨。他本以为鬼方的天魔一死，那些精锐战士和风魔骑几乎是全军覆灭之后，鬼方再也不堪一击，想趁机捡个便宜的他，反而陷进了一种苦战之局。反倒是有熊，成了作壁上观看热闹捡便宜的一方，这怎叫少昊不气？不恼？不怒？不恨？

轩辕知道，自己可以松了一口气了，这一路去崆峒的路上，他也不想再遇到什么样的变故。事实上，他也怕再经历太多的折腾，此刻他的状态可谓是极为虚弱。

风骚以这种方式结束他的一生也算是报应，不过，在花战诸人下山寻找风骚的尸体之时，却并未见到其尸，只发现了一摊血迹，以及那柄掉落在离血迹有数十丈外的辟邪剑。

风骚究竟是否已死，仍不能确定，但对于这样一道绝崖来说，自上面落下能够不死，那定是个奇迹，而且他身中极乐神箭。

当然，这个世上的奇迹并不少，再多一件，也没有多少人会怀疑。不过按崖下情况的分析，风骚应该是自己爬走了，那血迹一直延伸到一条小河边，然后终止。如果不出意外的话，风骚定已入河，让水流将自己送远而避免遭受轩辕等人的继续追杀，但是此刻的水温之冷简直令人受不了，即使是入水，以风骚的伤残之躯，便是不被冻死，也不会好到哪里去。

满苍夷的极乐神箭岂能易与，不过由于风骚的身子是在虚空中浮动，极乐神箭可能会稍有偏失，无法射入致命之处，这很可能便是风骚仍能爬离山崖的原因。

不过，此次风骚所带来的好手几乎是全军覆灭，这些人本是想赶到轩辕的前面，然后见机伏击，谁知却被轩辕引到绝路之上反遭伏击。这确实是一种悲哀，事实上，以轩辕身边的这群高手，除了太昊、少昊、蚩尤及破风这等级数的高手亲自出手外，否则很难对轩辕构成威胁。对于这一点，轩辕很自信，是以，此刻他大概可以安心地前往崆峒了。

太昊和少昊滞留于鬼方，蚩尤有伤未复，破风更是铩羽而归，即使是像风骚这样的角色也不多，是以轩辕绝不担心这一路上再有人对他构成多大的威胁。

现在最大的问题便是去找来一些坐骑，以代步快速赶到崆峒，顺利结束这次的行程。若是没有坐骑代步，还不知道要走多长时间，而且路上若耽误太长时间，很可能会发生许多意料不到的变故，那可就不太乐观了。

帝十领着大军悄然而出，一切的行动都极为小心，这是一场绝不能有失的战斗，否则他将成为九黎的千古罪人。

不过，帝十心中暗暗高兴，因为行动似乎极为顺利，到他们逼至龙族战士营地一里之外时，龙族战士似乎犹未觉察出来，这当然是一件好事，这也使帝十暗对龙族战士多了一分鄙夷轻视之心。

帝十不敢先动用快鹿骑，因为在这种环境之下，若是龙族战士设下陷阱，只怕会使快鹿骑折损许多，这是他不愿意看到的。

虽然快鹿骑用来偷袭确实能收到极好的效果，但快鹿骑用来追杀敌人则更妙，这群龙族战士本也是准备伏击的，因此设有机关自是难免。

龙族战士并未扎营，只是在山坳之中仿佛是待命而动，远远望去，有的倚树，有的打瞌睡，有的在草丛间、树干后，有的在树梢之上，不过皆比较隐蔽，在树叶树枝的遮掩之下，一个个身影似有些模糊不清，隐隐的。不过，这些并不重要，重要的是确实有这么一些人存在，那样，帝十所领之兵就可以给对方致命的一击！

喳……前进的东夷战士终于遇到了陷阱，尽管他们已经十分小心自己的行动，可是有时候总难以避免地触到龙族战士所设下的机关。

龙族战士的机关都是极为精巧细致的，这群人能够设计出让东夷人惊讶的东西，因为这群人很多都是最下层的奴隶，手脚总难有得空闲，在长期劳作之下，一个个都有一双巧手。因此，这些人能设计出许多让人心惊的机关。

“杀……”帝十知道，此刻是出击的时候了，即使是走进了陷阱区，他也不能再有半点犹豫，否则让对方觉察到了，那只怕会是一场苦战。唯有此时以最快的速度出击，方能够迅速击溃龙族战士的防守圈。

“杀……杀……”九黎战士齐声高呼着向山坳之内冲去。

山坳之中的龙族战士仿佛如梦初醒，有的自树上惊跳而下，一时箭雨狂飞。不过，他们似乎明白了一些什么，所有的人都向后急撤而去。

帝十冷笑一声，这群龙族战士并没有他想象的那么多，只有百余人，不过这百余人所射箭矢的力道极强，可是在仓促遇敌之下，也唯有退逃。

但帝十岂会让这些人逃掉？一声长啸之时，自左路也杀出了百多名九黎战士，呈两面夹击之势。

“撤……”龙族战士的头目乃是玄计，他仿佛知道自己已经中伏了，不禁呼喝着让人撤离。

龙族战士人人且战且退，这些人退走的速度极快，借树木的掩护，一边以劲箭外射，一边集中地向后退，他们似乎早已想好了退路。

帝十所领的那些步卒，在奔走的速度上，似乎都要逊于这群龙族战士一筹。

这便是龙族战士的厉害之处，九黎人并不是第一次领教龙族战士的这些本领。在屡次作战之中，龙族战士多是凭其极速的行动速度而摆脱九黎人的追踪，也总是神出鬼没得让九黎人头痛。

这一点帝十并不意外，他还知道这是因为龙族训练战士的第一课便是训练其身法和步法，以速度为主，但这种能使人奔跑速度倍增的功夫，帝十一直都不知道是什么功夫，也一直无法窥得其全貌。因为他所擒的人都只是龙族之中的一些普通战士，还从未曾擒到龙族的重要人物，而这些普通战士只知接受强化训练，根本就不知道这是何种身法。

事实上，轩辕当日在训练龙族战士之时，都是将部分神风诀融于一些基本功夫之中，让龙族战士习练。因此，一般龙族战士根本不明其中要领。所以，帝十无论如何拷问，其结果仍是一无所知，这使得九黎人极为丧气，他们很想擒一些龙族的重要人物，但是这些人物都很狡猾，也潜得很深，使得九黎的计划每每落空，反倒是九黎的许多重要人物经常落在龙族战士的手中。

不过，此次帝十是有备而来，他早已料到，龙族战士最后会以高速撤离，这是龙族战士的一贯做法，因此他并不惊讶。

帝十的两路九黎战士合在一起，在龙族战士之后紧追不舍。

玄计诸人似乎是从容而退，也似乎极为狼狈。

“杀!”一阵急促的蹄声响起，九黎的快鹿骑也自侧面杀了出来。

这正是帝十伏下最具杀伤力的一支劲旅。

玄计吃了一惊，高呼：“向山谷中撤!”

帝十也一呆，立刻记起了这是葫芦谷周围，再向前半里就是葫芦谷了。

葫芦谷，只有一个不甚宽阔的入口，而且是一个死谷，四面都是断崖。

当然，葫芦谷中的断崖都不是很高，高处有十余丈，低处却只有三四丈，但对于战骑来说，如果他们退入葫芦谷，只会是一夫当关，万夫莫开，那时只能凭借步卒自四面的崖壁上爬下去攻击了。

葫芦谷其实并不大，只有数十亩之地，因此九黎并不想拿这样一个死谷来作为自己的本营，也不想对其进行开发，因为没有什么利用价值。

葫芦谷之中杂草丛生，也有许多树木，这确实是一片死域。

龙族战士仿佛是病急乱用药，慌不择路地便向谷中退去，后面只有三十余名弓弩手在谷口断后，似乎已经忘了进入这个地方只是死路一条。

九黎的快鹿骑追到之时，龙族战士基本上都退入了山谷中，虽然他们赶来射杀了二三十名龙族战士，可是在龙族战士的一轮劲箭之下，将快鹿骑的攻势阻住了，也伤了几骑。

帝十追到葫芦谷口，被乱箭逼住，这谷口确实比较小，只能并排通过两骑，但相对人来说，还是很宽阔的，战鹿想进入则要付出相当的代价。而帝十却不想将自己的战士过多地浪费在这里，他的目标在于解救神谷，若让他的快鹿骑在此与龙族战士交手，这无必要的损失他的确舍不得。因此，帝十只好命令全军在谷外止步。

第一百三十一章　死谷之战

帝十望着葫芦谷，不由得冷冷笑了笑，这些人似乎很笨，竟然会退入这样一个死谷中。

“我们现在该怎么办?”帝放悄声问道。

“他们这只是在自寻死路，你领二十人上谷顶，自四面向谷中放射火箭，我要让这群人变成烤猪，也只有这样的笨人才会做这种笨事!”帝十杀意凛然地道。

帝放一听大喜，这确实是一条毒计，此刻已是冬天，草木皆枯，天干物燥，只要向谷中投上几堆火，这个葫芦谷定会全部燃起来，想救都救不了。那时他们只要守住谷口，龙族战士就唯有死路一条，如此看来，龙族战士确实慌不择路了，否则的话，断然不会盲目地逃入这样一个死谷。

当然，如果龙族战士不逃入葫芦谷的话，也难逃过快鹿骑的追杀，以快鹿骑来去如风的速度，即使是龙族战士的速度再快，也是难逃厄运，这是肯定的。因此，也不能说是玄计的决策错误。

帝十亲自执弓守在葫芦谷口百步之处，这一个距离，绝对可以拿谷口的活物作为箭靶。只要龙族战士受不了谷中的炎热而奔出的话，便将成为箭靶，唯有死路一条。

谷口相候的，自不只是帝十一人，还有九黎族的数百战士。

每个人的神情都极为肃穆，战云仿佛在这片天空之上弥漫出一层沉重的死气。天空中的阳光本极为明媚，但是在这层死气的相衬之下，反而显得有些凄惨而阴森。

刑天部和荤育部的人也大怒，竟然有人在这种关键的时候去投奔有熊，这对军心的影响不可谓不大，这怎不让刑天震怒？

魔奴也大为震怒，他们在与少昊拼死拼活，可有些人却只顾自身的利益，去有熊谋求生路，这简直像是给了他一记闷棍。

有人去投有熊的消息如插上了翅膀一样，很快传遍了每一个鬼方人的耳朵，就像当初那群战俘无恙地自有熊归返的消息一样，被人越传越神。

什么有熊派人在边境十里相迎呀，什么有熊的太阳亲自来接呀，什么轩辕给这些投奔的人发放冬衣呀等等消息，传得不亦乐乎，而且每一种传说都似乎是说有熊极为亲切，极为热情，仿佛这世上唯有有熊才是天堂一般，一个个都把有熊人传得好得不能再好。

而有熊族的战士在熊城远处与东夷展开了几战，这是鬼方人尽皆知的，许多知情的人都明白这是有熊在接应投降的人，帮助他们阻挡东夷的追杀。

刑天简直是气坏了，但他无法控制族人浮动的心绪，这些人也都向往起有熊来，许多人也甚至起了欲投靠有熊的念头。与其在这里没完没了地苦战，倒不如去投靠有熊，求得平安与和平。

魔奴对有熊那自是恨之入骨，对天魔罗修绝，他是绝对的忠心，而轩辕竟要诡计杀了天魔，他自是将轩辕视为大仇人。可是他知道，轩辕此刻可不是好惹的，凭他们的实力根本就不是人家有熊的对手，连天魔都大败于轩辕之手，他则更不用说了。因此，他并没有想去报仇的念头，但是他的许多族人竟然投降于有熊，服于轩辕的手下，这怎叫他不怒？怎叫他不恼？

刑天知道这样下去的话绝对不行，因此，他不得不紧急召开一个会议。

这次会议，几乎聚齐了刑天部、荤育部、土方部、泌曲部和血鬼部的所有重要人物。

而昆夷诸部因都在太昊的紧逼之下，根本就不可能前来赴会。因此，刑天只好将那几部放到一边不去理会，先清理他们这几部的内部情况。

魔奴无法不伤脑筋，唯有不住地激励士气，但是，他无法根除深种在鬼方子民内心深处的思想。因此，他只好硬下命令，谁若叛族，杀无赦！

刑天召集了所有自熊城归返的战俘，警告他们谁若再宣扬有熊的好处，定斩不赦，更不可以离开刑天部和荤育部。

一时之间，鬼方诸部人心惶惶，更有许多人敢怒不敢言，心生怨愤，尤其是那些自熊城归返的战俘，更是心生不满，因为刑天的这命令便等于是限制了他们的自由，想出刑天部和荤育部都不可以，这在熊城当战俘之时都不会如此，怎叫他们不怨？但这命令乃是刑天所下，谁敢不遵？

天魔一去，鬼方便是刑天做主，因此刑天的命令就是最高的行为标准。不过，当初回归的战俘此时也只剩下一两百人仍留在刑天部和荤育部，余者要么是其他部落的，要么都已经领着家人降伏于有熊，这对鬼方战士的心理打击极大。

昆夷部也听闻了刑天所颁布的命令，也听说了关于有熊出兵接应降兵的消息。因此，他们本来犹豫的心都开始松动了，渐渐倾向于有熊。

毕竟，他们也向往安定，向往和平与幸福，此刻刑天部和荤育部无法照看他们，他们只好自谋生路，找寻自己的归宿。降于太昊，那是不可能的，因为彼此之间的仇怨已结得太深，而且，他们若是降于太昊的话，只能成为伏羲氏的附庸，这是他们所不想发生的事情。而降于有熊，则可以得到平等地对待，甚至可以加入华联盟。

事实上，关于轩辕所建起的部落联盟的情况，早已传遍了许许多多的地方，当然也瞒不了鬼方，何况那些战俘更是传递讯息的使者，还为有熊大肆宣扬了一番。因此，华联盟则成了弱者的天堂、强者的乐园，一片和平与安静的乐土自是战乱中人们所向往的。

昆夷部和严允部诸人自然也不例外，因此，他们决意降于有熊，但这却是一件大事情。

这确实是一件大事情，这将关系到昆夷部、严允部、舌方部、林胡部，甚至是山戎部这数千子民和战士的安全，他们不得不慎重安排一切，不得不仔细地策划和计算。他们可不像那些小部落，只有几十人或二三百人，可以轻易地越过少昊或太昊布下的防线。因此，他们必须要熊城或是华联盟作出一个让他们感到心安的承诺，他们才敢举族行动。

经过数番思量和商讨，他们终于派遣出使者前往熊城，让熊城想出一个能够确保他们族人安全的方法，他们才会降伏，而且熊城还得想出一个合理的方案。

他们实在不想再去为鬼方这个烂摊子承担罪孽了，更不想与刑天部、荤育部合作，只看眼下的局势就可知道，所谓的合作关系已经名存实亡。刑天和魔奴似乎并没有将他们几部考虑进去，而且一东一西，相隔数百里，也难以联系上，这是一种悲哀，但也只有在悲哀的情况下才会作出最绝望的决定！

这也是一种赌博，究竟是赢还是输，唯有听天由命。

帝放刚爬上谷顶，突地一阵乱箭破空而至，如蝗雨般洒过。

帝放吃了一惊，他没有料到，在谷顶竟然还会有人伏击，一时之间，竟被杀得措手不及。

帝放还算了得，避过了这一劫，却惊出了一身冷汗。与他同来的二十余人，一时之间损失了十数人，这些冷箭确实是防不胜防。

帝放只好向谷外撤，他根本就不知道谷顶究竟埋伏了多少敌人，但他知道，以他这几个人的力量根本不可能完成任务。正当他欲退之时，蓦地听到葫芦谷外一阵急促的蹄声传来，他还没明白是怎么回事之时，已是喊杀声四起。

帝放扭头一看，只见一队骑兵持枪背弓，见人就杀地冲入了他们所在的包围圈，更杀入了他们的人阵之中。

这群骑兵所乘之物非鹿非牛，却是清一色的战马。

那膘壮的健马，那修长的马腿，扬起了一片嚣乱的尘土。马嘶之声四起，鹿鸣、人叫、弦响……一切的一切，都变得极为混乱。

帝放吃了一惊！

不仅仅是帝放吃了一惊，便连帝十也大大地吃了一惊，不知道这是自哪里杀出的一队如此装备的骑兵。

这些人个个都是神箭手，射出两轮箭雨之后，挂弓摘枪。

重枪长挑近刺，砸、劈、点、戳，只杀得九黎战士人仰鹿翻。

快鹿骑迅速迎上，但是在这一队铁骑的冲击之下，快鹿骑竟也溃散。在冲击力之上，战鹿较之战马，逊色不止一筹，虽然鹿角也是利刃，但马儿的长嘶之声几乎让鹿惊得不受控制。

战马的铁蹄更是腾空踢踏，见人张嘴就咬，那种场面几乎让九黎战士惊叹了，他们似乎从来都没有见过如此阵仗。他们哪里见过如此凶恶的坐骑？简直比野牛还要可怕。

“杀啊……杀……”帝十阵脚大乱之时，葫芦谷中一阵大吼，玄计又领着那百余龙族战士大杀而出。

东夷一向以快鹿骑著称，引快鹿骑为傲，因为他们的骑兵那所向无敌的攻势足以让东夷威震天下！可是他们今次却遇上了一支比快鹿骑更为可怕的骑兵。

快鹿骑在战马的冲击之下，几乎都是不受控制，哪里还存在昔日快的优势？简直像是一场嚣乱不堪的闹剧。

帝十简直不敢相信这是真的，他的快鹿骑在对方的骑兵冲击之下，竟是如此不堪一击。在突然之间，他想起一件事，那便是当日帝五所领的三百快鹿骑在偷袭黄叶族一役之时，几乎是全军覆灭，只剩下帝五几人被擒，后来帝五被换回，但是那一战给东夷留下了一道阴影，所谓的阴影便是这些骑兵所留下的。

只是，那次的骑兵没有今日这般多而已。

帝十也不清楚究竟来了多少敌骑，但在蹄声、尘土、喊杀声的掩映下，似乎这次来了很多敌骑，这才显得到处都是。

东夷战士本就阵脚被冲乱，而玄计又趁乱出动，内外夹击，几乎使这些人一个头两个大。在龙族战士先声夺人之下，哪里还会有斗志存在？

“撤！”帝十简直想大哭一场，他居然又中了龙族的诡计，陷入了这样一个绝境。

九黎战士不得不撤，眼下败势已呈，回天无力，因为没有人能够抗拒这厉兵铁骑的冲击。尽管在兵力上，九黎还占了优势，但是在声势和气势上，他们却是相差太远。

快鹿骑反而成了断后的队伍，帝十也是边战边退，但快鹿骑根本就不可能完全阻拦得了所有战马的冲击，因此，帝十仍免不了要遭受到骑兵的冲击，这也正是九黎的苦处。

帝放诸人也被埋伏在谷顶的龙族战士杀得连滚带爬地逃下山谷……

龙族战士合兵一处，一路追杀，快鹿骑死伤自是不用说。当然，快鹿骑上的九黎战士也极为精锐，几乎缠住了大部分的龙族骑兵，尽管战鹿没有战马的优势，但是快鹿骑的优势却是他们所经过的训练比龙族骑兵更长，在鹿背上作战的经验也更好，对于兵刃的运用也更为纯熟。因此，龙族骑兵只是在刚开始一轮冲击之下对快鹿骑影响很大，但在快鹿骑稳定下来之后，立时又组织还击，一时双方杀得难解难分，而这也为帝十的撤走制造了极好的机会。

帝十唯有折返神堡，他明白，此次龙族战士乃是有备而来，单这些可怕的骑兵便足以让他心惊。

他想去神谷，但这一路之上五六十里，若再出现一支骑兵的话，他休想安全抵达。帝十不明白，何以龙族会出现这样一支可怕的骑兵。

帝十必须返回神堡，然后再商量对策，更要尽可能地保存实力守护神堡，以防龙族连神堡也一并夺了过去，那九黎可就更痛苦了。

龙族战士依然衔尾追杀，只不过由于有快鹿骑断后，使得帝十的压力减少了许多，但他也够狼狈了，此刻身边剩下的人不到两百，加上那群快鹿骑的战士，也只有三百人左右。

这真是一种悲哀，出师未捷，便先折损了近两百战士，他实在是没脸回去见风沙。当然，他必须回去，他不能成为九黎的罪人！

眼看再有四里多路便可抵达神堡的范围，突地自横里又杀出一队骑兵。

蹄声惊碎了林中的寂静，也惊碎了帝十的心，抑或可以说是惊碎了每一个九黎战士的心。

这里竟然还伏有一支敌骑，帝十简直想对着所有人大哭一场。

“杀……杀……”喊杀声四起，箭雨兜头向九黎战士射到。

希聿聿……战马飞速穿越林间，根本就不给帝十返回神堡的机会。

这队龙族战士人人手操重刀和坚盾，一手刀斩，一手盾挡，简直像是一阵无坚不摧的旋风，所过之处，九黎战士犹如斩瓜切菜一般被斩倒一地。

帝十虽勇，但一人之力始终有限，而龙族战士之中也有好手缠着他，几匹战马在他身边错杂而攻。

帝十的长矛虽猛，却也难以起到多大的作用。

这一路人马正是苦心所领，苦心对帝十可谓深有了解，见到帝十那真是仇人见面分外眼红。虽然他不是帝十的对手，但这一年多来的强化训练，使他学得了不少高深武学，因此在帝十的面前也绝不怯场。而他的武功也足以抗拒帝十二十余招，加上几人联手相击，帝十一时也脱不开身。

九黎战士却是毫无斗志，本就是只求逃命，此刻再遇强敌哪能不慌?也有些人激起了拼死之志，那便是帝十的亲卫，诸如帝放之类。不过，他们根本就不可能占得了什么便宜，因为龙族战士一击之后立刻便移位而去，战马的速度何等之快，便像车轮似的，只杀得这群人眼花缭乱。

龙族战士此刻不仅占了人数的优势，更占了斗志的优势，这一通大杀，直杀到神堡门口，对方仅余十几人被神堡内的战士乱箭接应下退回神堡的谷地之中。

帝十也满身是伤地败回神堡，而帝放则战死乱马之中。

这支骑兵杀得帝十败入神堡后，立刻掉头杀回，与另一支骑兵合并冲杀快鹿骑。

快鹿骑本身就已经损失惨重，哪里还经得起这支新的生力军的狂冲乱杀？只片刻间便溃败四散而逃。

龙族骑兵也疯狂追杀，这群快鹿骑能够幸存的仅十余骑而已，而且这些人根本就无法返回神堡，因为神堡之外仍有龙族战士严加把守，他们只好慌不择路地逃奔，有些则取道九黎本部的方向而去，那是他们唯一可以逃生的方向，也是唯一可以求得救兵的方向。

龙族战士会兵神堡之外，几乎让沙风沙心痛得昏了过去。

神堡之中的九黎属众确实是人人惊惶，他们的战士又一次惨败，便连帝十也身受重伤。三百步卒、两百快鹿骑，只有那么一二十人逃回神堡，这与全军覆灭又有什么分别？怎能不让风沙不心痛？

风沙不仅心痛，更是担心，眼下神堡之中只有两三百人，而龙族战士却有五六百人逼在谷口，大战一触即发，龙族战士的进攻只是迟早的问题。而他，又将凭什么抵挡龙族的大军呢？

龙族竟然会有这般可怕的骑兵，竟能够设下如此高妙的诱敌之计，这确实让风沙吃惊，让九黎人心惊。可是却没有人知道究竟是谁领着龙族战士来犯，这确实是一种悲哀。

风沙不得不暗责自己的失策，对于行军作战来说，一点点的失算便将是满盘皆输的结果，而此刻，风沙尝到了这枚苦果。

风沙不能不承认龙族之中确实是人才济济，竟然不在神堡外设伏，而是在远处设下这两支骑兵，而使得他们的战士被诱出神堡，再加以伏击，且还派出一支战骑断其归路，如此作战之法，确实是让风沙意料不到，这也成了他们最致命的原因。

叶皇大喜，神堡的援军这一败，几乎是断了神谷的后援。至少，在短时间内，九黎本部的援兵还不能及时赶来，而这段时间，他却要攻破神堡，而且要将神谷中的残兵全部清理掉。

柔水领着六百余人直接杀入了奴隶营，但是奴隶营之中并没有东夷的兵卒，只有一群残弱的奴隶在那里茫然不知所措。

这些残弱的奴隶们皆无再战的能力，显然是白虎神将遗弃了他们，抑或可以说，这些人对于白虎神将而言，已经不再重要。

白虎神将没有收到风沙的传书，但是他自己却已经想到了借用奴隶这一招。因此，他强行带走了精壮的奴隶，要这些人为他去打仗。

他并不像风沙所说的那样，以利诱之，当然，这也是一种手段，作为白虎神将来说，他也只能这么做，因为他根本就没有什么可以对这群奴隶取到利诱的作用。

柔水带出了这群残弱的奴隶，依然是善待这些人，她明白这些人虽然无战斗能力，但是这些人也是一种极有利的武器，那便是蛟龙所陈述的形式：这群人虽对九黎或东夷人无用，但是对那群奴隶却极有效。

感情本就是一种武器，只不过那是一种无形的武器，它平时所取到的作用并未太过被人重视而已。而人性之中，最脆弱的便是感情。此时柔水便是要以这种武器去瓦解奴隶们，再激起他们的愤怒。

愤怒是一个人情绪之中最为暴烈的一部分，它可以将一个人的潜力激发出来，而这种力量将会是白虎神将致命的东西。

叶皇知道，控制神谷根本就不再需要这么多人，而他此刻的重点应该放在神堡之上。只有攻下了神堡之后，他才有更多的把握击败九黎的全部实力。当然，叶皇还必须自共工氏和祝融氏调集更多的兵力，这一场仗，他一定要胜，而且还要胜得漂亮，方才未负轩辕所托！

熊城捷报频收，这多亏了始鸠和韩雁两族之人，只有他们训养的鸟儿才能够这么快捷地将消息传到熊城。

这段时间，凤妮几乎将自己的全部心思都投注到有熊的事务之上，兼且还要处理一些关于华联盟的事情。不过，她很乐意这样，每天都有好消息传给她，使得她也有一种前所未有的自豪感。只有在夜深人静之时，她才会想到轩辕，而这时，疲惫的身体才似乎找到了一个归宿。

是的，她所拥的这一切，都是轩辕所赐，若没有轩辕，她怎么可能会有今日的成就？若没有轩辕，她也不知道有熊此刻究竟会是一种什么样的局面。

生命，像是一场游戏；生活，便像是一个无法禅释的梦。

凤妮或许是要感谢苍天，能让一个横空出世的轩辕来相助于她。而轩辕便像是一个奇迹一般，以无可比拟的速度崛起，而有熊族的繁荣和强盛也是轩辕所创造的奇迹的一部分。

凤妮不能不为之感慨，当她第一次与轩辕在有邑族相遇之时，她绝没想到，这个有些特别的年轻人竟然能够助她成就今日的地位，更没有想到，轩辕竟会成为今日这样一个名动天下的风云人物。

如果当初她没去有邑，或轩辕没有与自己一起离开有邑，那他会不会发生之后的一系列际遇呢？会不会成就今日这样一番基业呢？自己的命运又将是怎样一种形式？而轩辕的命运又将是何种形式呢？

这是一个没有人能够回答的问题，事实上，究竟是轩辕的命运改变了凤妮，抑或是凤妮的命运改变了轩辕呢？这是一件没有人能够说明白的事情，或许命运本身就是错综复杂的，牵一发而动全身，这便是命运。

熊城之中，人人都很忙，包括每一位熊城子民，他们在除了劳作外，还要以一种极大的热情相迎降伏有熊的外族之人。

当然，他们绝对乐意这样做，看着自己的部落不断强大，这是他们心中的一种骄傲。能够为自己的部落强大出一份力，这是每一位有熊子民的光荣。

只有看着自己的种族壮大起来，他们心中的安全感才会更重一些，这是自然的。

事实上，有熊子民这些年从来都不曾有过这数月来这般激动，这般兴奋，这般欢跃，而这一切皆因为轩辕的到来！

此刻，再不会有人怀念创世大祭司和蒙络所主事的时代，那一切仿佛都已经过去，成了历史，甚至不会有人去追问创世和蒙络的死因有何可疑之处，即使是十大城主中的四人死去之因也没有人再去追究，仿佛在有熊子民的心中早已经忘记了这一切，而只记得轩辕给他们带来的惊喜，带来的欢庆。

世事便是这样，人心也是这样，当成功者的光辉正盛之时，就不会有人注意光辉之下的失败者。

而轩辕的成功简直是一个神话，创世和蒙络的过往影响，自然会淡出有熊子民的记忆。而此刻，团结各部落正是轩辕所提倡的，而所谓的华联盟更是有声有色。轩辕的仁义更是所有人所敬服的，因此只要是轩辕所提倡的事情，都可以在熊城之中调起极高的热情。

轩辕不在熊城了，许多人都知道，但是由轩辕一手所建起来的威望却是绝对难以磨灭的。熊城之中的每一个人都正在奉行着轩辕的计划，并实施着轩辕所定下的策略，这也是有熊能够得以繁荣的根本。

每一个人都绝对坚信轩辕的决策，只因为轩辕的决策都已出现了成效，这些人也是有眼力的。

元贞长老和熊城之中的许多人都庆幸拥有轩辕这样一个太阳圣士，若非如此，只怕有熊还要继续待在那个毫无作为的时代，甚至会发生倒退。

轩辕诸人终于走出了太行山脉。光是走这太行山脉，便花了他们整整七天时间，想想还有那么多的路要走，这真是一件让人头大的事情。

轩辕此刻又是身负重伤，天寒地冻的，到哪里去找坐骑呢？如果没有坐骑的话，实在是不知道何时才能够到达崆峒山，而这些日子，有熊会发生一些什么样的变故呢？唯有减少在途中所花的时间，才能够有更多的时间去解决其他必须解决的事情。此刻的轩辕可不是昔日的轩辕，牵一发而动全身，普天之下最为举足轻重的人物之一！

所幸的是，轩辕身边仍有四匹健马，这不知是值得庆贺，还是应该为之感到悲哀。

当然，拥有四匹战马还算是幸运了，轩辕虽然不能够骑马，却可以在马背之上搭一副担架，而轩辕便躺在这个以小兽皮干草搭起的暖担架之中，倒也不是很受罪。两匹战马以木架接在一起，使之不会散开。

出了太行山脉，道路倒不是很陡峭，所以两匹战马并行，并不碍事，而且马背之上还可以各载一人掌缰。

由于行路不快，战马也并不是很累，只是一路上找不到多少草料喂马，而且这又是下雪天，不过幸亏这些战马依然有着野马的习性，会自己找草吃，有时也啃啃树皮，倒也不会饿着它们。

而这群人无一不是高手，更是饿不着，大不了便烤肉吃。一连数日大雪，各种野兽动物极易捕猎，只要你有足够的本领，就能够找到属于自己的食物。

满苍夷的速度最快，她自然被派出去探路，去找哪里有坐骑的小部落，然后回来相报。

叶皇亲自赶去神堡，对于神堡的作战，这是很重要的。神堡也是九黎的重地，这一年多来，九黎在神堡之中花了不少心血，更自本部运来了许多粮食和物品。因此，龙族只要攻下了神堡，将会获得更多的东西。

叶皇并没有忘记，当日离开神堡时，轩辕命郎氏兄弟将神堡之中的粮食埋藏在一个地方，他此刻便要动用这些资源来充实这两千战士。

当然，神谷中的一切储备就足以支持他们作战几个月了，那是经过风骚二十多年的经营，之中自然是储备了很多东西，无论是粮食，还是布帛、皮货及珍宝，而这些都将属于龙族，抑或是说属于华联盟，如果再占了神堡的话，便等于占了九黎的半壁江山和一半的财宝。

不过，叶皇并不将神谷中的东西全部都屯在其中，有的，他派人送去范林，只留下必要用的物品。

叶皇其实知道，自己在九黎之地待的时间也不会太长，若是少昊归返，调集了所有兵力对付他们，那时他们便将陷入苦战之局，而这却不是轩辕所想见到的。

轩辕只是想趁少昊北上之时，对其实力大加削弱，但是少昊一回兵，他们也要撤兵了，因为他们根本不是少昊的对手，而且又没有熊城那样的坚城相守，这便使得叶皇不能对九黎作太多留恋。但是作为神堡和神谷这两大九黎要地，轩辕却是想要得到的，因此命叶皇一定要夺下这两地。因为这两地，即使是少昊来攻，只要多派高手，仍能够守得住。

叶皇对轩辕的安排从不怀疑，仿佛轩辕说的可能便会成为真理。因此，他亲自来主持攻取神堡的大计。不过，蛟龙对一切已经安排得很好，只等共工氏的水路战士相助，便可攻入神堡之中。

谈到水战，没有人能够与共工氏相比，这是不可否认的。这属于水神一部的战士，其水性之佳，可谓举世无双。

神堡的主堡乃是湖心，想夺神堡，就必须经过浮桥，抑或自水上渡过。因此，共工氏的战士便缺少不得。

蛟龙却是又另担重任，那便是去偷袭自九黎本部赶来支援的九黎人。

蛟龙已经极适应这种伏击战和偷袭战，这数百骑兵便是此次叶皇所带来的最为精锐的战斗力。

此次共有骑兵近七百人，两百鹿骑，一百战牛，四百战马，可谓是战斗力强盛至极。

熊城终于收到了一个不好的消息，尚九长老自高阳氏传书而回，却是弄得灰头土脸。一向与有熊关系不错的高阳氏竟然不同意加入华联盟，甚至是对轩辕出言不逊，意思便是说：让轩辕这样一个黄毛小子做华联盟的总指挥，那华联盟还有什么发展的前途？摆明着就是挑衅轩辕的地位。

尚九长老大为生气，但是高阳氏的实力极为强大，他根本就无法凭那几人的力量去对付高阳氏，若是小部落，他们定会将之全部剿灭。

高阳王高阳烈为人极傲，在他的眼中，仿佛是有熊应该臣服于他才对，甚至一直都在提当年施妙法师是如何护送圣女凤妮回熊城的功臣，仿佛一点也不知道施妙法师因盗走了河图洛书而死于釜山一般。

高阳氏的力量在五虎族中仅次于陶唐氏，但也不会比陶唐氏逊色多少，因此对于陶唐氏派来的人物倒还是比较客气。高阳烈也知道陶基绝对是一个不好惹的人物，而且陶唐氏会耕织养殖，在农业方面比高阳氏更兴盛，那自是因为木神的功劳，但这终是属于陶唐氏的，因此，高阳烈对陶唐氏的人比较客气。

熊城对此事确实有些头痛，如果高阳氏不合作的话，那有熊向南方扩张时，将会阻力重重，这对华联盟的稳定大计极为不利。

“我们该怎么办呢?”宗庙之中，凤妮显然也没有了主张，只好询问元贞长老和吴回。

“具体情况，我们并不知晓。不过，大总管曾对尚九长老说过，有些事情他可以全权决定，无论是依大总管的计划还是按尚九长老个人的行事作风。”吴回回应道。

“不错，高阳氏若不能配合，我们休想顺利南进，这是可以肯定的，但以高阳氏的实力，若与之开战的话，将会是一场长久的消耗战，对有熊和华联盟都是极为不利的，说不定还会被别人捡了便宜。因此，这场仗我们是不能打的，唯有如大总管所说，高阳氏中谁反对，我们便清理谁!”元贞长老不知是不是受了轩辕的影响，此际说话也充满了霸意。

“高阳氏本是与有熊交好的部落，在他们的族中，绝对有许多人会支持我们有熊的，只要找出这些人，并扶植他们，我想绝不会有多大的问题。正如大总管所说，我们让一个支持我们的人当高阳王不就行了?”吴回认真地道。

凤妮不禁点了点头，事情也只有这样发展了，这也是轩辕的主张。

在高阳氏之中，肯定有支持华联盟的人，只要有这样的人存在，那就好说。毕竟，高阳氏与有熊之间有近百多年的友好关系，这之间的深厚交情，定可使一些深明大义的人物偏向有熊。

轩辕当初也想到了这一点，因此他敢说出这些主张。

尚九长老对高阳氏其实挺熟悉，尽管高阳王高阳烈出言不逊，但是他并未归返，而是留在高阳氏，至少高阳氏还得将他当作上宾看待，即使是高阳烈不留他，高阳氏仍有他的朋友会留他。

作为有熊的使臣，高阳烈并不敢如何，虽然高阳氏强大，但是又岂能与此刻的华联盟相比?而且，有熊的声威正如日中天，除非高阳烈想与有熊开战，但那种结果，只可能招至败亡，这是他绝对可以肯定的。

因此高阳烈虽然狂妄，但却不敢与华联盟开战，单只华联盟中的陶唐氏和有熊族就不是他能惹得起的，何况还有那近来声名大噪的龙族，更有其近邻共工氏，这些无一不是难缠的角色。

事实上，高阳烈怎会不知道，有熊有大量的兵马屯积在黄河边？如果他们对付了尚九长老的话，只会立刻招来这些兵马的攻击，那时高阳氏便永无宁日了。因此，尽管高阳烈对轩辕有些出言不逊，但是他还得对尚九客气一些。当然，他忽视了有熊人和陶唐人对轩辕的尊敬。

有熊人对轩辕的尊敬绝不是高阳烈所想的那么简单，他的话早就在尚九的心中种下了杀机。

尚九尊敬轩辕，因为尚九心中早已将轩辕当成了真主，真正可以拯救天下的人！而轩辕给有熊所带来的一切，都足以让每一个有熊人永远感激他，而且，轩辕更是有熊族的大英雄。

这个时代是最尊重英雄的，而高阳烈污辱了有熊人心目中的英雄，也便等于污辱了整个有熊族。因此，尚九已经决定依轩辕的计划行事，这便是他何以仍要留在高阳氏的原因。

杜修的战骑最先遇上对方的快鹿骑，虽然他有所防备，但仍然吃了一记败仗，结果若非是战马骑兵起到了断后的作用，只怕杜修这次要惨败一回了。

不管怎么说，杜修仍是败了一阵，损失了近两百名战士，这是他出征以来，败得最惨的一次。

当然，相对来说，他还没有彻底地败，只是受了一些挫折而已。

杜修不得不退后三十里驻扎，东夷快鹿骑的战斗力的确很强，而且奇袭更是神出鬼没，所幸的是，轩辕当初针对快鹿骑训练了一群刀盾手，专门对付敌人的骑兵。

这些人也确实起到了很大的作用，至少没让快鹿骑占到太多的便宜，那长钩断鹿腿、利刀斩鹿蹄的作战方式，也给东夷的快鹿骑上了一课，让他们深深感受到了来自有熊的威胁。

若是在昔日，只怕有熊战士至少要再折损一大半，岂会只像今日这般，仅折损两百余人？事实证明，有熊战士无论是作战能力，还是战士的斗志，都比以前提高了一个档次，即使是面对凶狠的快鹿骑，也是人人奋勇搏杀，没有人有丝毫畏怯的表情。

当然，若非杜修下令撤退，这些人定然会死战到底。

有熊族的战士似乎彻头彻尾地变了个样，不仅仅是在部落征集兵员之时，人人踊跃报名，连那些妇女们也都极支持自己的儿子、丈夫去为族人效力，能够加入有熊战士的队伍之中，这是一种骄傲，是一种荣耀。

每一位有熊子民，每一位战士都怀着这样一种心情为族人出力，其斗志、其战意岂会不高昂？

战死，仿佛是一种荣耀，因此有熊的战士们人人都奋勇而上，这是在创世和蒙络当权之时所难以想象的事情。

此刻仿佛世界都变了，而这一切仍是因为轩辕，是轩辕一系列的改革，一系列的治理，使得整个有熊族彻头彻尾地变了。

事实上杜修也很激动，作为一个主帅，自己的士卒竟然如此奋勇，如此激昂，他的内心也极为感动。自这些战士的身上，他仿佛看到了希望，看到了未来那美好的和平时代。

能够作为这样一支战士的统帅，这也是一种骄傲，他没有理由不为之鼓舞和欢欣，同时他更坚信一定可以破去重重困难，取得最后的胜利！

杜修是最后一个撤退的人，他拥有如此高的斗志，便是受了这群有熊战士的激励，而他也真正做到了身先士卒——杀敌在前、撤退在后，与每一位战士都是同一条心，而这种斗志几乎让东夷人心寒。

众有熊战士的心中却只有一个信仰，那便是轩辕！

他们的动力就是来自轩辕，仿佛轩辕便在与他们并肩作战。在他们的心目之中，轩辕是能够保佑他们的神……

第一百三十二章　围魏救赵

东夷作出了反应，但是其兵力有限，一是因为少昊确实抽调出去了许多人，二是因为有熊兵分数路，他们也得分出数路战士分头作战，这对东夷来说，确实有些困难。他们地广人稀，很难保中地防守哪一路，而且让他们头大的是，在这种要命的时候，龙族战士也出来插上一脚，不时地出击，骚扰他们。

对于龙族战士这一群比快鹿骑更来去无踪的人来说，偷袭更是常事，使得东夷疲于应付。而在这个时候，又传来九黎形势危急的消息，简直让东夷人屋漏又遭连夜雨。

昆夷诸部的使者终于赶到了熊城，这一路来确实是有些辛苦，不过却受到了有熊的礼遇。

熊城对待这几位使臣极为客气，这也是他们盼了很久的事情。

凤妮得到这个消息时很是欢喜，亲自设宴款待这几位使臣。当她听了这几人的来意之后，二话没说，便答应一定给予接应，而且会做到最好，并保证昆夷诸部子民和战士的绝对安全！之后凤妮便让吴回大祭司亲自陪这几位使者去有熊各处看看，以让他们了解那些降伏者的生活起居，了解有熊子民自己的生活。而凤妮则与元贞长老诸人议定策略。

昆夷诸部的使者大有受宠若惊之感，而当他们看到有熊子民的生活和那些降伏者的生活方式之后，竟大为感慨。

鬼方的许多降伏者与这几名使者相识，而这些降伏者与有熊子民一样，过着安定而富足的生活，与他们在鬼方忍饥挨饿的日子简直有着天壤之别。这些人与使者们聊起在有熊生活的日子，人人都露出满足而幸福的笑容，简直让这几位使者都羡慕死了，更有些不想再返回昆夷了。

有的鬼方降卒竟与有熊的女子通婚，共同生活，这可是他们亲眼所见的，若非如此，他们绝想不到这会是真的。

看了这些，这几位昆夷、严允和林胡几部的使者恨不得插生双翅返回昆城，将昆夷诸部的子民全部迁来有熊。

昆夷诸部的使者晚上回来，凤妮已经想好了方案。可以看得出，凤妮极为关注这件事情，因此才会如此快地为他们想好了方案。

这让昆夷诸部的使者很是感动，只凭凤妮对他们的重视，他们也不能有负有熊，此刻的他们甚至对当初与有熊为敌的历史都有些惭愧了。

“我们可以调集两千精锐战士在桦皮岭接应，另派一千骑兵于闪电河畔牵制太昊，你们的人便自己杀出昆城与我们的战士在大马山下会合。这一路上，我还会派龙族战士和陶唐战士与你们相呼应，只要你们稍加防备，就应该不会有问题。不知几位认为这样接应可行否?”凤妮将一分草拟的地图向桌面上一摊，问道。

那几位使者仔细地看了看这份草拟的线路图，上面用沙砾标出了哪几路人马的位置，一切都是一目了然。

“到时候，就由我们的副总管伯夷父亲自指挥调度，如果几位还有何疑问，可以直接说出来，大家再商讨一下，无论怎样，保证你们族人的安全是最重要的!”凤妮坦然自若地道，这种语调配上那高贵清雅绝俗的容颜，自有一种让人心头舒坦的感觉。

那几名使者大喜，要知道，有熊族竟然愿意为他们调集三千多精锐战士，这对他们是多么的重视。有这三千精锐战士，即使将太昊杀败也完全有可能，何况只是为他们接应？这实在是太好了。如此一来，他们哪里还会有什么顾忌？因为他们自己本身就有两千多战士，这些战士用来保护自己的数千族人，还勉强可用，只要有熊牵制住太昊的人马就行了。

那几名使者对凤妮是千恩万谢，哪里还会有什么提议？

这几名使者返回昆城后，确实将有熊的繁华盛景和那种安居乐业的生活狠狠地描绘了一番，更对有熊的热情相待大加宣扬，甚至更将其加油添醋地夸大一番，只说得人人向往，恨不能长出双翅立时飞向有熊。

此刻谁还会有所顾虑？这乃是自己人亲眼所见，亲身所感受到的，一时之间，昆夷诸部群情激昂，人人都盼望着早一点去熊城，去依附有熊。仿佛在一夜之间，众人都换了一个样，便连原本已斗志颓丧的战士，也一个个战意高昂，仿佛此刻即使太昊亲来他们也可以自其手下闯过去一般。纵是昆夷王也没料到会出现这样一个结果，禁不住深感希望的力量强大无比。

只有充满希望的人，才会充满斗志，这也是一句实实在在的真理。

昆城之中，所有该收拾的东西，都已经收拾妥当，能带走的，绝不留给太昊，不能带走的，在走之时将以一把火烧掉，因此留给太昊的便只是一座空城。

昆夷诸部人马等天黑之后才弃城而出。塞外的冬天，晚上的寒冷是不言而知的，而且天色也极为暗淡，但为了族人的安危，昆夷诸部不得不在晚上行军，否则的话，太昊定会闻风而动。

太昊确也小吃了一惊，有熊竟派出两路精兵，一赴闪电河，一赴桦皮岭，只看那架势，倒仿佛是要截断他的后援。而闪电河边的有熊军故作一种神秘的样子，似乎是欲图谋不轨，这怎不让太昊吃惊？

有熊的这些精兵，便是太昊也无法真个能捕捉到其行动的方向，因为这些人全都是骑兵，来去如风，更不在某一处固定下来。在无法捉摸透对方的意图之前，便是太昊也不敢轻举妄动。

有熊战士可不比鬼方战士，这些骑兵，很可能在任何时刻发动偷袭，那时即使是太昊也难控制大局。

问题还不仅于此，太昊根本就不知道有熊战士有多少人在闪电河畔。

当然，如果让太昊相信有熊战士不会对付他，那他真是一个傻子，一个地地道道的傻子。

太昊是何等人物，自然知道战场之上是不可能有亲情存在的，为了某些事情，他与凤妮的师徒之情根本就不堪一击。虽然那封信上凤妮写得情真意切，仿佛是极为尊重其师，但那却是轩辕为堵天下人之口的一条诡计，使太昊陷入不义之境。而现实之中，为了有熊的利益，凤妮是不可能还念及师徒之情的。正因为太昊看出了这一点，所以他猜不出有熊的意图，只好小心戒备，以防不测。以不变应万变，方是上上之策。

自太行山脉的北部到塞外的闪电河，太昊都布下了自己的眼线，所以有熊在桦皮岭扎下大军，太昊自是知道的。

以太昊眼下带至北方的兵力，实不足以抗衡有熊，他之所以攻打鬼方，是因为少昊牵制住了对方主力荤育和刑天两部，否则的话，他绝不会出手对付鬼方。因为他的力量仍不够强大，而要自南方再调大军，又太过劳师动众，更会引起许多事端。因此，他也害怕有熊便这样断了他的归路，那很可能会让他全军覆灭，至少在与昆夷诸部大战两败俱伤后，会出现这样的局面。

是以，太昊不得不对昆夷诸部放松一些攻势，而将自己扎在闪电河畔的营地防守得更为严密。当然，他要防的自然是有熊那能给他致命一击的骑兵。

蛟龙的伏兵再建奇功，竟又一次将九黎本部派出的援兵杀得大败而返。蛟龙所领骑兵一口气追出二十里，后来因九黎本部的战士出来接应，蛟龙这才撤军而退。

蛟龙这支骑兵，几乎杀破了九黎人的胆，使之全都龟缩于九黎本部之中不敢出来，而他们自各依附部落中调集的人手也全都集于本部，以防龙族战士趁机而出夺下九黎本部。

蛟龙的大胜，为叶皇争取了时间，他也便可以用足够的时间去安排人手对付神堡之中的风沙。

此刻胜券几乎已握，有熊战士和龙族战士以绝对优势的兵力向神堡之中推进，破堡之日已是可以倒计时了。

而柔水在神谷中，凭灵鸠而查出白虎神将的方位，遂将奴隶们推移过去，让老弱的奴隶们一遍又一遍地呼唤着那群奴隶的名字。

这是蛟龙所想到的招术，以感情这把利箭让白虎神将吃些苦头。

刚开始之时，似乎并没有什么动静，后来便有些奴隶们忍不住自他们所藏的林间冲了出来，但是却被自林子中射出的怒箭射杀。

这群老弱病残的奴隶几乎熟悉与他们一起干活的每一个奴隶兄弟，见此情况，不由得呼唤更急，甚至在大骂九黎和东夷的残暴。

这样相峙不过半炷香的时间，柔水便听到林间响起了惨呼声，甚至有杀斗之声，她知道进攻的时机到了，立刻下令埋伏的大军出击！

有熊战士和龙族战士就等这一刻，人人奋不顾身地杀入林中。

这时候，林中早已乱了套，那群奴隶兄弟们手执兵刃对九黎人倒戈相向。在白虎神将射杀了几名欲奔出林外投降龙族的奴隶之后，奴隶们皆愤然举刀向九黎战士劈去。一时之间，九黎战士防不胜防，被砍倒了一片，于是东夷人与奴隶们先战了一场，此时柔水也便领人杀了进来。

也因为这样，柔水所领之兵很快瓦解了白虎神将设在林中的埋伏，轻松地入林了。

神谷中的奴隶们一个个都极为精壮，都曾是各部落中的精英，虽然这些年来受尽了折磨，但是这些人之中仍有许多好手，甚至有些人比强化训练之后的龙族战士更为凶猛，连白虎神将也被其中几个奴隶缠得叫苦不迭。

柔水早知道，神谷的奴隶一个个都不简单，可谓是精英，这刻亲眼目睹这群奴隶们的悍猛，果然名不虚传。她心中也暗惊，如果这群奴隶真的相助于白虎神将，只怕这一战龙族战士也要付出惨重的代价。

白虎神将怎么也没有料到龙族之中竟有如此厉害的人物，居然利用亲情这条毒计使他所有的心血白费，不仅如此，还使他不战自败，这确实是一种悲哀，但他却不得不服。

在柔水的手下，白虎神将仅走了五招便被生擒，这更是白虎神将所没有料到的。

对于柔水，白虎神将并不陌生，当日叶皇伏击他们之时，柔水也曾出过手，但那时柔水的武功却是不登大雅之堂，至少比他要逊上两筹。可是一年之后的柔水，竟厉害如斯，这确实是让他惊骇。

主帅被擒，这群东夷战士哪里还会有斗志？尽皆弃械而降。

对于神谷的控制，一切都很顺利。

柔水对奴隶们的安排却依然是遵循轩辕的原则，加以重用和信任，因为这是一群不会变心的朋友，而东夷的降卒会不会变心还很难说。因此，她只好将这些东夷的战俘送至共工氏，由华联盟去处理，省得让她麻烦。

共工氏乃是华联盟的一员，包括在共工集的青云剑宗，都是华联盟的一员。因此，他们有权也有义务处理这群战俘，当然，这群战俘的人数极多，还必须让陶基或是轩辕、凤妮定夺，同时还要联系贰负，以华联盟同盟会议的形式决定。

没有战俘的处理问题，一切都显得简单利落。

事实上，战俘的处理问题是最为头痛的事，比战争更为麻烦，一个不好，只会为自己种下祸根。而能像轩辕那般处理战俘的人，又到哪里去找？当然，这还需要看时机，看情况，只能根据实际情况去作出安排，这才能够起到最为理想的结果。

轩辕是一个特别的人，仿佛什么事情在他的手中都会变得很轻松，这或许是一种个人魅力。不可否认，他的思想很超前，是以他才能够以让人惊讶的速度成长起来，更得到世人的认同。

柔水安定好神谷后，立刻调人去支援在神堡之外的叶皇，他们一定要将神堡攻下来！而他们有一个绝对的优势，那便是对神堡的熟悉。

神堡本就是这群奴隶兄弟所建的，其中的每一处机关都不可能瞒得过他们，而这，也便是叶皇制胜的最大筹码。

刑天也是无可奈何，人心涣散，他根本就约束不住，抑或说，正因为他强行规定，更使人心尽失。

那群自熊城归来的战俘，本来是抱着回家为族人效力的目的，可是刑天竟然限制了他们的自由，尽管他们知道这是为人族人着想，可是在他们的心底，仍生出了反抗之心。他们并不想接受这个不平等的待遇，在心伤之余，他们竟再一次领着族中家人逃出荤育城，投奔于有熊。

这怎能不叫刑天气恼？但是他又有什么办法呢？难道让他追出去杀了

这些叛贼？

这当然不可能，因为少昊正在城外相候着！

少昊自然知道荤育城中经常有逃兵，只是在与有熊两次交兵之后，他对这些逃兵只是睁一只眼闭一只眼，也不再刻意派人去追截。至少到目前为止，他仍不想与有熊正面交锋，他的目标是荤育城！

鬼方的子民和士卒逃逸，对他自是大有益处：一，可以减弱敌人的力量；二，可以分化鬼方战士的斗志；三，可以对刑天增加更重的压力。因此，鬼方不断有降兵逃出，他不由心中暗喜，只要等鬼方人心涣散之时，一举出击，击垮刑天部，那他的目的便算达到了。

刑天知道若是这样下去的话，即使是能战下去的话，也会是一个很惨的结局。

刑天终于再一次召集刑天部、荤育部及土方部的高手商议。

刑天要将整个部落向北方撤移，在这南面，他们已经处在一个极端不利的条件之下，是以，他们不能不向北撤离，这也是他召开这次会议的主要原因。

轩辕的计策确实毒辣，竟在不动一兵一卒的情况下，让偌大一个鬼方四分五裂，人心惶惶，这点刑天深有感受。

鬼方的一些主要人物都明白，这一切都只是因为轩辕的诡计。这个年轻人实在太可怕了，包括他放回这七八百名战俘的处理方式，无不表现出此人那无人能及的智慧。

最初，有熊放回这么多的战俘，鬼方之人都在为之欢庆，便是刑天和魔奴也有些意外，但是这一刻他们才真正地明白，轩辕这着棋是多么的厉害，更是鬼方致命的败因。但是，他们又能怎样呢？

打？

根本就不是有熊的对手，便是轩辕那神鬼莫测的智计，便足以让他们心惊。连天魔都已经死在轩辕的手中，试问在鬼方之中，还有谁能斗得过轩辕呢？这是一个让人沮丧的问题。

刑天也便只好退，退回极北绝域。

在鬼方之中，很多人都知道极北绝域是一个什么样的地方，不过真正见过极北绝域的人并不多。但人们都知道，那里乃是刑天部的发源地，后来刑天部以极北绝域为中心，统治了整个塞北。后来不知什么原因，刑天部反而被荤育部给比下去了，在鬼方十族之中列至第二位。

当然，没有多少人知道其中的内情，不过也有些人认为没有必要知道情由。

对于鬼方十族的各部首领来说，这一切却并不算是什么很大的秘密。当然，真正知情的人却太少太少，或许只有刑天部的高手才知晓其中的秘密。

“我决定全部迁回极北绝域!”刑天开口的第一句话便是这样，只让所有的人都有些错愕，不明白何以刑天会有如此想法。

“魔神难道会以为我们无法与少昊再战下去吗?”土计有些不解地问道。

刑天望了土计一眼，淡淡地道：“眼下我们中了轩辕那奸鬼的毒计，使得军心不稳，若如此苦撑下去，只会让有熊捡了便宜。因此，我们不如退回极北绝域修生养息，以图日后再卷土重来!”

“可是魔神可曾想到，我们所建成的荤育城不知花费了多少人力物力，若就这样拱手送给别人，那我们怎么向子民们交代呀?”魔奴似乎也不太赞同刑天的意见。

“我想过，若是我们舍不得这座城池，只怕我们唯有以惨败告终。人是活的，城是死的，只要我们还活着，就可能将荤育城再夺回来，魔奴何用心急?”刑天淡然道。

魔奴闻言一想，也确实是这样，如果不弃城而走的话，这里距有熊极近，他们的族人仍会不断地去投降有熊，那他们的战士哪还会有战斗力，岂不是唯有败阵一途？如果他们退回极北绝域，等修整好了之后，他们可以再一次卷土重来!

“少昊不就是想得到荤育城吗？而他得到荤育城还不是想便于对付有熊？我们就将这座空城借给少昊，让他去与有熊大打一场好了！只要他们打起来了，我们或可坐收渔人之利，到时再重新夺回城堡也不是一件很难的事情!”刑天又补充道。

众人无不点头，但是魔奴仍有些不舍地道：“我们何不请出始尊，只要有始尊出手，一切不都是迎刃而解吗？”

刑天脸色一变，瞪了魔奴一眼。

魔奴吃了一惊，似乎意识到自己说错了话，忙不再言语。

土计的脸色也微变，余者皆显得有些茫然，不知道魔奴在说些什么。

刑天叹了口气道：“其实这也不能怪你，我本也有这个想法，但是谁又能够唤醒大哥呢？除非有绝世杀气相逼相诱，才有可能激活大哥的感观灵觉，而这绝世杀机又到哪里去找呢？”

土计和魔奴也都色变，他们怎么也没有想到，刑天竟然将这件事亲口说了出来。突然之间，他们似乎明白了什么似的道：“魔神想诱少昊去极北绝域？”

刑天这才露出了一丝涩然的笑容，点点头道：“我只有用这个方法试一试了。”

魔奴大喜，土计却将眉头皱了起来，还有许多人不明白刑天和魔奴所说的是何人，因为他们从未听说过还有一个始尊存在于这个世间。

难道这个世上还会有比少昊更为可怕的人？难道鬼方还有比刑天更厉害的人？魔神口中所说的大哥又是谁？绝世杀机又是什么？许多人都有些迷糊，不明白这一切究竟代表着什么。

当太昊发现昆城已是一座空城之时，昆夷诸部已经离开了昆城百里。

太昊大怒，这一日一夜间，他被有熊那一直只是晃来晃去没有动静的骑兵给绊住了心神，以至于忽略了对昆城的强力封锁和监视，这才会让昆夷诸部如此多的人畜全部离城出走而仍不知晓。

当然，这与夜色有关，但是却也不能否认这与有熊兵力的干扰不无关系。

太昊下令紧追昆夷诸部众人，他怎肯让这一群即将被征服的人就这样离去呢？

太昊兵力一动，有熊族设于闪电河附近的战士也全都动了，一时尘土高扬，蹄声震天，即使是太昊也吓了一跳，他根本就不知道有熊在闪电河设下了多少骑兵。

此刻太昊放眼一望，只见前方和左右两方的尘土高高扬起，大有遮天避日之势，单凭这声势，仿佛这三个方向都伏有数千骑兵一般，这怎不让太昊大吃一惊？

太昊也有些惑然，有熊哪里来的这如许之多的骑兵呢？尽管有熊的普通战士极多，但作为骑兵来说，有熊一向是弱项，可是此刻有熊竟然出动了如此之多的骑兵，确实让他有些不解。

不过，太昊知道，他已经在有熊的包围之中，如果有熊拥有如此之多的骑兵，确实可以将他身边的战士杀得一个不剩。尽管他自身的武功足以威慑天下，可是天魔罗修绝有前车之鉴，他也无法自信自己在有熊众多高手的联手搏杀之下，可以安然而去，因为一人之力始终有限。

有熊族中的高手之多，太昊很明白，而且轩辕此人诡计多端，谁知道此人会设下什么样的毒计？在己方兵力处于绝对劣势的情况下，太昊也不想蛮干，这也是为他身边的人考虑。

无敌并不是打不破的神话，天魔罗修绝便是一个很好的例证，太昊珍惜自己的生命，他并不觉得自己会比天魔厉害多少。

无奈之下，太昊不是选择还击，而是后撤，他可不想再待在有熊的埋伏圈之中，便只好眼睁睁看着昆夷诸部向东南而去，而他还要被逼往北方。

太昊对凤妮确实心生恨意，他教出的好徒弟，在抓住时机之时，居然掉头来对付自己，这或许是一种报应。

最难过的还是伏朗，他知道，自己与凤妮之间的关系，算是彻底地完了，所有的爱将都付之东流，而这一切竟是以如此一种方式结束，他真想痛痛快快地大哭一场。而这一切，究竟应该由谁来承担责任呢？

太昊后悔，后悔自己所采取的策略不当，后悔自己在知道了攻打鬼方便会坠入轩辕的算计之后，仍受不住诱惑掉进这个陷阱之中，这简直是一个深刻的讽刺。

也只有在这个时候，他才深刻地感到轩辕的可怕，仿佛在当初便已看到了今日的结局一般，这确实让太昊心寒。不仅如此，而且轩辕的计谋一环套一环，全都起着连锁的效果。一步一步的，如果你陷入了其中的一步，就会身不由己地越陷越深，跟着轩辕所设的圈套一直走下去，而这种感觉才是最为可怕的。

太昊怎会不知道昆夷诸部如此倾城而动，便是去降伏有熊？否则的话，有熊怎肯花如此多的兵力来相援相助？这确实是一种讽刺，坏人由太昊做了，可是太昊没有在鬼方捞到一点好处，反而损兵折将，倒是在一边看戏的有熊却捡了个便宜，仿佛他所做的一切，都只是为给有熊做嫁裳，这确实是一种痛苦，但痛苦又能如何？

这个世界所讲求的，便是实力，强者为王，败者为寇，这就是真理，弱肉强食乃是这个洪荒之中最为古老的法则。

太昊并不知道轩辕已经不在熊城之中，对于轩辕，便连太昊也有些心惊，他虽未与轩辕正面交过手，但是在这或明或暗的交锋之中，他似乎处处受制于轩辕，而且正一步步陷入轩辕所设下的陷阱之中。因此，对于轩辕，他竟生出了一种惧意。

当然，论武功，两个轩辕也不足以令太昊生惧，但是轩辕却是一个不以武功取胜的人，只凭他用兵的手段，便足以将强于他的敌人消灭，这才是轩辕的可怕之处。

无奈之下，太昊只得领兵向北撤走，却并没有被有熊骑兵追袭，这让太昊微微有些不解，他估计有熊可能只是想将昆夷诸部接走，并不想对他进行追击。而他撤向北方，有熊自然不会太过强逼。

太昊并不知道，有熊派到闪电河边的只有一千骑而已，单凭这一千人怎么可能追击太昊？如果太昊知道有熊派至闪电河边的兵力只有一千人，说不定会对有熊骑兵来个迎头痛击。以太昊此刻身边的实力，要对付这一千骑兵并不是一件难事。

伯夷父此次所用的乃是疑兵之计，他在昨日将那一千骑兵分数批调至闪电河，与太昊的战士隔河而奔。每批行过的战马尾后皆拖着树枝之类的，所过之处，尘土飞扬。

在河对岸根本就看不清情况的太昊还以为是一支强大的骑兵赶来。

太昊当时便隔河相望，却发现这样的尘土居然扬起五次，而且都是自不同角度扬起，绝不是同一支骑兵所造成。在不知情况之下，他以为对方调来了五支强大的骑兵。因此，他根本就弄不清有熊究竟调集了多少骑兵赶来，在他的估计之中，至少也有四千余骑，可事实却非如此。但伯夷父这一招还真震住了太昊，使他的战士不敢轻举妄动，害怕遭袭，所以今日再见这三路尘土大起，他并不怀疑有熊伏下了数千骑兵，这才吓得撤走。

太昊明知有熊不可能有这么多骑兵，但是此刻的有熊外有陶唐氏和龙族的支持，谁能够肯定，这些骑兵不是自陶唐氏或是龙族调来的呢？因此，太昊不敢赌，事实上，此次依然是伯夷父的惑敌之计。

太昊身边有近两千精锐战士，也有数百骑兵，其力量确实不能小视，而且太昊又是不世高手，因此即使是昆夷诸部占着人数的优势，也依然无法与太昊相抗衡。

刑天真的弃荤育城而去，他得到昆夷诸部降伏有熊的消息后，更坚定了他不欲留在荤育城的决心。

一些鬼方子民先一步撤走，而刑天则留下来断后。

少昊绝对不是好惹之人，而少昊那数千精兵更是让鬼方头大。单只少昊手下的快鹿骑便足以让刑天头痛，这并不是虚谈。

在平原之上，东夷的快鹿骑以来去如风的速度著称，自然可以让刑天损失惨重。

在与少昊交手之时，鬼方的众高手伤残不少，而更无一人是少昊的对手，刑天只好亲自留下来与少昊对抗了。

魔奴比刑天先撤走一步，他是在族人撤离后不久，便即撤离了。不过，风魔骑却是不能太早撤走的，那是刑天对付少昊快鹿骑唯一的筹码。

少昊知道荤育人已经北撤之时，是刑天弃城连夜而去的时候。在夜色之中，少昊自然无法追逐，只好待天明这才追杀。

夺下了荤育城，却好不辛苦，东夷的士卒损伤过千，鬼方的伤亡自然是更重。不过，能够夺下荤育这座坚城也确实不错。

荤育城中不能带走的东西被烧掉了近半，留给少昊的并不多。

少昊便是看见荤育中起火，这才知道不妙，立时发令攻城，但此刻的荤育城，已只是一座空城而已，之中能够搬走的东西大多数都搬走了。不过，因为刑天不想惊动少昊，因此并未让人将所有的东西都搬走，那样行动更落利，更方便，也减少了许多被察觉和追及的可能性。

少昊得此城，心中也极是高兴，以前所伤的士卒也算是值得。

荤育城建在有熊的北面，这也是一座难得的坚城。事实上鬼方便曾凭这一坚城与有熊相持了百余年，因此这座城的装备可算是极为齐全，之中宫殿庭宇多不胜数，还有天魔罗修绝的行宫。

值得庆幸的是，城中的许多东西刑天来不及毁去，而留给了少昊，这也是一笔不小的财富，足够让许多东夷人为之心喜。

东夷的战士进驻荤育城，顿让荤育城焕然一新，尽管没有子民，但城中的屋宇住起来，可比在野外营帐中舒服多了。

少昊知道刑天才走不久，只是一个夜晚应走不出多远，因此，他仍要追击刑天。

这是必须要做的事情，他怎会不明白刑天部的人天生好战，刑天此去终究会回来的，如果刑天再返回来自北面攻夺荤育城，而南面又有有熊军相攻的话，他岂不是会两头受敌？因此，少昊绝不能够让刑天诸部逃逸而去。

少昊此次的目标也并不只是夺城，他更想征服刑天部，征服鬼方诸部，如此时不趁对方无坚城可依之时强追，又更待何时？

东夷的快鹿骑本就善于打追袭战，因此少昊绝不会浪费快鹿骑的优点。

荤育城，由帝大亲自把守，少昊则领着近两千骑兵直追刑天。

熊城又迎来了一个几乎是前所未有的欢庆夜晚，数千鬼方子民和战士前来相投，这确实是一件让人无法不激动的场面。

这种场面只有轩辕大败鬼方之后，返回熊城之时才有过，只不过当时轩辕身受重伤，而无法与熊城子民共同欢庆。因此，那时的场面也要比今日的场面逊色一些。

当然，那日人们心中的欢喜比今日自是有过之而无不及。

熊城内外，无一人在这种情况之下忘记了另一个不在熊城的人，那就是轩辕。

若是没有轩辕，绝对不可能有今日这种欢庆场面的出现。

轩辕和凤妮的名字一遍又一遍地被有熊子民欢呼着，一遍又一遍地被有熊子民传诵着，仿佛若不这样，便无法表达有熊子民对轩辕和凤妮的敬爱和拥戴。而在这种时刻，人们更是无法忘怀是这两人给他们带来的幸运。

鬼方的降卒和昆夷诸部的子民及战士也无法不被这种场面所感染，于是跟着所有人一起疯狂着，欢叫着，只有在这种场合之中，他们才能真正感受到轩辕和凤妮在他们心中究竟占了多少的分量。

鬼方的人和有熊的子民一样，全都解除武装，身上不带刀剑及任何兵刃，便在熊城之外的平原之上彻夜狂欢。

熊城之中找不出如此宽阔而广大的场地，以供这些人共同欢聚，因为今夜至少有三万多人欢聚一起，场面之浩大，几乎让人咋舌。

有熊的战士皆全副武装为这个空前盛大的晚会把守，几乎所有的战士都动员了起来，在这种时候，保卫的职责便显得更为重要。

没有一个战士有怨言，他们似乎都明白，这是在为谁办事，都明白族人的欢乐才是他们作为一个战士的真正意义。不可否认，有熊战士的觉悟空前的好，一种民族的向心力让他们的心紧紧地凝在一起，凝在轩辕和凤妮的周围。

十大联城也派来了代表，八大寨也有代表，七大营和山海战士也都有代表派来，但这些人并不带刀剑兵刃入场，除非是表演节目。

鬼方人这才算是真正见识了有熊的强大，见识了有熊子民的热情和友善，本来存在的疑虑，在顷刻之间尽皆化为乌有。

陶唐氏派来了代表，君子国派来了代表，龙族也派来了代表，各方人物皆是为了欢迎鬼方诸部前来归降，也是为了欢迎鬼方诸部加入华联盟。

这像是一种无上的殊荣，作为鬼方诸部的降卒，无不感激，也同样随着群情激奋的有熊子民高呼：轩辕万岁，凤妮万岁。

凤妮亲临了晚会的现场，只是轩辕有事未来，但是每个有熊子民依然将轩辕的名字与凤妮的名字并列着一起高呼。

数万人的呼声同时响起，这种场面真是让人热血沸腾，数十里之外都可以清晰听到。

声音犹如海啸山崩，巨雷滚动，每一个人都忘乎所以，让自己迷失在这种声音之中，感受着这永生难以忘怀的场面。

熊城内外，仿佛有着一种强大的能量在流动，在翻腾滚舞。

月色甚明，但没有人再感受得到寒冷，一个个都感动得流泪，一个个如疯如痴，如癫如醉，生命在这一刻也显得渺小而微不足道。

这确实是一个让人永远都无法忘怀的夜晚，无论是有熊人还是鬼方人。

鬼方人知道自己没有选择错，在这一刻他们发现，他们的决策是多么的明智。他们这才知道，有熊人的心地是多么淳朴善良，那包容之心是多么的宽广，足以让他们每一个人感到汗颜，感到惭愧。

鬼方人的确感到了惭愧，感到了汗颜，因为他们过去与有熊的战争。

每一个鬼方降伏之人都誓死与有熊结为永世之好，永远与有熊共进退。

昆夷诸部的首领容身于群情激奋的有熊人之中，都仿佛已经迷失了自己。他们更是誓死听从熊城的调遣，忠于华联盟，他们也真正地见识了，什么才叫欢乐，什么才叫万众归心。

只看有熊子民这种团结的气势，只看他们对轩辕和凤妮的拥戴，不难想象，唯有这样的部落才能够创造出真正的奇迹！鬼方降卒这才明白为什么鬼方会在涿鹿之战中落得惨败，连天魔也在此役中战死，这一切的发生，绝对不是偶然。

他们没有理由不臣服，没有理由不对有熊人生出敬畏之心，是以昆夷诸部皆不作二想地誓死臣服于有熊。这数百多年来的战争早已使他们厌倦了，也使他们更渴望和平与安定。而有熊的强大，则正好是他们最理想的归宿，他们也坚信，只有拥有这一群如此热爱自己部落子民的领导者，才能够真正地成为天下最终的霸主。

第一百三十三章　和平共处

凤妮并不曾将昆夷诸部当作降部，而是让他们加入华联盟，在有熊附近再重组自己的部落，并与有熊、君子国、龙族之间相互照应。有熊、陶唐诸部都为昆夷诸部的安定出力，不仅仅调集人手去为他们扎屋建寨，更为他们送去粮食和种子，愿意留在十大联城之内也可以，有熊并不限制他们的自由。

昆夷诸部无不对有熊和陶唐感激涕零，他们确实没有想到会是这样一个结果，得到如此关照，他们怎会不忠于华联盟呢？

对于这一群降伏者的处理，乃是凤妮与有熊权要人物经过仔细商讨才作出的决定。

如果将昆夷诸部留在十大联城之内接受控制的话，这将是一件很冒险的事。昆夷诸部与有熊之间的间隙由来已久，并不是一朝一夕所能够完全化解的，而且鬼方也有自己独特的习俗，如果置于十大联城之中，接受有熊思想的完全指挥，很可能会再生矛盾，反而不妙，那时若生事端，有熊的十大联城岂不是没有取到外围防护的作用？因此，凤妮等人商议的结果是让这些人在十大联城之外自行发展。

让昆夷诸部自行发展反而会更好一些，只留少部分人在十大联城之内，可以减少鬼方和有熊两种不同习俗之间的摩擦。

这样一来，也显出有熊对昆夷诸部的高度信任，在这种德威双重作用之下，才能够真正地让昆夷诸部心悦诚服，从而死心塌地地忠于有熊族。

当然，如果昆夷诸部存心不良的话，也是在华联盟的控制之下。君子国、龙族、有熊三股力量自三个方位冲击，再加上陶唐氏，那么昆夷诸部将会在最短的时间内彻底灭亡。

昆夷诸部并不知道熊城权要人物的精心安排，他们只是感动、感激。

感激有熊的宽容和信任，更感激华联盟无私的相助。他们的寨子和房屋基本上都是在有熊子民的相助之下筑建起来的。

有熊的子民近十万，如此之多的人共同出手，建造一座寨子和一些屋子还不是轻而易举？仅仅用了两天半时间便已完工。

于是在十大联城外与君子国之间，奇迹般出现了两座石木结构的坚寨，依小山坡而建，两寨遥相呼应，相隔二十余里。

二十余里并不是一个很长的距离，这两座寨子与十大联城的癸城相距也是二十余里，便像是癸城的两扇大门一般。

昆夷与严允两部住于一寨，林胡、山戎和舌方住于一寨，每寨之中有一千多人，都是这几部的战士和大部分的壮丁、壮妇，他们在寨内耕种，独成一局。当然，这几部也有近千人留在十大联城之中，更有些战士被编排到有熊的战营之中去了，这也算是加强各部落之间的联系吧。

昆夷诸部的两寨，也算是成了与君子国之间的桥梁，到常山君子国只有百十里地，使有熊与君子国之间的联系也更近了一些。

这也是一种战略，使得华联盟诸部之间联系得更紧密，相互之间拥有更多的勾通，在联合防守方面则是更为稳固。这样一来，自熊城到陶唐氏、共工氏之间便形成了一个牢不可破的共同体，各部之间几乎是首尾相衔，而形成了延绵千里的共同战线，这确实是华联盟的一大特色。

所有人都不得不承认，轩辕想出这个华联盟的组合，是一个高瞻远瞩的壮举，更是一个划时代的创举。

太昊心中的怨愤可以想象，但是他又能如何？此刻有熊力量的强大，只怕是倾他伏羲氏的全部力量也难以占到半点便宜。更何况，有熊背后还有一个强大得足可与三苗抗衡的华联盟。

他的兵马撤向北方，只是为了有熊的骑兵，他并没有把握去对付那许多的骑兵，同时他也不甘心就此返回伏羲氏。

他向北行了一日后，却什么也没有发现，只有一片凄凉的荒漠和饥饿的狼群，没办法，他最终只好折返而回，向东南方向的荤育城进逼。

太昊倒想看看少昊的情况，当然，他与少昊之间自是没有合作的可能。

抑或说，这两大高手之间，有一种潜在的较量，谁也不可能提出与对方合作的建议。

兵行一日，突地有探子来报，竟是发现了大量的鬼方子民拖着许多货物向北方而去。这使太昊大为讶然，在不解的同时，也大喜，如果真是如此，那可真是天意相助。因此，太昊命人再探。

探报再回，依然是同样的消息，更精确地表明，这路鬼方子民并没有多少鬼方战士相护，仅数百鬼方战士而已。

太昊大喜，这样的机会，他怎么可能错过？本来窝的满肚子火，可要在此刻尽数爆发出来！他大手一挥，领着人骑便向鬼方子民所行的方向追去。

叶皇终于发起了强攻，数大高手同时杀入神堡，即使风沙武功再高，他也是势单力薄，何况风沙的武功并不比叶皇高明，甚至还要逊色一筹。

事实上，即使是风骚，也非此刻叶皇的对手。得火神祝融的内力相传，叶皇再非当日的叶皇，也可算是新一代的火神了，其武功，虽不如火神祝融，但是要比除祝融、共工之外的神族八圣，也并不是不可能。

风沙的武功或许可以与风骚相比，但比叶皇却要逊色了。因此，在强猛的攻击之下，风沙唯有弃堡而逃一个选择了。

神堡之中仅剩下两三百战士，又怎能敌得过千余名龙族战士？

叶皇对神堡中的地形极为了解，依照神堡的地势，兵分三路，根本就没有人可以阻挡，仅用了半炷香的时间便破入了谷中，而后便是自水路和浮桥之上攻入神堡内！

这场仗倒是有些辛苦，因为神堡之中的九黎战士断了浮桥，只能自水上进攻，这样便使龙族战士的速度大受影响。

叶皇和柔水自是最先攻上湖心的石堡，他们根本就不需要借助舟筏，而是直接借力于断了的浮桥处，踏水而过。

叶皇所遇到的阻力并不是很大，在神堡之中，除风沙之外，根本就没有人是他的对手。

当然，双拳难敌四手，神堡之中许多人皆是九黎的一级勇士，其武功绝对不弱，这些人群起而攻，也让叶皇和柔水头痛。不过，正因为叶皇和柔水缠住了这些人，所以共工氏的战士和龙族战士得以借舟登上湖心石堡，一场战争也便这样开始了。

风沙见势不妙，只好与帝十领着一干亲卫逃向九黎本部。

叶皇一怒之下，将湖心石堡之中的所有九黎战士全部处决。皆因这些人负隅顽抗，使得龙族战士和共工氏的战士伤亡不小，因此叶皇决定不留这些硬骨头的战俘。

重新夺回神堡，却是相隔一年多之后，这段时间真是恍若隔世。

叶皇有着无限的感慨，柔水亦同样有着这样的感慨。

过去的一切仿佛都是在昨天所发生的，那些死去的人仍在眼前晃动。

那与帝十三同归于尽的望月长老，那些战死的奴隶兄弟，以及勇士庄戈，今日才真正地为他们报了仇，雪了恨。

柔水想到与叶皇之间的感情，竟也是在这片土地上得以成长，这使两人更是无限感慨。如果轩辕知道眼下的一切，定会更加高兴。想到这里，叶皇不禁又想念起这位好兄弟来。

此刻的轩辕已经到了崆峒山脚下。

经历了二十余日的长途跋涉，轩辕等人终于自太行山赶到了崆峒山。

当然，这之中应该给满苍夷记一笔大功，若非她去别的部落换来或偷来几十头青牛或战鹿，只怕他们也不知道要多长时间才能够赶到崆峒山。

这一路上的风风雨雨就不用过多地细说了，对于轩辕来说，这种苦难或许已经走到了尽头，因为他最终还是挺过来了，再多的苦难，也都只是历史，真正的新生便将开始。

一路上，风雪漫漫，经常是大雪飘飘，不过，这并不能阻挡轩辕的行程。所幸，这一路再也没有遇到像破风这类高手的阻击，否则的话，只怕轩辕也不知道该怎么办才好了。

当然，这个世间像破风这样的高手并不多，也仅只那么有限的几个，而破风身受重伤，自然是不可能再追上来了。

崆峒山下，天气依然甚为寒冷，但远看崆峒，气势磅礴，巍峨雄伟，峰峦起伏，重岩迭翠，秀丽清雅，仿佛罩着一层神秘而深幽的灵气，直叫人为之心神大震。

当然，让人心神大震的，并不是这山势的磅礴，而是源自人内心深处的一种感受。

轩辕的感受尤其深，在他的周围仿佛笼罩着一层神秘莫测的生机，是那般动感而又实在，就像他当日在东山口感受着来自地底熔岩的生机一样。只不过，今日的生机没有那般强大，比那日灼热涌动着的生机淡了许多，仿佛是在这寒冷的北风之中荡漾着一层浓浓的春意。

对于生机的触觉，没有人比轩辕更能深刻的体会。他知道，这股生机并不是来自周围的花草树木，更不是来自那些动物，而是来自内心，来自某个人的内心。

轩辕不知道这个人是谁，但是他却可以感受到这人内心那博大而浩瀚的情怀，那悲天怜人、仁爱天下的无私情怀。

对于大自然的生机，轩辕尝试过不少。当日在东山口，他借龙丹吸纳来自地心的生机，而在忘忧谷中，他接受了万花大阵众花的生机而开发了龙丹潜力的力量，更将龙丹的生机与自己融为一体，而使他的武功更进一层，甚至是质的飞跃。可是，轩辕却从未想到，人体的生机竟然会如此强大，如此浩瀚。

桃红、跂燕诸人虽无法清楚地分辨出这种生机的存在，但是她们也感受到了这种神秘力量的存在，是以她们内心也不无震撼。

歧富是最为欢快的人，崆峒山便是他的家，此刻再到山下，自然有种回家的感觉。是以，他是众人中最高兴的。

满苍夷反而变得比任何时候都平静，仿佛走入了一个神圣的世界，只看她那神色，是那般虔诚而肃然，仿佛是在朝拜一个伟大的真神。

轩辕知道，满苍夷也觉察到了什么，可是她究竟觉察到了什么呢？

是这股神秘而浩瀚的生机，抑或还是其他？轩辕不能不猜测，同时他更在猜测这生机究竟是散发自何人的内心呢？

想到此处，轩辕心头一震，是了，定是仙长广成子，除了广成子之外，天下间还有何人能够拥有如此强大而浩瀚的生机呢？更难得的是，这股生机凝聚天地之正气，使人心安神定。举世之中，只怕唯广成子仙长能做到这一点了。

正思忖间，轩辕突然听到一声惊喜的呼叫："果然是歧师叔回来了，仙长真是神机妙算！"

"五阳，是仙长让你来的？"歧富快步迎上，开口问道。

"当然，仙长还说会有一个轩辕公子同来呢。"那年轻人快步而下，兴奋地道。

轩辕依然是坐在担架之上，闻言也大惊，广成子竟神通广大到能够知道他会在此刻赶到崆峒，而且派童子下山来迎，这怎不让他惊讶？

不仅轩辕在打量那叫五阳的童子，其实所有人都被五阳的话所震，都在仔细打量此人。

五阳一身青衫长袍，略显单薄，一头黑亮的头发，在头顶打了个髻，但还是留下一截散披在肩头，颇显一丝雅意。年约三十左右，但却是一张娃娃脸，此刻可能是因为天冷，脸部红扑扑的，却总挂着微笑。

"这位便是轩辕公子，还不见过？"歧富一指身后的轩辕道。

五阳目光一移，这才落在轩辕的身上，当他与轩辕的目光相对之时，身子禁不住震了一下，忙上前行礼道："五阳久闻轩辕公子大名，今日一见，果然名不虚传，真让五阳欢欣！"

轩辕不由得好笑，反问道："难道五阳是指我只能坐担架而不能行动是名不虚传吗？"

五阳一怔，旋即笑道："哦，公子误会了，五阳怎是这意思？虽然轩辕公子暂时足不能行，但是公子双目空明，翰若深海，精华隐蕴，这才是公子的真实所在。因此，五阳才有此一说。”

众人再一次讶然，只看这五阳的谈吐和眼力，便知道此童子确实不俗。当然，能够成为广成子仙长的门人，自然都不会是凡俗之辈。

轩辕心中暗惊，五阳一句话便说到了点子上，的确让他吃了一惊，可见这崆峒山确实是藏龙卧虎之地。只凭五阳这几句话，便知此童子不仅眼力极好，更是一个十分厉害的高手，只凭此童子便可以想到广成子绝对不俗。

“看来五阳的眼力增长了不少啊！”歧富笑道。

“托师叔的福，五阳这些日子没敢偷懒！”五阳恭敬地道。

“嗯！”歧富点了点头，向轩辕诸人道，“走吧，我们上山去见仙长！”

当魔奴赶到之时，鬼方的族人已四散而逃，满地狼藉，财货几乎被抢劫一空，地上更是尸体成堆。

尸体之中，许多都是鬼方的战士，老幼皆有，但是女人的尸体却是极少，显然财货和女人几乎全都被掳走。

这是谁干的？

魔奴的眼里都冒火了，他只是迟来了这么一会儿，便发生了如此惨剧。

鬼方战士全都陷入了一片沉默之中，望着地上洒落的血迹，他们从来都没有这般痛恨过某些人。

这究竟是谁的错？究竟是谁干的？

血迹已经冰凉，有的已经结成了猩红色的冰，也有的依然略带湿润。

“敌人还未走远！”魔奴几乎是怒吼着，他从来没有此刻这般愤怒。

天魔八妃尚有四人活着，其中与刑天共同拒敌的有两人，而魔奴身边也有两人。于是魔奴领着一路人手，那两名魔妃也领一路人马分头出动寻找敌人的踪影，他们定要将凶手找到，再还以无情的杀戮！

魔奴的想法是好的，但是他却绝没有料到，这是太昊的人马所为。

如果他知道是太昊出的手，那他绝不敢兵分两路去找寻敌踪，甚至不敢去找太昊。至少，在没有回到极北绝域之时，他绝不敢去找太昊。但是，他并不知道这是太昊出的手，这便注定了他的悲剧。

太昊的战骑确实并没有走远，他们得到这些战利品，竟是那么轻易，比之与舌方、昆夷诸族交战所得的东西多得多，而伤亡却少得多，不仅有鬼方的女人，更有许多财货。

那群好久都未占腥的战士自然是不会放过这些女人，在俘得之后，找一个背风之处扎下营来，便在大帐之中享受这些战利品。

太昊并不管这些事情，部落之间的掠夺太正常了，而且在这苦寒的北方，远征的战士们确实需要找些东西刺激一下了，而鬼方的女人正好是他们最好的安慰品。

太昊没想到魔奴会来得这么快，而且一来，便是领着百余风魔骑见营就挑，见人就杀，而魔奴身后的则是一千余鬼方战士。

这一场冲杀，几乎杀得太昊措手不及，不过所幸的是鬼方战士多是步卒，而不是骑兵，否则只怕这一战太昊将一败涂地了。

太昊截住魔奴之时，魔奴也吃了一惊，他没想到，掠夺财物及女人的竟是太昊的人，而且是太昊亲自出手。

魔奴认识太昊，而天下也几乎没有人不识太昊，金盔金甲便是太昊独特的标志。

伏羲氏的战士自女人身上回过神来，已经被杀得乱七八糟，死伤近半。不过，这些人还是立刻便组织了反攻。

这一场仗只杀得天昏地暗，尸横遍野。

太昊简直是怒极，他竟然没能防备魔奴的袭营，而致使酿成如此惨剧。是以，他对魔奴的出手绝不留情。

魔奴想退也退不了，虽然他身为鬼方的第三高手，但是与太昊相比，仍要逊色一个档次，根本就只有挨打的份。

轩辕行上崆峒之顶，一路上的山道也不知盘了多少台阶，但路旁多是四季不谢的花，尽管冬日叶凋枝残，却依然可以感受到一股浓浓的盎然之意。

战马和众人的坐骑都留在山下，这些坐骑自是不适合上山。

崆峒山下有一个小村落，小村落中的人对歧富诸人极为客气，而且都似乎与歧富熟识，战马坐骑全都寄在那小村落之中。

“仙长说今日还要思索一些问题，明日才能够见轩辕公子，还请轩辕公子诸人能够见谅!”五阳极为客气地道。

轩辕微微错愕，歧富也微讶，但是知道五阳不会说谎。他也明白广成子的习性，因此并不奇怪，只是点了点头道：“为各位安排住宿之处!”

五阳闻言立刻应命而去。

“诸位既来崆峒，便先好好休息一天，明日再说吧，这一月来的长途跋涉可不怎么好受。”歧富笑了笑，悠然道。

轩辕诸人只好应诺，广成子仙长是何等身份，既然来了，就应客随主便。

绝没有人敢说这是广成子在摆架子，说不定广成子真有什么问题要想也说不定。

这一路上一个多月都已熬了过来，再等一天时间又有何妨？何况，这些人一连跋涉了一个多月，确实也太累了，皆因轩辕无法骑马，否则早就到了。

轩辕的伤势太重，不能够在马背之上太过颠簸，因此众人只得慢慢行走，这使得行走的速度大减。当然，如果那些战马没有在太行山中被风骚给害死，那他们到崆峒山的速度则会更快，至少可以缩短一半的时间。

可惜世事总是不尽如人意，害得众人多经受了半个月的风霜雪雨。不过，能够将轩辕安然地送到崆峒山，众人的心中也松了一口气。

每个人的心都紧张了一阵子，害怕再遇上破风这样的强敌。那时，要是让轩辕受到了什么损伤，他们实无法再向有熊和华联盟交代。

诸人实是应该好好地休息一天，将满心的疲惫全部都清去。

而最苦的人自是轩辕，虽然他并没有下地走路，可是这二十多天的担架生活，简直让他憋出病来。他居然也会有这一天，受如此重的伤，连走路也显得极为费力，这种感觉确实不爽。

轩辕虽然喜静，但若是在身体行动受制的情况下，仍然是难以静下心来。

太昊杀得鬼方战士大败，他依然占着人多的优势，而且高手极多。只不过，伏羲战士死伤的人数比鬼方还多，折损了一千多人，这大概是太昊做梦也没有想到的。

或许是太昊得意忘形了，当然，他怎么也没有料到魔奴会如此快便领着鬼方战士来袭，使他根本没有准备的时间。

魔奴差点惨死在太昊的手中，在重创之下，被两魔妃回兵来援而救走，但是鬼方的战士死伤也余千。

魔妃不敢与太昊恋战，她们怎会不知道太昊的厉害？以她们的武功，根本就不可能是太昊的对手，因此便只好选择逃逸。

太昊对那些战死的伏羲氏战士心痛不已，对鬼方的战士更是恨之入骨，立刻领着数百骑紧追魔妃一干人骑，另派一些人将伤员和所得的财货运到安全之所。他几乎是下定决心要将鬼方剿灭！

此刻的太昊，已经不全是为了征服，更多的则是因为仇恨。

魔妃也不断地派人断后，但是却没有人是太昊的对手，每组断后的人，皆被杀得四散溃逃。不过，这也挡住了太昊一些时间，让魔妃诸人有个缓气的机会。

太昊诸人似乎是横下一条心，即使追到天涯海角，也要将对方格杀！

杜圣的差事看上去似乎极为轻松，但其实也是最烦琐的。

他不仅要为有悔长老和杜修运送粮食，接应伤员，更要处理战俘，这确实是一件让人头大的事情，所有的后勤工作都要他去做。

杜圣幸运的是身边有许多人相助，而他的身后也有强大的陶唐氏支持，因此在处理战俘的问题上也并没操很多的心。

陶唐氏事实上也等于是间接地参与了这次战争，只是未动用兵马而已。至少，陶唐氏派出了许多能人为杜圣的后勤出谋划策，甚至是送粮草以应急需。

杜修和有悔长老都知道小心行事，作为副手的虎叶和蛟梦更是小心谨慎。

东夷的快鹿骑确实不是好惹的，一个不小心，便很可能导致全军覆灭。

东夷确实开始组织反攻，但相对来说，东夷的兵力太过分散，并不能对杜修抑或有悔长老造成什么毁灭性的威胁。

事实上，东夷对有熊的兵力已经是穷于应付，尽管东夷诸部的人数都不少，可是由于各部落之间太过分散，一时之间难以合兵一处，这才给了有熊各个击破的机会。

而此刻，九黎也向东夷诸部告急，九黎王风骚未归，风绝成了废人，而风沙也大败回到九黎本部，九黎的两大重地神谷和神堡皆落入龙族之手，这对九黎来说，简直就是致命的打击。

风沙也受了小伤，虽然他逃出了神堡，但是却不幸地遇上了蛟龙的骑兵，连帝十也惨死途中。风沙若非武功高绝，蛟龙还不能够制约，只怕也已经死于返回的途中了。

能够逃回九黎本部的，只剩下风沙，余者皆难逃蛟龙骑兵的追杀。

无论是在速度上还是攻击的力度上，龙族的骑兵都要比快鹿骑更优胜。

战马的体能之好，比战鹿至少要强上一筹。因此，自神堡之中逃出来的九黎战士遇上了蛟龙的骑兵，也只能在心里暗叫倒霉了。

风沙如此惨败而归，更使九黎几乎陷入了绝望的境地，几乎是没有人敢奢望凭自己的力量打退龙族战士。

此刻九黎本部所有的兵力加起来，也仅一千余人，相较而言，比龙族战士还要薄弱，而且，还有一部分人是伤病缠身。

这都是蛟龙的功劳，他的骑兵将九黎人杀了个落花流水。风浪也狼狈地逃返九黎本部，却是被龙族战士给伏击了。

风沙和风浪现在能做的唯一一件事就是死守九黎本部，等待着依附部落的援兵赶来，然后他们才会和叶皇决一死战。

风沙尝到了叶皇的厉害，明白单凭武功而论，此刻九黎之中无人是叶皇的对手，除非帝大回返，但这是不可能的，因为此刻帝大仍在北方支援少昊。

轩辕倏然间醒来，那是一种奇怪的感觉惊醒了他。在迷茫朦胧之中，仿佛有一个声音在呼唤，抑或是一种深植入他心底的外来力量惊醒了他。

睁开眼，轩辕吃了一惊，因为映入他眼帘的是一张清瘦红润的面孔，而更让他讶然的却是此人那飘摇的银须银发。

一切都无风自动，包括那张面孔之上那个奇异的笑容，也像是一池春水般在荡漾。

“你是谁?”轩辕惊讶地坐起身来，手握身边的刀柄，但在突然之间他想起自己不能够随便动武，而且功力也不足以对敌，不禁又松开了紧握刀柄的手，目光紧紧地逼视着对方。

不看还好，一看之下，轩辕更是骇然。当他接触到对方的眼神之时，竟然心头狂震，仿佛一下子被一股奇异的力量牵扯到另一个无垠的空间。

那双眼睛是轩辕所见过的人中最为特别的一双眼睛。

深邃得无边无际，空明犹如一片碧蓝恬静的天空。在这双眼睛之中，所看到的不是人的感情，而是一种无限延伸的生机，仿佛是一个完整美好的异度世界，让人迷失，让人无法自制地惊叹。

轩辕不敢相信这是人所能拥有的眼睛，但眼前站着的确确实实是一个人。他还知道，在他睡着之时，便是这双眼睛之中的生机惊醒了他。

“你是广成子仙长?!”轩辕在突然之间恍然大悟，开口吃惊地问道。

那人笑了，依然是那般平静，只是眸子之中似乎有一种生机在涌动，仿佛是群山叠翠，又仿佛是波涌涛翻，轩辕也无法找到词语来形容这老者眼中神采的变化，他只是傻傻地望着对方。

“你醒了。”老者的声音极为慈祥平和，仿佛带着一种催眠的作用。

轩辕再不怀疑此人便是广成子，惊骇间，欲起身行礼，却倏然发现自己根本就无法动弹，除那两只手外，其余的部位都没有了知觉，仿佛已经不再是他身体的某一个部分了。

“不要动，我已经为你施了开经破脉之法，你的身体将会失去知觉，更不能动弹，好好地睡一觉吧，醒来后，你将会是一个全新的你！”老者依然是温和而平缓地道。

轩辕竟在这个声音的刺激之下，不知不觉地沉沉睡去，也不知是太累了，还是因为这老者的声音之中确有一种催眠的力量。

对于塞北的熟悉程度，太昊自然是不如鬼方这群长期生活在塞北的人。

一到了天黑，太昊便不得不扎营停止追击。他也想连夜追杀魔奴，但是在这黑夜之中，他更担心的是身遭埋伏。

鬼方人并不害怕夜晚行军，对于这些道路，他们是再熟悉不过了。因此，在塞外，他们完全有理由连夜而动，以逃过太昊的强势追击。

太昊给他们的威胁极大，对于鬼方人来说，这确实是一种悲哀。自被轩辕大败于涿鹿之后，他们便没有好好地过一天安稳日子，此时又遭少昊和太昊两路夹击，怎叫鬼方人不胆战心惊？

若是天魔罗修绝在世之时，自是不怕，至少以天魔之勇，足以与少昊或太昊中任何一人相提并论，再加上鬼方的众多高手，太昊和少昊又不能倾力而来，因此足以抵抗少昊和太昊的攻势。但遗憾的是，天魔竟然在与轩辕一战之中死得不明不白，这确实是鬼方的一种悲哀。

当然，如果天魔没有死的话，太昊和少昊也不会来攻打鬼方了，更是不敢！

现在鬼方唯一的办法，便只好返回极北绝域，那是刑天部的发源之地，而在那里更藏着外人所无法得知的秘密，一个足以让鬼方化解眼前危机的秘密！

知道这个秘密的人并不多，但相信这个秘密存在的人却不少。

当然，刑天的命令也是每一个鬼方人不能违抗的。

夜很深，凤妮犹未眠，她在想轩辕，她不知道轩辕是否已经安然抵达了崆峒山，为何这个时候仍没有音讯传回？

尽管白天的忙碌使她有些疲惫，可是一旦歇息下来，她便禁不住地去想轩辕。对于凤妮来说，这个世界似乎只有两件事，一是有熊的繁荣，二便是轩辕，她也不知道自己何以如此无法摆脱那思念的情绪。

已经一个多月过去了，她慢慢习惯了没有轩辕在身边的日子，也习惯了没有轩辕在身边的日子思念轩辕。生活也便在这重复再重复的境况之中一天天地过去了，可是今夜，凤妮依然未能睡着。

脚步之声似乎打扰了凤妮的思念，她微有些惊讶，惊讶如此深夜会是什么人来打扰她呢？

“太阳已经休息，有何事明天再禀！”凤妮屋外的四名剑婢压低声音冷然道。

“是伯夷父有急事求见太阳，还请几位姐姐回禀太阳一声，伯夷父正在宫外相候呢。”一个娇脆的声音传入凤妮的耳中，她听出是守在外宫的剑婢。

在凤妮的行宫之中，有许多剑婢，这些人才是凤妮的寝宫护卫，虽然在太阳宫中也存在着金穗剑士，但他们不能踏足寝宫一步。在熊城，可以踏入凤妮寝宫的只有一人，那便是轩辕。不过，此刻轩辕已经不在熊城，即使是伯夷父和元贞长老之类的，也只能在寝宫之外相候。

那四名剑婢一听是伯夷父在外有急事求见，倒也不敢怠慢。她们自然明白，伯夷父实是轩辕和凤妮的心腹，几人之间的关系非同一般。

“你在此稍等，我去回禀太阳，若是太阳已睡着，那只好请副总管明日再来相禀了。”一名剑婢说着，便转入凤妮的寝宫之内。

“去告诉副总管，我一会儿便到！”凤妮突然开口，倒让那剑婢吓了一跳，忙退身而出。

凤妮却在奇怪，何以伯夷父会如此深夜来见自己？难道是前线军情出现了一些问题？想到这里，凤妮急忙起床踏步而出。

伯夷父在外相候了半晌，凤妮此时已简装而出，但依然无法掩饰其绝美的风姿。

“副总管深夜前来，可是有悔长老方面有紧急军情？”凤妮开门见山地问道。

“不，是另有要事，前线的军情一切状况都很好，虽遇小挫，但无伤大雅。不过，伯夷父深夜惊扰太阳休息，实有不该……”

“副总管何用如此客气？若是有急事，凤妮岂能贪一时之睡而延误大事呢？副总管细细说来好了。”凤妮一听不是前线军情危急，也放下了许多的心事，悠然打断伯夷父的话道。

“地神土计欲降我有熊。此人向来与我有熊作对，曾与大总管数战，我怕此次他来降伏有所诡诈，是以一时没敢答应，这才请太阳定夺！”伯夷父突然道。

“哦，他会有什么诈？”凤妮微讶，她自然知道地神土计其人。在癸城之时，土计还曾抢夺过她的洛书，更知道此人数次与轩辕交锋，但每次都在轩辕手下铩羽而归。但不可否认，此人的遁地奇术确实让人心惊。

“此刻鬼方是无路可走了，地神土计这才来降。此人向来支持刑天与天魔罗修绝，而此次刑天并未败给少昊，他却来降，而且还坚持要见大总管或是太阳，这不能不让人怀疑……”

“哦，就只是这些呀，那又有何怀疑的？昆夷诸部不也是来投了吗？而且都是心悦诚服，何以土方部来降会有诡诈呢？以土计的武功，只要正面相对，难道他还能在我们有熊这么多高手之下占到什么便宜？”凤妮淡然笑了笑，不以为意地道。

伯夷父也微微不好意思，他知道土计此人诡计多端，是个极为难缠的人物，其遁地之术，只怕唯有满苍夷和轩辕才能对付得了。

轩辕能对付土计，是因为他对土计有一种特殊的感应，抑或可以说，是因轩辕具有超人的灵觉；满苍夷能够对付土计，则是因为她具有超人的速度。而其他人，对土计则是防不胜防，没有谁敢说一定有把握能将这个可以遁地而走的家伙给逮住！尽管以伯夷父的绝世修为，在正面交手的情况下会胜过土计，但讲到暗杀或是刺杀诸种手段，则仅满苍夷可与土计相提并论，余者皆要望其项背。

“地神现在哪里？副总管不用担心，虽然此刻鬼方并未全败，但无论是生存的环境还是所处的境况，都足以给他们以降伏的理由，轩辕不是早就已经算准了这一天吗？”凤妮淡淡地道。

伯夷父不再言语，凤妮并未说错，这一切都是轩辕一手造成的，轩辕似乎未卜先知地预料鬼方将出现的局面，而且以一种从未有过的方式善待奴隶，这才使鬼方诸部对有熊心生向往，也使鬼方诸部相继来投。

当然，轩辕对待战俘的方式曾遭到许多人的质疑，但是轩辕有着大败鬼方、杀死天魔罗修绝的威势，谁也不敢提出反对，同时也使得有熊子民对轩辕奉若天神，即使是轩辕下令善待战俘，这些有熊的子民也都纷纷响应，这才在全族上下造成了一种强大的声势，从而使得这一计划顺利施行。

第一百三十四章　地神投敌

轩辕的这一计划可以说完全改变了有熊子民和战士一向待敌的观念，无论是作战的积极性还是生活处世观，都得到了一个全面的修正，这也是轩辕最大的功德。可以说，这具有划时代的意义，无论是在战略方针还是用兵原则之上，轩辕都是在做一种全新的尝试，并塑造了一个全新的理念，这使得轩辕当之无愧地成为了有熊族的军事大总管，更成了华联盟的军事总指挥，基本上就是华联盟的首领了。

事实上，佩服轩辕的不仅仅是有熊的子民和战士，即使是陶唐氏还有各加入华联盟的大小部落，都在为轩辕的做法喝彩。

这也确实值得喝彩，只从这些所取得的成就来看，便知道，轩辕的做法是多么的有先见之明，多么的高瞻远瞩。

尽管伯夷父比轩辕年长，但是他依然对轩辕佩服得五体投地。

伯夷父知道轩辕在有熊的所作所为，包括刺杀四大城主、三大寨主这种胆大妄为的事，更包括暗中处决创世大祭司和蒙王蒙络的事，这些无不表明轩辕确实拥有过人的手段和胆量。

轩辕的做法简直让人吃惊，让人难以置信，若是叫伯夷父去干，他想都不敢这样想，但是轩辕却制造出了这样的机会，并将一切阻碍他前进的人一个个踢开，丝毫不留情。

伯夷父也是一个敢做敢当的人，他能够在有熊族之中以一个外人的身份获得城主的地位，便可知他绝对不是一般的人。但是比之轩辕，伯夷父知道自己仍少了一些魄力，少了一些果断，在运筹帷幄的才能上，他也不得不承认比轩辕逊色一筹。

轩辕能够以如此年龄，却拥有如此成就，这一切并不是偶然，单只看他对有熊和龙族的安置，便可以证明他足可成为任何人的对手。

当然，何以轩辕会拥有如此智慧，确实让人有些难以想象，或者，可以用“奇迹”一词去解释吧。

无论是朋友还是敌人，基本上都认同了轩辕的才智，否则的话，土计也不会最想见到的人是轩辕，然后才是凤妮了。

凤妮自不会与轩辕争名气，轩辕的威望越高，她只会越欢喜，因为她爱轩辕。

土计也来到了熊城，但来的人却只有他一个，其所属部落的人并没有同来。

土计的行动几乎很难被人限制，他自泥土之中穿行，根本就没有人可以发现。是以，便是伯夷父也看不住土计。

这次，土计并未借遁地之术潜身，而是大模大样地来见凤妮。

土计的身材极矮，与凤妮相比，其比例也有些可笑。

“请坐!”凤妮极为客气地伸手向一旁的位置上指了指道。

伯夷父便坐在凤妮的下手，凤妮的身边则是四名剑婢，这里可以说是太阳宫之中的会客厅，由于夜已深，凤妮便不曾打扰元贞长老和吴回大祭司，而是由她亲自会见这意外的来客。

“谢太阳!”土计并不客气，转身便坐在离凤妮两丈余远的坐椅之上。

“地神此来，不知所为何事?”凤妮虽知土计来意，但仍要证明一下。

“土计此来，只是想依附太阳。久闻轩辕大总管善待战俘，仁义盖世，土计想在有熊周围为自己的族人谋一块能够安居乐业的净土，以免受北方凄寒之苦，还望太阳能应允。”土计客气地道。

“地神应该知道这是有条件的，而且这还要看贵部的诚意。”凤妮淡然道。

“土计既然已经来了，便是有着最大的诚意，否则我绝不会独身前来熊城，说不定我已经去了极北绝域！”土计肃然道。

“哦，地神应该知道，我们并不介意你们加入我们的华联盟，成为有熊，甚或是华联盟的一部分。事实上，昆夷诸部也是你们的榜样，因此，我们欢迎你加入我们的行列，成为兄弟部落。不过，地神深夜到访，定不只是为了此事而来吧？”凤妮悠然道。

土计望了凤妮一眼，诚然道：“太阳所说没错，如果只为加入华联盟，我是没有必要深夜找你的，更无须单独找你，这次土计来访是另有要事相禀。”

“哦，地神请讲。”凤妮依然很淡然地道。

“太阳和副总管可曾听说过极北绝域？”土计悠然问道。

“就是地神刚才提到准备前往的地方？”凤妮望了土计一眼，问道。

“不错！”

凤妮摇了摇头，表示未听说过，但伯夷父却若有所思地皱了一下眉头。

“副总管应该听说过吧？”土计问道。

“听是好像听说过，传说那是刑天部的发源地！”伯夷父如实道。

“是的，那里确实是刑天部的发源地，而此刻刑天正将所有人都撤向了极北绝域。”土计吸了口气道，他的神色也变得有些异样。

“这又有什么不妥吗？他无法承受来自少昊的压力，自然要撤离了。”伯夷父悠然道。

“不，事实并不是这么简单，如果谁要这么想，一定会吃大亏的！”土计断然道。

“哦，那是因为什么？难道极北绝域还会有什么奇事？”凤妮反问道。

“是的，这个秘密在鬼方只有几个人知道，而这几个人中却又有二三人死于轩辕大总管的手中，因此眼下知道这个秘密的人少之又少……”

“究竟是什么秘密？”伯夷父忍不住打断土计的话问道。

“你们所见到的刑天并不是真正刑天部的刑天，而是刑天的亲弟弟！”土计语破天惊地道。

凤妮和伯夷父皆一震，像是在看一个怪物一般望着土计，他们不知道土计何以会有如此一说，而且语调这般肯定。而他们从来都没有想过那个人人称道的刑天，何以竟会不是真正的刑天呢？若此人不是刑天，那谁又是刑天？

伯夷父笑了笑，他不相信土计的话，实是因为他没有办法相信土计的话。他与刑天交过手，而且还自刑天及鬼方众高手手底下逃得一命，是以若让他相信这个刑天不是真正的刑天，的确很难，不禁淡然反问道：“那地神认为谁才是刑天？”

土计和凤妮怎会听不出伯夷父的话中之意？但土计却是毫不为意：“真正的刑天乃是刑天部的创始者，被刑天部所有人称为始尊之人！而这个刑天只是在始尊闭关之时才接任刑天部首领之位，但他与真正的刑天之间，却是相差甚远！”

“始尊？刑天部的创始者？”凤妮也讶然问道。

伯夷父也吃了一惊，问道：“谁是始尊？难道那个人还没有死？”

土计摇了摇头，道：“始尊便是昔日的天神据比，天神据比才是刑天部的真正刑天！”

“什么？”凤妮和伯夷父同时惊呼，这确实是一个让他们吃惊的消息，他们怎么也没有料到，天神据比竟然还未死！而且还是真正的刑天！那这样一来，鬼方的力量就让人不得不心惊了。

天神据比没死，这确实是让人不可思议的事。要知道，天神据比与蚩尤乃是同一辈人，更是可以与蚩尤分庭抗礼的人。当年天神据比被伏羲和女娲及王母太虚逼至了极北绝域之地，而后扎根北方，这才有了鬼方，而神族为对付鬼方花费了不少的力气，若说天神据比仍没死，那他岂不是与当年女娲娘娘一般活了数百年？可想而知这是怎样一件不可思议的事情。

“这怎么可能？”伯夷父首先不信，“如果天神据比没死，他怎么会不出现呢？”

“这便是极北绝域的秘密所在，事实上，你们可以说天神据比没有死，也可以说他已经死了。”土计吸了口凉气道。

“这话怎讲？”凤妮也有些不解。

“天神据比的原身早已被毁，在百余年前出现的，便不是他的原身，而是借了眼下‘刑天’之兄的躯体，而后与‘刑天’之兄的灵魂合二为一，这才是真正的刑天。所以说，刑天可以算是天神据比，天神据比也是刑天。蚩尤的魔魂之所以能借别人的躯体而复生，这实是向天神据比所学，并无新意。当年天神据比与刑天合二为一之后，情感诸方面就成了刑天，而武功方面就成了天神据比。可以说，真正的刑天乃是刑天与天神据比的合成体！后来在百余年前的神魔大战之中，刑天仍是没能战胜伏羲、女娲和王母太虚，反而身受重伤，便是潜于刑天体内的天神据比的精气也遭到封锁。当然，蚩尤更惨，整个肉身被毁，魔魂被封锁于神门之中。刑天当年还能逃回极北绝域，留下遗言，而后闭关。没有人知道这一百多年来，他究竟发生了什么样的变化，所以世人可以当他死了，也可以当他还活着。”土计悠然道。

凤妮和伯夷父都听得呆了，他们哪里想过，事情竟会这样曲折离奇？

他们确实听说过天神据比曾控制了北方，但却没有想到，所谓的刑天便是刑天与天神据比的合成体，而且在一百多年前，天神据比就知道将魔魂寄于人体之内，可见那时的他便可比今日的蚩尤了。

土计知道这个秘密并不奇怪，因为土计乃是鬼方的元老，更曾是刑天手下的战将，因此他才会知道这秘密。伯夷父此刻也不再怀疑这些了，既然蚩尤可以借别人之体寄托自己的魔魂，天神据比自然也可以，那叶帝会不会也将成为另一个蚩尤呢？

这是一个没有人可以回答的问题，就像没有人知道闭关一百余年后真正的刑天会怎么样，会发生什么样的变化一般。

如果轩辕知道这个消息，他会怎么想？而轩辕还能不能够应付这个可能重生或是出关的刑天呢？抑或是天神据比！

天下之事，确实是无奇不有，没有人能够说得清楚。一切的一切，听起来都仿佛玄之又玄，奇之又奇，似乎是做了一场无法理解，但又情绪鲜明而有序的怪梦，或许生命本就像是一场梦吧。

“如果刑天真的还活着，那鬼方岂不是很快就可以再次振作起来，击退太昊和少昊吗？何以地神却不等这一天呢？”伯夷父突然问道。

土计闻言并不惊讶，他道：“即使是刑天还活着，鬼方也是难以振作。北方苦寒，受天气的影响，根本就难以有大的发展，是以鬼方世世代代想南进，在南方这片沃土上过另一种生活。但是南有有熊相逼，再有陶唐氏守住太行，因此鬼方向南很难有寸进。若说向西而去，那里也同样无法与这东南方的沃土相比，战争本身是为了什么？还不是为了族人能够幸福安定？如今，我们能够不战而达成愿望，试问谁不想如此呢？”

凤妮点了点头，肯定了土计的话，伯夷父也不由得点头，轩辕也正是因为看出了这一点，才会肯定鬼方诸部会相继来降。看来地神土计也是个聪明人，亦看出了这一点。而此人也不是个大奸大恶之人，更不会为一己之私而置族人于不顾。

“事实上，我之所以来投有熊，更是因为纵观天下，唯有有熊和这新兴的华联盟才是最有潜力，也最有可能成为天下的主宰！我们的族人只有依附了有熊，才有可能享受更可靠的安定与和平。”土计毫不掩饰地道。

“哦，地神何以有此见解？”凤妮微笑着问道，对于土计的话，她确实感到自豪。

“就因为有熊拥有一个轩辕！轩辕是我见过的所有人中最为神秘而高深莫测的人物，我相信天下间能够战胜他的人几乎没有！”土计说到这里又补充道，“当然，我指的是智慧。而且，他又是如此年轻，我实在想不出理由这个天下会不是轩辕的！”

凤妮和伯夷父皆为之动容。

轩辕也不知道自己究竟沉睡了多久，醒来之时，只感到胸前的郁闷尽去，仿佛根本没有受伤一样。他禁不住大喜过望，但是一试自己的功力，却发现体内空荡荡的，连半点力气也没有，不禁再次大惊。

“桃红，莹莹！”轩辕坐起身来，只觉身上仍然是极为舒泰，不过此刻已是日上三竿了。

屋外的桃红和陶莹听到轩辕这般呼唤，急忙走了进来，一见轩辕坐起身来伸懒腰，不禁大喜问道：“夫君全都好了？”

轩辕苦笑道：“我的功力完全没有了。”

桃红和陶莹一听，不由大吃一惊，骇然问道：“怎么会这样？”

“不用惊慌，昨夜仙长为轩辕破脉，使轩辕体内的戾气全都散了出来，而其功力全都散于四肢百骸，因此轩辕感觉不到自己的功力存在，只需仙长再施以开经大法，轩辕体内的功力自然会恢复。”歧富大步跨进，笑意盈盈地道。

“仙长已经给夫君施法了？”桃红和陶莹相视望了一眼，惊奇地问道。昨夜她们一直守在屋外，根本就没有感觉到有人入屋，以她们的功力，会有人自她们身边走过而不知觉？

“不错！”歧富肯定地道。

轩辕也点了点头，有些不敢肯定地道：“昨夜，我好像看到了仙长。”

桃红和陶莹更是惊讶，两女昨夜轮流看守，还有跂燕诸女，可是她们根本就没有见到广成子仙长进入轩辕的房中。

“可是，我们根本就没有看到仙长进屋呀？”桃红惊讶无比地道。

“你并未见到仙长！”歧富望着轩辕笑了笑，肯定地道。

“那我昨晚见到的人是谁？”轩辕也糊涂了，又道，“我还记得他跟我说了一些话。”

“你只是在梦里见到了仙长，那根本就不是现实中的。”歧富道。

“梦里？”众人皆愕。

“难道说，仙长是在梦里给我施的法？”轩辕更惊，问道。

“不错，那可以叫梦，也可以不叫梦，那只是一种境界，生命的另一种境界，一种已看透和超脱生死的境界！”歧富连用了三个境界，可是却让众人都糊涂了。

众人是有些糊涂了，竟然有人可以在梦里给别人治疗伤势，这岂不是在说什么神话吗？但众人又不得不相信，否则轩辕何以今日突然精神变得这么好？定是因为昨夜有什么很离奇的遭遇。

连歧富对轩辕的伤势也有些束手无策，天下间，除了广成子仙长，还会有谁比歧富的医道更高明呢？而且能在别人不知不觉之间让轩辕的伤势痊愈，甚至连轩辕自己也不知道。

歧富见众人都那样傻傻地瞪着他，似乎是想问得迷津。他不由得也苦笑了笑道：“我也不知道如何解释那究竟是怎样一种境界，因为我与你们一样，同样无法看透那种境界。这是需要切身体会的，因此世间所说之‘道’，需要聪颖的天资去领悟，我能够解释的，也就只有这么多了！”

轩辕见歧富仿佛也急了，不由笑了起来，他明白，歧富是真的不知道，他绝不会骗他们的。很难得是，歧富竟也有窘迫的时候。同时，轩辕心中也暗暗猜想：“那究竟是何种境界呢？”想到这里，不禁自言自语道：“难道梦和生命是可以转化的？”

众人又愕然，谁也不能回答轩辕的话，因为谁也不知道。生命和梦又不是冰与水，怎么能够转化呢？因此，他们只会当轩辕在痴语，桃红诸女反而被轩辕那样子给逗笑了。

歧富苦笑道：“这个只好由仙长告诉你了，我们根本不知。不过，听仙长说，他仍没有抵达最高境界，否则的话，他只凭在梦境之中，就可以将你的伤势完全治好，也不会留下开经大法而未用了。”

“还有更高的境界？”轩辕再次为之动容，惊讶地问道。

“这个你只好留着去问仙长了，我无法回答，因为我根本就不知道。”

“仙长现在哪里？我这就去见他。”轩辕心情一下子变得急切起来，催道。

“仙长有请轩辕公子！”正当轩辕话音一落之时，五阳跨入屋中扬声道。

众人皆感愕然，广成子似乎知道轩辕已经醒来，而且知道轩辕想见他一般，在时间之上竟然把握得如此之巧，巧得让人吃惊。

轩辕半晌才回过神来，道：“五阳兄请带路！”

众人这才回过神来，无不啧啧称奇，一个个仿佛置身梦中一般，对现实和梦境根本就分不清楚了，难道广成子真的神通广大到如斯境界？

刑天确实很恼，土计竟然在最后时刻还是选择了依附有熊。事实上，前几日他就觉察到土计似乎有些不对劲，只是他没有怎么在意，抑或他对土计太过信任。

要知道，土计乃鬼方八杰仅存的元老，可以算是百年来鬼方的中坚人物，为鬼方立下了不少汗马功劳，便是始尊在时，也很器重他，天魔罗修绝也对土计十分客气，但正是这样一个人，竟然在最后时刻弃鬼方而去，这对鬼方的军心打击确实很大！

不过，事已至此，也没有办法追悔，刑天只好领着剩下的鬼方战士返回极北绝域。

一路上，刑天自然发现了太昊所留下的满地战尸，但此刻这些尸体已经冰冻，不过刑天仍认得出是鬼方的战士及子民，还有的则是伏羲氏的战士。只看了这些，便让刑天大吃一惊。

刑天确实没有想到太昊竟会来到自己的后方，给自己一记痛击，而且看这地上冰冻的尸体就知道这一战极为惨烈。

刑天无心耽搁，只好一催坐骑，极速赶往极北绝域。不过，这一路上却是极为小心，他担心太昊会在路上设下埋伏。

太昊可不是一般的人，一个绝不比少昊逊色的人物，且刑天又不知道太昊身边究竟有多少战士。

其实刑天的心里也挺苦，偌大一个鬼方，居然会在短短的几个月之中落得如此惨败收场，前有太昊，后有少昊，鬼方就这样夹在两大势力的中间被围堵。

昔日的鬼方是何等声势，完全可以成为神族的劲敌，无论是神族在盘古氏掌权时，还是后来在伏羲、女娲掌权时，都对神族有着极大的威胁。后来鬼方甚至将神族逼得四分五裂，那时是何等威势，而今却如丧家之犬，被人追堵。

而这一切，却都只因为轩辕，一个在一年前藉藉无名的娃娃。刑天心中的恨是无与伦比的，但他又不得不承认轩辕的厉害之处。

尽管轩辕没有少昊和太昊那样的绝世武功，但是鬼方之败，却不是败在少昊和太昊的手中，而是彻彻底底地败在轩辕的手中。

如果不是轩辕那兵不见血刃的诡计，使得鬼方族人的人心、军心涣散，人人思降，太昊和少昊根本就无法逼得他们弃城而走。

正因为轩辕的诡计，使得鬼方人人都想着去降伏于有熊族，斗志大消，更因为这些人偷偷地去降附有熊，使得民心不稳，军心大动，而且在人数上不断减少。此强彼弱之下，鬼方岂有不败在太昊和少昊攻势之下的道理?

本来，鬼方战士善于在苦寒之中作战，若是再下几场雪，太昊和少昊在久攻不下之时，而其士卒又难以忍受北方的苦寒，自然是不战而退。可是由于大量的鬼方子民归降有熊，而使鬼方无法再长期坚守下去，这确实是一种深深的悲哀。

善战者，非以武力而屈人之兵。轩辕其实比太昊和少昊更为可怕，就因为他对人心的揣测，对战局的把握，透彻得让人心惊！他会让你败得莫名其妙，更会让你莫名其妙地陷入他所布下的局中，而当你发现之时，已经是败局已成。

刑天真后悔当初在轩辕尚未成气候之时就出手杀了他，后悔自己当初并未对这个年轻人加以重视，否则的话也不会酿成今日这般苦果。当然，他也知道，自己没有未卜先知的能力，在这之前，他确实没有料到轩辕竟会有如此作为。

有些人总是在事情发生之后才知道后悔，这大概是世人的通病。当然，若事情还没有发生也不叫后悔。

轩辕跟在五阳身后穿过长长的曲折至极的青石板路，终于算是抵达了一座阁楼前。

说这是阁楼，是因为它有柱有椽，事实上，这只能算是一扇门，只有几根柱子，而前后无墙，空荡荡的可以看见阁楼后的云气缭绕，紫霞隐隐。

阁楼内外仿佛是两个不同的天地，外面清明，里面却空蒙无法看到边际，而且更仿佛深不见底，便像是一个深邃至极的巨渊。

轩辕不由得一阵错愕，抬头望了望那阁楼上的几个巨大金字“紫霞洞天”，不禁心中讶然。

那几个字虽是闪烁着金光，但应不是金质，而是以指力深深地刻入那几根不知何质地的怪柱的顶部横梁上，气势磅礴又透着一种奇异的生机。

不用说，这几个字定是广成子仙长所书。当然，并不是说别人就没有这份功力，若说是在这横梁上刻字，当轩辕的功力处于最佳状态之时，也能够做到，但是要让这几个字透出如此的生机和活力，却不是他所能做到的。只看那字体的一笔一画，仿佛都可化为活物飞走一般，这也是一种境界。

轩辕不由得看痴了。

“仙长便在里面等你，我们进去吧！”五阳提醒轩辕道。

轩辕这才回过神来望了望那一片朦胧的另一边，不由得惑然扭头问道：“这里面？”

五阳一笑道：“不错，紫霞洞天正是仙长修真之地。这些年来，从没有外人进入过。”

轩辕仍然有些不解，他踏上几步，来到云雾的边缘。这些云雾似乎并不外溢，仿佛是罩在一张奇异的网中，或是有一堵奇异而透明的墙相隔，使那不停涌动翻滚的云雾无法溢出分毫。

轩辕的眼力竟然无法看透云雾的底下究竟有多深，只感到一阵阵幽风嗖嗖吹来，他禁不住心头生出一丝寒意，忖道：“难道五阳是要害我，才将我引到这无底深渊中来？这里哪里有什么洞天，分明是一片绝域。”

五阳见轩辕脸色数变，似乎明白了轩辕心中所想，不由得笑了笑，大步踏入云雾之中。

轩辕又吃了一惊，竟发现五阳并未坠下去，而是踏在云雾之上，仿佛有一股奇异的力量托着五阳的身体，飘然若仙。

“你……你……”轩辕惊得有些说不出话来，这五阳的轻功竟比满苍夷不知好了多少倍，只凭这在虚空之中的站立，便足以惊世骇俗，更何况五阳迈步自若，仿佛闲庭信步，这怎不叫轩辕吃惊？

五阳笑了笑道："来吧，这是仙长所布下的九幽青冥阵，你所看到的只是幻觉，这里本是一片实地，但走无妨！"

"啊……"轩辕这才恍然，但仍有些难以置信，试探着将一只脚踏入云雾之中，果然踏着了一片实地，不由得心头一松，知道五阳并未说谎，禁不住大赞道，"世上竟有如此神奇的阵法，真让轩辕大开眼界了。"

五阳淡然一笑道："拉住我的手，别以为这阵势只是吓唬人的。这里到处都有可能失足坠入万丈深渊，因为这里只是深渊之间的一道狭长谷地，如果你以为全是实地，则很可能踏入深渊。"

"哦。"轩辕又吃了一惊，忖道，"这里可真是玄之又玄。"不过他不敢不信五阳的话。

"记住我走的步子！"五阳拉着轩辕小心地一步步迈出。

轩辕默默地记着，九步一左拐，九步一右拐，再九步向左拐……如此左九步，右九步，竟连连拐了十数次，轩辕才觉眼前一亮，云雾尽在他的身后了，出现在他眼前的是一个平台，而平台是依一堵绝壁而突出。平台的周围全都是云气所罩，而他立足之处，更画着一道奇怪的令符。

轩辕知道自己已经走出了九幽青冥阵，不由得回头望了刚才走过的云雾一眼，心中不由一阵骇然。他刚才清晰地感觉到自绝崖之底升上来的冷风，知道五阳的话并未骗他，不禁为刚才的险境出了一身冷汗。这个阵势实在是太奇了，奇就奇在你根本就看不见实地，不知情的人哪敢向这之中行走？即使有人知道这里有实地，但是哪里会走得这么好？一个不好只会丧身深渊之中，因此，可以说这确实是一片绝域。

轩辕感受到了来自那山洞之中透出的生机，便像是那个山洞之中存在着一个生命力无比强大的生命。这种生机，只有轩辕以野兽般的直觉才能够清晰地捕捉到，他知道，广成子一定是在这个洞中，这种生机便是他在山下就可以清晰感受到的神秘力量，而且也像是昨夜在梦中惊醒他的力量。

不，那或许不能叫醒，但他却清晰地可以感应到这种力量的存在。

“仙长便在洞中，你自己去见他吧。”五阳将轩辕领到洞口，淡淡地道。

轩辕望了望山洞，又望了望五阳，深深地吸了一口气，然后大步向洞中走去。

山洞清幽，更散发出一股淡淡的檀香之味，使人心安神泰。

轩辕的心情异常平静，仿佛有一种力量在让他全身松弛。

洞并不深，看上去，却是一个丹室，有鼎有炉，但相对来说，还是简陋了一些。不过，轩辕的目光却并未停留在炉鼎之上，而是落在盘膝于一块方石上的老者身上。

轩辕禁不住轻震了一下，这正是昨夜他所见的老者，只是此刻老者的眸子紧闭，仿佛并未见到轩辕的到来一般。

“晚辈轩辕见过仙长！”轩辕恭敬地跪下叩首肃然道。

“很好，年轻人，起来吧！”

轩辕吃了一惊，广成子并没有开口，但声音却是自轩辕的心头升起，仿佛广成子的话是通过轩辕的心说出来的一般。

轩辕惊疑了一下，最终还是站了起来，惑然问道：“昨夜仙长为我施法了？”

“不错！”声音依然是自轩辕的心中传来，这是一种感应，并不须经过耳朵。也可以说，这并不是声音，事实上根本就不存在着声音，但轩辕知道广成子的确说了这些话。

或许这只是心灵与心灵之间的一种对话，无须通过口和耳，更不像声波的频率那般，需要经过振动才能产生声音。

轩辕渐渐地也不觉得奇怪了，事实上，这个世上未知的事物太多太多，他又能够明白多少呢？生命是永无止境的，而他只能算是初生的婴儿，根本就无法明白这之间的奥秘。现在他唯一可以做的，便是以一颗平静的心去对待所有未知的事。

“晚辈不明白，何以昨夜仙长不同时将晚辈的伤势医好呢？那岂不是要省去许多周折吗？”轩辕实不知道该找些什么话题发问，面对这样一个神秘莫测的长者，他有一种从未有过的拘束感。

“此术并不是每个人都可以承受得起的，没有超俗的资质和体质，受此术者，只会自取灭亡！而且昨夜老夫只是与你在梦中相会，也不能齐施此术，因此才留待今日。”

“晚辈不明白，在梦中相会只是虚无的境界，而晚辈之伤乃是实体，虚实之间，何以存在媒介之物？若无媒介之物，何以梦中疗伤呢？”轩辕微微皱了皱眉头，肃然问道。

“是的，梦属虚无，伤却是实体。不过，那只是世俗的说法，万物本无虚实之别，虚者心之惑也，实者亦心之惑也。生命，无虚实之别，因其本源相通，是以虚可实，实可虚，梦与现实并无二致。”广成子的声音依然是自轩辕的心中响起。

“晚辈仍不明白，本源为何物？本源相通又是何意？”轩辕又问道。

“本源可以谓之生机，也可以谓之精神，无论梦里还是现实之中，生机与精神始终是一致的，因为生命的真实存在，生机便不灭，精神也不灭。所谓万变不离其宗，只要让生机和精神完全通畅、旺盛，任何伤都只是无意义的。所谓实者，乃相对而言，对肉身而言，精神和生机为虚，对生机和精神而言，肉身则为虚。所以，我在梦中通彻你的生机和精神，却无法还你肉身的自由。因为梦和生机、精神可联为一体，却无法与肉身并为一体。”

轩辕恍然，顿有所悟道：“所以蚩尤能封存精神和生机，借助别人的肉体而重生？不知晚辈之言可对？”

“嗯，能举一反三，歧富果然没有看错人。年轻人，你说得很对，肉身是短暂的，而精神却是永恒的，当生机与精神结合，而摒弃了肉身之时，便可以得到永生，即使是己身腐化，也可寄于外体重新活过来，这便是世人所说的永生之法。”

“可是有人的肉身也能长生而不老，这又是何故？”轩辕又问道。

“肉身长生不老是有限度的，那是以生机注助于肉身，而使肌体的能量不加以消耗，或是催发肌体的再生。但肉身终会有死去的一天，诸如女娲肉身活了一千年，伏羲肉身活了八百年，但他们最终还是无法保全肉身，这便是天限。肉身是存在于这层空间之中的实体，永远都无法冲破这个空间的限制，只有精神和生机才是真正存在于每一层空间之中的。因此，无论是谁，最终还是要转化为这种形式存在，包括我。只是有些人能以精神支配生机，而有些人的精神与生机分离，那时便整个地消亡，不再存在，也无法转世！”

轩辕听了错愕不已，惊讶地问道：“难道在我们这个世界还有另外一层空间？”

广成子的脸部仿佛泛出了一丝笑容，轩辕似乎也捕捉到了，但是他却无法明白广成子所说之话的意思，他从来都不敢想象在他所看到的世界之外，还存在着另外一个世界。

“不错，我们所看到的，所感到的，只是我们所存在的这一层空间，而在这之外，尚有另一层空间，有些人将它比作天道，也是一种境界。许多人认为武学练到最高境界，就可以冲破这两层空间之间的隔膜，而进入另一种形式的世界。因此，世人才这么崇尚武学，而天道更是许多武人追求的目标！”

“但那层空间是否真是天道呢？他们真的可以通过习武而突破天道吗？而那一层空间究竟存在于什么地方呢？”轩辕越听越糊涂，他都不知道该从何问起，而他心中的许多疑问也便油然而生。

轩辕向来喜欢静静地思索，但是从未有人给他指点迷津，今日突然遇上这样的奇人，所有的问题也便全都涌了上来。

“所谓的‘天道’只是一个代名词，就像别人叫你轩辕一样，只是为了给你加一个代号。至于能不能通过习武破开天道之门，那就要看你资质的高低了。有些人一辈子也无法明白那种境界，也有些人用不了多少年就可以领悟那种境界。事实上，无论是哪一行，诸如修心者，也同样可以入道，练气者亦同样可以入道。任何事物抵达一个极致，都会成为一种境界，殊途同归。因为任何形式的终结都是以生机和精神所存在的，也正因为如此，天道并不在什么地方，而是在人心中！”

"在人心中?"轩辕大惊。

"是的，天道在人心中，只有用心才能够感应到它的存在。"

"那它是不是真的就是武学的最高境界呢?"轩辕惑然问道。

广成子突地嘘了一口气，莫名其妙地说了一句话："这魔头也重生了。"

轩辕吃了一惊，这是广成子第一次开口说话，却说了一句让轩辕摸不着头脑的话，怎不叫他讶异?

"谁又重生了?"轩辕讶然问道。

"刑天，不，也可以说是天神据比!"广成子叹了口气，悠然道。

"啊……"轩辕低呼一声，广成子的话仿佛越说越玄了。

太昊怒，少昊竟然抢走了他自鬼方手中夺得的所有财货，更将他本来已经伤残不堪，正准备撤离的伏羲战士杀得几乎全军覆灭。

这确是太昊所没有想到的，虽然他已追到了极北绝域，可是此刻的恨意却已转到了少昊的身上。

少昊所做的一切，也确实够绝!落井下石，趁火打劫，几乎使太昊血本无归，这怎叫太昊不怒?不气?不动杀机?

太昊为了夺得这些财货，付出了不少代价，以至招来魔奴疯狂的报复，而损兵折将。可最终却被少昊轻易夺了过去，怎么说太昊也不会甘心。

少昊并不能将这些伏羲精英全部击杀，以绝活口。伏羲氏本就有许多高手，风须句逃过少昊的杀戮，身负重伤地赶来向太昊报信，这确实是屋漏又遭连夜雨，太昊的心情本就不太好，这样一来，更是不得了。

太昊再没有对付鬼方的心思，此刻他只想偷袭东夷，让少昊血债血还!

第一百三十五章　绝世杀机

终于，太昊与少昊两大绝世高手会战于极北绝域之外！

太昊对少昊追击鬼方的兵将进行了伏击，使少昊同样付出了惨重的代价，而两大绝世高手更是杀得天昏地暗，日月无光，杀气弥空，数十里风沙狂涌，乌云密罩。

这确实是一场好戏，远处的鬼方高手全都在心中暗喜，更惊讶于这世间两位最厉害的高手的绝世修为。

刑天却是在为另外的事情惊喜，那便是绝世杀气，无与伦比的绝世杀气。

只有太昊和少昊这等高手交手之时才能生出如此强霸而浓烈的杀气，这比刑天想象的效果更好。等这两大高手斗了个两败俱伤，他鬼方再去捡便宜，自然是大快人心。

少昊本不想与太昊正面交手，在他对伏羲氏战士大杀一通之后，却发现了太昊与魔奴交手所留下的痕迹，那时他便知道情况不妙。当然，他绝不怕太昊，可是却不想在战蚩尤之前战太昊，毕竟太昊也是世所难遇的悍敌，两人一战，自然无法避免有所损伤，甚至是两败俱伤，这并不是没有可能。

事实也证明了少昊的担心，尽管两人彼此最终不了了之，而且太昊因兵力之上的弱势而败退，但是少昊也是元气大伤，损失惨重，只好带着东夷战士后撤三十里扎营休养。

少昊本欲直捣黄龙，一举击溃鬼方，而夺得鬼方积留在极北绝域之中让人眼红的财富，但此刻只好取消这一计划。这也是没有办法的事情，此时他甚至担心刑天会领兵来攻。

轩辕确实吃惊不小，天神据比居然也重生了，这简直是越说越离谱。

一个蚩尤已经够让轩辕心惊胆战了，若再加上一个天神据比，那这个世上的魔头也太多了。

轩辕自然听说过有关天神据比的传说，知道此人并不输于蚩尤，如果此人再重生，与蚩尤联手，那天下又有谁是其敌？

广成子自然不会欺骗轩辕，但是轩辕却惊讶，何以广成子会知道天神据比会重生？崆峒山与鬼方相隔何止千里之遥？

“仙长怎会清楚天神据比要重生呢？”轩辕禁不住问道。

“我的思感一直都在监视着这魔王的动静，他已经沉睡了一百余年，但终于还是苏醒了。”广成子叹了口气道。

“仙长难道就不可以阻止他吗？如果此魔头重生，再加上一个魔帝蚩尤，天下间岂有宁日？”轩辕有些期盼地道。

“天意如此，人力不可违，我也无法阻止。其实，这百余年来，我无时无刻不在封锁他的生机，但最终还是功亏一篑！”广成子无可奈何地道。

轩辕禁不住愣住了，此刻，他倒真的已经分不清自己是在梦里还是在虚幻之中，抑或是广成子只是在说痴语梦话，全都是一些玄之又玄的东西，仿佛不着半点实际。若非他相信歧富不会骗他，若非他知道眼前的老者就是广成子仙长，他一定会以为眼前之人是一个疯子，一个思维混乱、胡言乱语的疯子。

广成子依然闭着眼，使人不知道其眼中究竟蕴藏着什么样的玄机。

“生命究竟是一种什么样的东西？”轩辕摇头苦笑着问道。他实在是有些疑惑了，如果广成子所说的是真的，如果那许许多多的境界是真实存在的，那生命究竟是个什么样的东西呢？

是生机？是精神？还是肉体？它究竟是以怎样一种形式发展呢？本来很明显的事情，可是听了广成子一番话之后，一切都变得复杂起来，复杂得让轩辕如坠云雾。可遗憾的是，轩辕喜欢思索，喜欢探究这之中的奥秘。

“生命是生机的延续，是精神和肉体的结合，它只存在于一个有形的世界，却以一种无形的形式支撑着这个世界的平衡，这便是生命。”广成子不假思索地脱口说道。

“那生命的极限又是什么？它与精神和生机又有何区别？”轩辕再问道。

“生命的极限是死亡，而精神与生机的极限却是超越，永远的超越，无休无止。所谓的生命，只是狭隘的，必须依附一种有形的物质，这才能延续。”广成子悠然道。

“那也就是说没有苏醒前的天神据比不能说他具有生命，而苏醒后才能说他是具有生命喽？”轩辕举例问道。

“可以这么说！”

“那我们又如何才能够将他彻底毁灭呢？”轩辕沉声问道。

“问得好，年轻人！”广成子脱口赞道，这才悠然睁开一直紧闭的双眼。

轩辕浑身一震，仿佛被电击了一般，广成子的目光中仿佛有一股奇异的力量，将轩辕的心神全部吸引住，更仿佛将轩辕的灵魂引入另一层不可揣度的空间。一时之间轩辕竟迷失了方向，只看到广成子眼里那仿佛飘浮着的云彩，耸立着的高山，以及潜藏着的深邃而广阔的大海。

那哪里还是一双眼睛，完全是一个完整而丰富多彩的天地，有日月的轮回，有群山大海，有蓝天白云，有森林草原……简直是一个梦的世界。

轰……轩辕的心头陡震，广成子的眼睛再一次合上，刹那间山洞之中光线似乎暗淡了许多。轩辕恍若做了一个离奇的梦，震惊得久久不能言语，脑海之中仍然飘着刚才所见到的各种似梦似幻的景物。

“你看到了什么？”广成子的话又自轩辕的心头升起，与最初一样，不再开口。

轩辕定了定神，仔细地打量了一下广成子，发现此老盘坐得如一截腐朽的木头。他的膝上竟生出了苔藓，这些苔藓与他座下的石头连结在一起。可以看出，广成子已经数载甚至更长时间都不曾在这石礅上移动过，这使轩辕更为惊讶。如此看来，昨夜广成子在梦里给他疗伤是一点也不假了。

“我不知道，或许我只是看到了梦。”轩辕想了想，吸了口气道。

广成子又笑了，并没有笑容，但是轩辕知道广成子笑了，他的心中清晰地捕捉到了广成子的情绪，或应该有的表情。

“你的悟性很好，或许，你真的能够完成前人所无法完成的事情，将蚩尤和天神据比完全毁灭，使之无法再生。”

“愿仙长教我方法，晚辈当倾力去完成。”轩辕也坐于一旁盘膝闭眸，诚恳地问道。

“要毁掉他们的生命或许并不是一件难事，但是要让他们的生机与精神灰飞烟灭，永世不得超生却不是一件容易的事，以你目前的功力和武功，根本就不可能办到。”

轩辕似乎已习惯了广成子用心与他对话，也不反对，只是道：“仙长指点迷津，晚辈的武功虽然仍未能大成，但却甚感进境艰难，若是如此，也不知何时才能追及天神据比与蚩尤两大魔头！”

“对于你这个年龄来说，拥有如此功力实应骄傲，难得你还如此虚心。事实上，对于你自身武功的开发，你已经达到了极限，若是依常规去发展的话，只怕在二十年间你再无法有突破。但人自身的开发，只是最初的，真正的武学并不仅局限于自身，而是融入自然，融入天地，在自身的基础上作一个巨大的突破，这样方才是一位成功修行者的作为！”

“晚辈不明白！”

“你其实早就尝试过，也明白，只是你的体质仍无法跟上步伐，才使得你未能突破。”

“我已经尝试过？”轩辕讶然问道，他不明白广成子此话所指。

“那便是借大自然的生机充实自己的生机，而使自己在瞬间强大起来！”

“啊！”轩辕立刻记起了自己在东山口之时，借龙丹之生机吸纳了来自地底熔岩的生机，而在一招之间击败了鬼三、土计、风绝和童旦四大高手。而他也曾借万花大阵中万花的生机来中和自己的生机和龙丹的生机，因此，广成子说他尝试过，那并没有说错，只是不知道广成子是如何知道这些的。

“你想起来了？”广成子的声音顿了顿，旋即又悠然地响起，“你的那些只是小乘，对付一般的高手或许有用，但是对付像蚩尤和天神据比这样的高手，却是远远不够，即使是当今的太昊、少昊，仅凭你所吸纳的这点生机也是难以应付。”

“那晚辈该怎么做？”轩辕虚心地问道。

“对于你而言，能做到这样子，已是难能可贵了。不过，你的体质异常好，或许可以承受我的开经破脉大法。”广成子道。

“或可承受？仙长是说开经破脉大法是需要赌的？”轩辕问道。

“嗯，如果因体质无法达到要求，轻则武功尽废，重则全身爆裂，化为飞灰。你可愿意赌？”顿了顿，广成子又接道，“当然，如果你不愿意，绝不会有人勉强的！”

轩辕悠然一笑道：“有何不可？仙长但请施法就是。若是轩辕命该绝于崆峒，这也是天意，轩辕无话可说；若是让轩辕畏缩而不受法，眼睁睁看着天下群魔乱舞，倒不如身死崆峒。因此，请仙长不用再有任何的顾忌，轩辕一切都听仙长的。”

“嗯，年轻人能作此想，实是天下苍生之福。不过，先不忙施法，这不必急于一时，你必须先有了充分的准备后，才能够配合老夫施法。”

“哦，那晚辈需要怎样与仙长配合呢？”轩辕讶然问道。

“歧富可有告诉你人体之上有哪些气穴？”广成子突然问道。

轩辕一怔，随即点点头道：“歧伯确实教过晚辈关于人体气穴的东西。”

“说来听听。”

“五脏各有井荥俞经，合五俞，五五二十五，左右共五十穴；六腑各有井荥俞原经，合六俞，六六三十六，左右共七十二穴；在头部有五行，每行五穴，五五二十五穴，五脏在背部脊椎两旁各有五穴，二五共十穴；

大椎上两旁各有一穴，左右共二穴；瞳子、浮白左右共四穴，环跳二穴，听宫二穴，攒竹二穴，完骨二穴，风府一穴，枕眉二穴，上关二空，大迎二穴，下关二穴，天柱二穴，上巨虚、下巨虚左右共四穴，颊车二穴，天突一穴，天府二穴，天庸二穴，扶突二穴，天窗二穴，肩井二穴，关元一穴，委阳二穴，肩贞二穴，暗门一穴，神阙一穴，胸腧左右共十二穴，大杼二穴，膺俞左右共十二穴，分肉二穴，交信、跗穴左右共四穴，照海、中脉左右共四穴，在两膝关节的外则，为足少阳胆经的阳关左右共二穴，大禁之穴是在天府下五寸处的五里穴。以上诸穴共三百六十五处，不知晚辈所说可对?”轩辕一口气将所有的穴道都念了出来，清楚利落，可见他对人体诸穴的认识倒是极深。

广成子赞许地道：“你的记性很好，所说一点也没有错，难怪歧富常夸你聪明过人。”

“谢仙长的夸奖!”轩辕并无喜色，他知道广成子定有下文。

“那你可知道任督二脉的经气所发之穴有哪些?”广成子又问道。

轩辕不假思索地道：“任脉之经气所发的有二十八穴：喉部中行有二穴，胸膺中行之骨陷中有六穴。自蔽骨至上脘是三寸，上脘至脐中是五寸，脐中至横骨是六寸半，计十四寸半，每寸一穴，计十四穴，这是腹部取穴的方法。自曲骨向下至前后阴之间有会阴穴，两目之下各有一穴，下唇之下有一穴，上齿缝有一穴。可对?”

广成子嗯了一声。

轩辕又接着道：“督脉之经气所发的也有二十八穴：项中央有二穴，前发际向后中行有八穴，面剖的中央从鼻至唇有三穴，自大椎以下至尻尾旁有十五穴，自林椎至尾骨共二十一节，这是脊椎穴位的计算方法。”

“不错，世人皆说，打通任督二脉便能使功力贯通自如，达到极致，但今日我却要破任督二脉而开导经奇穴，你知道会有什么后果吗?”广成子悠然问道，语气平和而肯定。

轩辕神色微微一变，他实没想到这会产生什么样的后果，他也从未想过有人会破任督二脉而开导经奇穴。半晌他才摇摇头道：“我不知道，不过，按理论，会是气脉俱损，五脏尽枯，六腑不通，那结果自然唯有死路一条！”

“是的，那确实是死路一条，而开经破脉大法便是要在死里求生，也可以说是置之死地而后生。唯有如此才能够完全改变一个人的体质，使人与天地相互贯通，甚至是融为一体。”

“晚辈有些不明白，人与天地是两个不同的整体，而且人只能是天地的一部分，何以只改变人体的经脉，便可以使人与天地相互贯通，融为一体呢？”轩辕惑然问道。

“任督二脉只是能够将人体内的脉气贯通融为一体，使自身的能力开发到极限，但那始终只限于自身。人的力量是有限的，而天地的力量是无限的，人之所以无法突破自身的限制，便是因为任督二脉开通之后，自身已浑为一体，与天地所形成的一体相互排斥，这才再难有寸进，即使是偶有所进，也只是昙花一现罢了。”

顿了顿，广成子又接着道：“比如，人是一个大海边的小池塘，而天地则是大海，在池塘中没有水之时，海水便可随潮的漫涨进入池塘，但是，当池塘之水盛满之后，海水即使漫入了池塘之中，也会全数退出，池中之水仍然没有变化。或者，在涨潮之时，池水会漫一些，但那只是一时的，而任督二脉可以看做是隔开池水与大海的堤岸，只有拆去堤岸，池中之水才能与大海融为一体，池便是海，海便是池。当然，这之中也有凶险，即池中所养之鱼可能被海中之鱼给吞噬掉，因此，在挖堤之时，先要看看池中所养之鱼能不能适应海中的生活。”

“晚辈明白了。”轩辕不由得大为惊叹，广成子的比喻实在是太贴切了。这样一来，他岂会还不明白广成子的话中之意？

“但人终究是人，池终究是池，大海与天地也截然不同。人体与天地相融难道会像池水融入海水一样？那岂不是将自己完全坦露给天地，又如何能成其个体呢？”轩辕又问道。

“这就要看开经了，人体与天地相融，只是借天地之间那无尽的生机和阴阳之气，而化为己身的能量，从而达到一种足以抗衡天地的境界！”广成子又道。

轩辕睁开眼来，他不明白这究竟是一种怎样的境界，而抵达那种境界之后又会是怎样。不过，他却更关心另外一件事，于是问道："那这样可以战胜蚩尤和天神据比吗？"

广成子嘘了一口气道："天神据比和蚩尤也早已获悉了这种提取能量的方式，即使是你掌握了此法，也只能够抗衡他们的攻击，如要击败他们，那便要靠机缘巧合了。"

轩辕不由得呆住了，如果这样仍无法击败蚩尤和天神据比的话，他不知道天下间还会不会有人杀得了天神据比与魔帝蚩尤。

"那岂不是说，这个世间根本就没有人可以战胜魔帝蚩尤和天神据比了？"轩辕有些泄气地反问道。

广成子半晌未语，想了想才道："可以这么说，这个世间没有人可以真正战胜蚩尤和天神据比，因为他们已经代表了这个世界的两个极限，除非有人能够突破这个世界，找到结界之秘！"

"难道连仙长出手也不可能战胜他们吗？"轩辕仍存着一丝侥幸地问道。

"是的，即使是我亲自出手，也仅能是两败俱伤，他们的修为并不下于我！"广成子毫不掩饰地道。

轩辕的心不由得落入了深谷，可以说，广成子是他唯一的希望，如果连广成子也仅能与他们战个两败俱伤，那天下间又有谁能制住蚩尤与天神据比呢？如果有这两个人存在于世，那他轩辕若想统一天下，绝对只是妄谈。

轩辕亲眼目睹了蚩尤破坏那先天八卦图的威势，别说是一个轩辕，只怕是五个轩辕也无法与之相斗，此魔不除，他确实是没有信心能够摆脱对方的阻挠。突然间，他仿佛记起，广成子刚才所说的话之中，好像还有一个方法可以对付蚩尤，不由得再问道："仙长刚才所说的突破这个世界，找到结界之秘，又是何指？"

广成子悠悠沉默了一会儿，道："据我的精神和思感所探，在这浩瀚的天地之中，并不只有我们所存在的这个世界，我们所存在的这个世界就像是一间房，而这房子的隔壁还有一间同样的或者不同的房子，或是更多。一间房子的能量是有限的，如果我们能突破一间房的局限，借用两间房子里的能量，或是更多，那自然就可以战胜蚩尤和天神据比了。”

“可是我们又如何去破开这个世界呢？难道就是仙长最初所说的天道吗？只有破了天道之门，就可以通往另外的几个世界吗？”轩辕不解地问道。

“不，并非如此，突破天道确实需要超人的智慧，但那只是小乘，更是毫无用处的，甚至是武者的悲哀！”

“仙长何以如此说？”轩辕讶然问道。

“如果说登入天道，蚩尤和天神据比早就已经进入了天道，包括我，但是我们却发现那是全无意义的。尽管在你悟出这个境界之时，刹那间便可破开虚空，进入天道，但你只是到了一个不同层次的空间，在这里，你或许天下无敌，但在那里，你或许便是最差劲的一个，人人都可欺负你，因为你将面对一个完全陌生的环境，包括气候及一些无法说明的东西。因此，所谓的破开天道，只是一些不明白天道的人，对陌生事物的强烈好奇心所驱使，当你发现天道竟会让你痛苦之时，你已经无法再重返我们这个世界了！”

轩辕一呆，傻傻地望着广成子，他不知道广成子所说的是不是真的，对于他这从未尝试过这种境界的人来说，广成子仿佛是在讲述一个奇妙的神话。但轩辕知道，广成子根本就没有必要骗他。

“蚩尤和天神据比及我，都是自天道之中侥幸逃回来的幸运儿，因此我们不再怀念天道。这一百多年来，我一直在思索，如何可以自由地来去各层空间，自由地吸纳和运用各层空间的力量，但是我一直都无法窥破最后一关。”广成子叹了口气道。

“最后一关是什么？”轩辕讶然问道。

“结界！”广成子悠然吐出两个字。

“结界？”轩辕再次反问，这是他听广成子第二次提到这个词。

“是的，能够自由运用各层空间能量的东西，不在别处，而是在人的身上，限制人的也便是结界！人是天地之中最伟大的生命体，他具有可以超越一切的智慧，就因为这种智慧的存在，人才有思想，才拥有精神，思想和精神是这个天地之间唯一不受限制的东西。因此，要想自由来去各层空间，必须拥有无上的精神力，这才可以破开一切的阻力，达到天地的极限!”

少昊扎下营来，设下各营哨，布防极为谨慎。他知道此刻是非常时期，同时也担心刑天偷袭，掉头反攻，而此刻他已是伤疲不堪，必须加以修整才行。

与太昊一战，不可否认，他耗去了太多的元气，甚至是受了一些内伤。他知道，这个天下间，只有太昊和蚩尤才能成为他的对手，余者皆不在话下。

一直以来，少昊都想战这个冤家，不过他却没有想到，竟是在这种情况下出战对手。

事实上，这一百多年来，他都没有这么痛快地战过，是以虽然受了些内伤，但他却不后悔。至少，他占了优势，在形势上说，他胜了太昊，而太昊那所谓的“天下第一”的头衔至少在他眼里不尽其实。

少昊静心地调养，他需要调养，至少要几天的时间。

少昊不敢想象，如果太昊不率先撤手而退的话，他们两人只怕真是两败俱伤。那时，彼此都只可能落得饮恨收场，但幸亏太昊先一步收手。因此，少昊心中对太昊也多了几分感激。他并不对伏羲氏的残兵作任何追逐，他也不欲再与太昊交手，他相信太昊也一定是这种想法。

作为世间并列的两大绝世高手来说，他们的争斗是不值得的，如果有可能，少昊永远都不想与太昊交手，那结果只可能是同归于尽或两败俱伤。

相对来说，少昊的伤势稍轻，却需要数天时间的休养。不过，此刻少昊却静不下心来，仿佛总有一点什么搁在他的心头，让他难受，甚至有些心绪难宁，这是从来都不曾有过的事情。

是的，少昊从未有过如此心神难安的时候，这一百多年来，他早就已经心如止水，无论什么事情都无法让他心神波动，便是在面对太昊之时，他也依然从容不迫。可是这一刻，他却是心神难安，抑或可以说是有一个极为不祥的预感。

少昊不明白这是什么预感，就像有一片乌云在他头顶的低空覆盖着，而生出一种让人窒息的压力，这才使他本来静如止水的心变得焦躁不安。

“朱雀!”少昊轻轻地唤了一声。

朱雀神将疾步走了进来，但是面色似乎有些难看，望着少昊，惊疑地问道：“不知少昊有何吩咐?”

“你可曾觉察到一些什么?”少昊问道。

朱雀望了望少昊，神色更是惑然，半晌才道：“属下似有一种很不祥的预感，情况似乎是有些不对劲，我还以为是太昊的原因呢。”

少昊的眉头微皱，他知道朱雀神将也感受到了他所感受到的那种感觉，但是他却不明白，这个世界还会有谁能够让他感到不安呢？想到这里，少昊的脸色倏变，自言自语道：“难道是蚩尤来了?”

“蚩尤?”朱雀将神也吃了一惊。

“立刻吩咐所有人，加强防守，不能有半点疏忽，若发现任何异常，在第一时间迅速禀报我，可知?”少昊沉声吩咐道。

朱雀一听，立刻明白是怎么回事，忙领命而去，连问都不问。

轩辕又陷入了静思之中，是的，他必须用时间去消化广成子所说的话，虽然他觉得广成子的话说得有点急了一些，但是他不能否认广成子的话都有着极具他思索的价值，也不全是空穴来风。

广成子的话确实是轩辕前所未闻的东西，对于轩辕的启迪也是不可估量的。

当然，轩辕仍有些奇怪，广成子答话的节奏似乎极快，这对于一个修行了数百年的人来说，的确有些出乎他人的意料之外。再怎么说，广成子已经在此静思了百余年，早就不可能还如小伙子一般性子急躁，这种人自有一种不紧不慢的雍容态势，百余年都过来了，难道还会在乎这一刻两刻时间吗？不过，轩辕并没有太多地向这一方面想，也没有必要，只要能够聆听这样闻所未闻的道理，就算是不虚此行了。

“我仍无法明白何为结界!”轩辕长长地嘘了一口气，无可奈何地道。

广成子似乎并不意外，淡淡地道：“事实上，我也不能够完全解释结界的含义，它也没有含义。一直以来，我都在不停地思索、尝试，却从来未能抵达那种境界。但是，我却知道，精神与生命定有一个相隔的界面，就像是一堵墙，当人冲破结界，也便是拆了这堵墙之后，其精神就可以与生命融为一体，而不是只有生机才能够与精神相融。”

顿了顿，广成子又道：“当精神与生命完全相融之后，生命就无须再借抽象的生机去重生，而是直接与精神一起永生，更可以自由地穿越任何层次的空间。”说到这里，广成子突然叹了一口气，接道：“也许，这只是我片面的理解，或许事实上并不是这样，因为谁也不知道真正冲破结界之后又会是怎样的一种情况。”

轩辕沉默了良久，他在思索广成子所提出的结界有何意义。

当然，如果能够破开结界，自然便能够战胜天神据比与魔帝蚩尤，可是他能够破开结界吗？即使是广成子苦思了百余年犹未能破开结界，就算他可以破开结界，又岂是一年两年的事情？不过，轩辕仍忍不住好奇心的驱使，不禁问道：“仙长又是如何遇到阻碍而无法成事的呢？”

广成子半晌未语，仿佛是在沉思什么，良久，他才嘘了一口气道：“我怀疑生命并不是固定的某一个形体，而是有一种神秘的力量将我们生命最原始的烙印封存，只要能破除这种神秘的力量，那我们所有前世今生的记忆便会复苏，甚至各种生命体可以通融。比如人和狼，这是两种不同的生命，但这只是因为我们的生命烙印之中，只记得自己是人或狼，但是如果破开这种神秘力量，或许我们会在自己的生命烙印中找到狼的烙印，那时，人和狼就可以相互变幻，甚至可以变化成其他的生命体。我称这种封存生命烙印的神秘力量为‘生命结’!”

“那仙长是否已经找到了打开生命结的办法？”轩辕心神大动，问道。这确实是他闻所未闻的东西，但是自广成子的口中说出来，竟是那般实在，仿佛不觉得有半点离奇。

事实上，这些东西是轩辕做梦都未曾想过的，他甚至可以肯定，这个世上，大概只有广成子才会想到这样稀奇古怪的问题，难道这个世界真的有生命结？真的有生命烙印？真的存在着结界？

这世上有太多神秘的事物在未知之中被搁放，谁又能够真正地破译出最终的谜底呢？广成子能够活上数百年，这对于世人来说，已经是个奇迹了。在奇迹之外，再出现奇迹并不是全没有可能的。

世上没有不可能的事，只有想不到的事，轩辕深有感触，即使是他自己，也没有想到会在蛇腹中存活下来，更没有想到龙丹竟能够吸纳地心熔岩的生机。事实上，他也没有料到，自己会有今日这般的成就，而这一切来得都是如此快捷，仅用了一年多的时间，他便扭转了整个天下的局势，这难道不能说是一个奇迹吗？

轩辕自己是创造奇迹的人，自然相信这个世上会有人创造出另外的奇迹。

广成子依然是沉默了良久才道：“没有，但我知道自己离打开生命结的日子已经不远了。世人曾传，盘古之祖神开天辟地，而后眼化日月，毛发化树木花草，肌肉骨骼成山脉丘陵，血脉成江河，五脏六腑化海洋，虽然这只是神话传说，但却不是没有可能。当生命结被破开之后，人不再是一种形体，甚至你自身便可化为天地，可以包容天地中的一切！”说到这里，广成子自己也笑了，淡然而平静地接道：“有时候，我也觉得自己在说疯话！年轻人，知道何以我会这般快节奏地向你讲述这些疯话吗？”

轩辕愕然，是的，只是他一直都没有深思而已，何以广成子会没有自己想象中的那么平和、那么沉稳呢？一个潜心练气数百年的人，想来早已不食人间烟火，断了七情六欲，超然于尘世之外，可是这些在广成子的身上却是看不到，这确实让他有些不解，此刻广成子这般一问，轩辕倒也想知道答案了。

“晚辈不知道，不过晚辈不觉得仙长所说的是疯话，世上没有不可能的事，只有想不到的事。只要有根据，哪怕是稍有一点道理支持，便不能算是疯话痴语！晚辈反而觉得仙长的话对晚辈的启迪很大！”轩辕诚恳地道。

广成子哈哈一笑，道：“我的情况我自己知道，事实上，我已经到了走火入魔的边缘，所以，我的清净之心已被破坏，而刚才与天神据比交手，这才使我无法平静内心！”

“仙长刚才与天神据比交过手?”轩辕骇然惊奇地问道。

“是的，我的思感和精神欲封锁他的生机，但是他仍被一股强大的杀机给激活了。好了，不谈那些，我们来继续我们的话题。”

轩辕释然，但心中更感到不可思议，广成子竟然可以在跟他说话的同时而与千里之外的天神据比交手，这确实是骇人听闻。不过轩辕知道，在广成子的身上什么事情都有可能发生。

“结界的另外一个重要组成部分则是与生命结相对的精神结，这是一种封存了人体直接吸纳天地力量的神秘力量，只有破开精神结，才能够将精神全面开发，使之超越任何空间，自由地吸纳任何层次空间的力量。唯有这样，才能使人真正地成为这个天地之间的主宰！”

轩辕也禁不住无限向往起来，如果真的能够破开精神结，那确实可以成为天地的主宰。那时，天神据比和魔帝蚩尤又算得了什么？问题是，谁能够真正在破开精神结呢?

“当然，破开精神结后，若想真正地运用各层空间的力量，那还需要你自身的容量，一个小湖是无法容下四海之水的，过盛则会涨裂堤岸，适得其反。因此，一个人必须在生命结和精神结同时破开之时，才算是破开了结界，而成为天地的主宰！”广成子悠然神往地道。

“对于我来说，这是遥不可及的事情，何以仙长要向我说这些呢?”轩辕叹了口气，无可奈何地反问道。

广成子也叹了一口气，道：“其实，并不是遥不可及，你已经可以运用天地之中的神秘力量，只是尚很有限而已。所谓的练气式练气，便是指掌握如何运用天地之间神秘力量的法门，并不断地开发自身的这些能量，从而一步步改造自己的体质。所谓的功力提升，也不过是将人体这个容器变大变坚实而已。你已经可以自如吸纳天地间的生机，而生机则是我们所存在的这个世界最神秘也最强大的力量，这便是一种超越凡俗的表现，更表明你的体质远远地超越凡人。我之所以提出结界一说，只是想给你一个准确的目标，让你去追求！”

“晚辈明白仙长之意！”轩辕点点头道。

“嗯，明白就好，结界中的生命是有限的，结界外的生命是无限的，主宰世界的，不是力量，而是精神。人的自身才是最大的宝库，任何想超越凡俗的人，都需在自身寻找根本，这是我给你的话，你要好好记住！”广成子悠然道。

“谢仙长的教诲，轩辕定铭记于心！”轩辕感激地道，他知道广成子是在点拨他。

“你还有什么疑问吗？”

“晚辈想知道，如果晚辈在接受开经之后，遇上蚩尤和天神据比会有几成胜算？”轩辕突然问道。

“这就要看你的悟性了，如果你能够掌握天地生死的奥秘，虽然不能够超越这个世界，但在这个被生机所充斥的世界中，你应该不会输给蚩尤和天神据比。不过，我担心蚩尤这一百多年来，可能已经掌握到了一些借助外层空间力量的法门，因此在决战蚩尤之时，你千万要小心！当然，你也有你的优势。”

“我也有优势？”轩辕惊奇地问道。

“不错，你也有你的优势，因为蚩尤和天神据比的重生是借助于别人的躯体，而你却不是。借助别人的躯体，只会使他们的力量受到限制，其躯体即使是经过改造，但时日尚浅，之间肯定有许多缺陷，甚至于他们的精神与所借躯体的感情不能统一，这便会影响他们所吸纳生机转化为力量的效果，这可能会成为他们致命的败因！”广成子认真地道。

“天神据比的躯体也是借的？”轩辕讶然问道。

“不错，此刻不应该叫他为天神据比，而应该称之为刑天！”

“刑天？难道刑天就是天神据比？”轩辕一听，不禁好笑，刑天与他交过手，也不过如此，而广成子却说天神据比竟是刑天，这自是让他好笑，刑天怎能与天神据比扯上关系呢？

“是的，一百多年前，天神据比便已经借刑天的躯体而重生，从而使鬼方盛极一时，连天魔罗修绝都依附了他，只是后来在那场神魔大战之中他元神受了重伤，精神和生机一直处于休眠的状态，这才会将鬼方交到天魔罗修绝的手中。”

“可是，我曾与刑天交过手，我并不觉得刑天会对我有何威胁！”轩辕惑然道。

“你所遇到的刑天当然并不真正的刑天，他只是刑天的弟弟。事实上，真正的刑天这一百多年来从未出过手，而是在极北绝域闭关！”广成子肯定地道。

“刑天的弟弟？”轩辕恍然，他自然明白了广成子的意思，事实上，有熊族所有的首领都称太阳，共工氏的所有首领都被唤作共工，这是同样的道理。听到这里，他不由又担心起有熊来。

如果说真正的刑天重生了，一定会找有熊复仇，那时候，有熊根本就无人能敌刑天之威，岂不是唯有灭亡一途？

“因此，你比他们更具优势，天神据比经过两次重生之后，其知觉和感观都已经混沌不清，所以此刻的刑天已经是形同行尸走肉，唯有他内在的灵魂和精神仍然活着，而这一部分正是天神据比的！相对来说，他比蚩尤可能要容易对付一些。”广成子吸了口气道。

轩辕听到这里，不由松了一口气，如果事实真是如此的话，他确实不是没有一战之力。至少，他的身边拥有许多高手，更拥有比蚩尤和天神据比更雄厚的兵力，只要他独对蚩尤或天神据比时能立于不败之地，那他依然可以完成统一天下的大业！何况，蚩尤也有受伤的时候，在他借叶帝的躯体重生之时，众高手联手，就使蚩尤重创，因此蚩尤也并非绝对不可杀死的，只要把握好时机，那他就有可能赢得希望。

“我没有了疑问，请仙长为我施法吧！”轩辕深深地吸了一口气，沉吟了半晌才道。

广成子笑了，也长长地嘘了一口气，道：“好吧，你靠我近一些！”